⑬ 倪匡珍藏限量紀念版

衛斯理傳奇之

老貓

（含：老貓．大廈）

倪匡 著

無窮的宇宙，
無盡的時空，
無限的可能，
與無常的人生之間的永恆矛盾，
從倪匡這顆腦袋中編織出來。

——金庸

目錄

老貓

目錄

大廈

老貓

序言

在眾多的衛斯理幻想故事中，「老貓」引起的注意，在十名之內，很多人談論過，其中貓狗大戰的一些片段，更多人喜歡。

「老貓」的設想，其實也是外星人有家歸不得的延續，從「藍血人」開始，一直相信，外星人再英明神武，但是在離開了屬於他們的星球之後，總不會有什麼好處。藍血人如此，老貓如此，「支離人」中的牛頭大神也如此。這或許只是地球人的一些想法，事實究竟如何，自然不會有定論，小說畢竟是幻想的成分多，很多觀念其實全是作者的觀念。

關於外星人來到地球，只是以一束電波（或類似形式）前來，到了地球，再覓形體的設想，創自近二十年前，堪稱新鮮之至。進一步的設想是，將來地球人探索浩淼宇宙，多半也以這種形式前往，人的身體又累贅，又活得如此短暫，決計無法擔當這種重任的。

倪匡

第一部：不斷發出敲打聲的怪老頭

天氣悶熱得無可言喻，深夜了，還是熱得一絲風都沒有，李同躺在席上，拼命想睡著，可是儘管疲倦得很，還是無法睡得著。

李同睡不著，倒並不是因爲天熱，最主要的原因，是因爲樓上發出來的吵聲。李同搬到這幢大廈來，已經有大半年了。

大城市中，居住在大廈內，就算住上三年五載，樓上樓下住的是什麼人，也不容易弄得清，李同自然也不知道他樓上住的是什麼人，可是那戶人家，李同在暗中咒罵了他們不知多少次，那家人，簡直是神經病。

李同才搬進來的時候，聽到不斷的敲打聲，還以爲樓上的人家，正在裝修。本來，住這種中下級的大廈，根本沒有什麼可以值得裝修的，人擠在那種鴿子籠似的居住單位之中，只不過求一個棲身之所而已，如何談得上舒服？

但是，人家既然喜歡裝修，自然也無法干涉，於是李同忍受了兩個星期的敲打聲，然後，靜了兩天，那兩天，李同睡得分外酣暢。

到了第三天，李同才一上床，敲打聲又響了起來，李同自床上直坐了起來，瞪著天花板，咕咕噥噥，罵了半天。

自那天後，樓上的敲打聲，幾乎沒有斷過。

李也也曾在窗中探出頭去，想大聲喝問上面究竟在幹什麼？可是他只是向樓上瞧了瞧，還是忍住了，樓上樓下，吵起架來，究竟不怎麼好，他想，過幾天，總會好的。

可是，樓上那戶人家，真是發了神經病，每天晚上、早上，甚至假期的中午，總在不斷敲著釘子，大廈的建築本就十分單薄，樓上每一下敲釘聲，就像是錘子敲在李同的頭上一樣，李同幾乎被弄得神經衰弱了！

而今天晚上，當李同疲倦透頂，極想睡眠，樓上又「砰砰砰」地敲打起來之際，李同實在無法忍受了，他自床上坐了起來，怒氣沖天，心中還在想，再忍耐兩分鐘，如果敲打聲不在兩分鐘內停止的話，那麼，一定要上樓去，和樓上的人講個明白。

當他坐起來之後，樓上的敲打聲停止了。

李同等了一分鐘左右，一點聲響也沒有，他打了一個呵欠，睡了下去，可是才一躺下，又是「砰」地一聲，釘子跌在地上的聲音，錘子落地的聲音，全都清晰可聞，李同真到了忍無可忍的地步，他陡地跳了起來，穿著拖鞋，打開了門，疾行了出去。

李同居住的那個單位很小，只有一間房和一個被稱爲「廳」的空間，李同是單身漢，他獨自居住著。他出了門，大踏步地走上樓梯，來到了他樓上那戶人家的門前，用力按著門鈴。

過了一會，木門先打了開來，一個老頭子，探出頭來，望著李同。

李同厲聲道：「你家裏究竟死了多少人？」

那老者被李同這一下突如其來的喝問，弄得陡地一呆，顯然不知該如何回答才好。李同又是狠狠地道：「你們每天砰砰砰敲釘子，在釘棺材？」

那老者「哦」了一聲，臉上堆滿了歉意：「原來是這樣，對不起，真對不起！」

李同心中的怒意未消，他又抬腳，在鐵閘上用力踢了一腳：「我就住在樓下，我要睡覺，如果你們再這樣敲個不停，我不和你們客氣！」

他一面說，一面惡狠狠地望著那老者，那老者現出一種無可奈何的苦笑來，不住「哦哦」地答應著，李同憤然轉身，回到了自己的住所。

當他又在床上躺下來的時候，他的氣也平了，他平時絕不是那麼大脾氣的人，連他自己也爲了剛才如此大發脾氣，而覺得奇怪。

他心中在想，還好樓上出來應門的，是一個老頭子，而且一看到他就認不是，如果出來應門的是一條不肯認錯的大漢，那麼，一吵起來，說不定又是一椿在報上見慣了的血案。

李同翻來覆去地想著，樓上果然再沒有聲音發出來，過了不久，也就睡著了。

第二天，他下班回來，看到大廈門口，停著一輛小型貨車，車上放著點傢俬，一個搬運工人，正托著一隻衣櫥走出來。

李同也沒有在意，大廈中，幾乎每天都有人搬進搬出，原不足為奇。

可是，當李同走進大廈時，卻看見了那個老者，那老者是倒退著身子走出來的，在那老者的面前，兩個搬運工人，正抬著一隻箱子。

那是一隻木箱子，很殘舊了，箱子並不大，但是兩個搬運工人抬著，看來十分吃力。

那老者在不斷做手勢，道：「小心點，平穩一點，對，啊呀，你那邊高了，不行，一定要平，對，小心一點！小心一點！」

老者一面說，一面向後退來，幾乎撞到李同的身上，李同伸了伸手，擋住了他的身子，那老者轉過身來，看到了李同，忙道：「對不起，真對不起！」

李同順口道：「你搬家了？」

那老者抹了抹臉上的汗：「是啊，我搬家了，吵了你很久，真不好意思。」

李同的好奇心起：「你每天不停敲打，究竟是在做什麼？」

可是那老者卻並沒有回答李同這個問題，他只是在不住吩咐那兩個搬運工人抬那口箱子，直到那口箱子上了貨車，那老者親自用繩子，將那口箱子綁好，才像是鬆了一大口氣。

李同沒有再看下去，等著電梯，上了樓，他已經將鑰匙伸進了自己住所的門，可是突然之間，他心中一動。

李同心想，那老頭子看來也是獨居的，他像是發神經病一樣，每天敲打著，究竟是在做什麼？

如今，樓上正在搬家，門可能還開著，自己何不上去看一看？

他拔出了鑰匙來，繞著樓梯到了樓上，果然，門開著，一個搬運工人，正搬著一張桌子出來。

等那搬運工人走出來之後，李同就走了進去。

那是一個和他居住的單位一樣，空間小得可憐。

東西全被搬空了，地上全是些紙張及沒有用的雜物，李同走進了房間，房間也是空的，李同才一推開門，就看到房間的一角，有著一大堆舊報紙。

那一角，正是樓下他的睡房中放床的地方，本來，那一堆舊報紙，也引不起他的興趣，但是每次的敲打聲，總是從他的床上方傳下來，所以他向前走去，用腳將那一大團舊報紙撥了開來。

舊報紙被撥開，李同便不禁陡地一呆，他撥開了上面的一層報紙，就看到下面的報紙沾滿了血跡！

李同的心怦怦亂跳，他想起那老頭子的樣子，總有一股說不出來的神秘，而如今，又在舊報紙上發現了那麼多血，怎能不心驚肉跳？

看起來，舊報紙下面，還有什麼東西包著，李同又踢開了幾層報紙，突然之間，他看到了一副血淋淋的內臟，李同不由自主，怪叫了一聲，連忙退了出來，他退到門口，一時之間，不知該如何才好，他急急向樓下奔著，連電梯也不等。

他一直奔到大廈的入口處，當他在向下奔去的時候，他原是想攔住那老者，叫他解釋這件事，可是當他到了樓下，那輛小貨車已經不在了。

想起那副血淋淋的內臟，李同仍然不免心驚肉跳。那副內臟，看來很小，人對於血淋淋的東西，有一股自然的厭惡，李同一看到就嚇了一大跳，自然不會仔細去看，他只是聯想到，那老者可能殺了一個小孩。

一想到這裏，他感到事情嚴重之極了，他忙回到了自己的住所，撥了一個電話，報了警，他又再上了樓，在門口等著。

不到二十分鐘，大隊警員在一位警官的帶領下，趕到了現場。

那位帶隊的警官，是才從警官學校畢業、已經連接升了兩級、前途無量的警務人員，我和他很熟，我們幾個熟朋友都叫他爲傑美，他姓王。王警官見到了李同，李同便指著門內：「在裏面！」

王警官帶著警員，走了進去，李同跟在後面。

由於舊報紙已被李同踢開，是以那副血淋淋的內臟，一進門就可以看到，王警官和警員乍一看到，也不禁都嚇了一大跳。

可是，當王警官走向前，俯身看視了一回之後，他臉上的神情就不再那麼緊張了，他站起身來，道：「這不是人的內臟！」

李同半信半疑：「不是一個小孩子？」

王警官搖了搖頭，對一個警官道：「醫官來了沒有？去催一催！」

那警員忙走了下去，王警官向李同道：「李先生，你住在樓下，怎麼會上來，發現這副內臟的？」

李同苦笑了一下：「樓上的住客，每天早上、白天、甚至晚上，總是不斷在敲打什麼，昨天晚上我上來交涉，樓上住的那個老頭子就搬走了，我爲了好奇，所以上來看看，我……不知道那不是人的內臟，我報警，錯了麼？」

王警官道：「沒有錯，市民看到任何可疑的事，都應該報警！」

李同鬆了一口氣，不一會，醫官也來了，醫官向那副內臟看了一眼，就皺著眉：「我看這是狗或者貓的內臟，帶回去稍爲察看一下，就可以知道了，誰那麼無聊，殺了貓狗，將內臟留在這裏！」

幾個警員，拿了一隻大尼龍袋來，將那副內臟放了進去，弄了個滿手是血。李同在警方人員收隊回去的時候：「這老頭子……他不算犯法麼？」

王警官也不禁皺了皺眉，他辦過不少案子，像是如今這樣的事，他卻也還是第一次經歷，那老者算不算犯罪，連他也說不上來。

他道：「我們會設法去會見這裡以前的住客的。」

李同舒了一口氣：「這老頭子，我看他多少有點古怪。」

王警官自然不會受李同的話所影響，他到了大廈樓下，已經圍滿了很多閒人，有的人，看到警員提著一袋血淋淋的東西，登上了警車，敏感得尖聲叫了起來。

王警官找到大廈的看更人，連看更人也不知道那老頭子是什麼來歷，不過看更人記得那輛小貨車的招牌，那就好辦了。

第二天上午，警方便找到了小貨車的司機和幾個跟車的搬運工人。小貨車的司機，也就是車主，他道：「是，昨天我替一個老頭子搬家，他沒有什麼傢俬，只有一口箱子，像是放著極其貴重的東西，搬的時候，一定要放平，緊張得很。」

王警官問道：「搬到哪裡去了？」

貨車司機說了一個地址，王警官因為這是一件小事，而且，化驗室的報告也早就來了，那是一副貓的內臟，殺了一隻貓，無論如何，不能算是犯法的行為，只不過隨便將內臟遺留在空屋中，總是不負責任的行為，必須去警告一下。

這是小事，王警官沒有親自出馬，只是派了一個手下，照地址去走了一遭。

那警員的任務，也進行得很順利，他回來報告說，見到了那老者，老者姓張，他承認殺了一隻貓，因為他嗜吃貓肉。而那副內臟，他本來是準備拋棄的，不過因為搬家，所以忘了。

那警員告誡了他幾句，事情也就完了。

在這以後，又過了一個多月，傑美得了一星期假期。我們有幾次在一起。有一次，幾個人不知怎麼，談起了各種古怪的食物，有的人說滾水驢肉的味道鮮美，有的人說蝗蟲炒熟了好吃，有的說內蒙古的沙雞是天下至味，有的盛讚蠶蛹之香脆，連口水都要流下來的神氣。

傑美忽然道：「誰吃過貓肉？」

座間一個人道：「貓肉可以說是普通的食物，要除貓肉的羶氣，得先將貓肉洗淨，放在濃濃的紅茶汁中，滾上一滾，再撈起來，炒了吃，比雞還要鮮嫩。」

傑美笑道：「不過，現在吃貓的人，到底不多見了。上一個月，有個人喜歡吃貓，將一副貓的內臟留在屋中，被他樓下的人看到，以爲是一個小孩子的內臟，報了警，倒令我們虛驚了一場。」

那個詳細介紹了貓肉吃法的朋友道：「啊，這個人住在什麼地方，打他一起吃貓肉去！」

我笑道：「貓和人的內臟也分不出來，報警的那位也未免太大驚小怪了。貓又不能連皮吃，總要剝了皮下來，看到了貓皮，還不知道麼？」

傑美略呆了一呆，道：「嗳，這件事倒也奇怪，沒有看到貓皮，那個人是一個老頭子，姓張，他搬家，所以將內臟忘記拋掉了。」我道：「那就更不通了，一個人再愛吃貓肉，也不會在臨搬家之前，再去殺貓的。」

傑美又呆了一呆：「你說得對，或許，他是先殺了貓，再搬家的。」

我問道：「爲什麼？」

傑美道：「那個報案的人，住在他的樓下，說是那個張老頭，每天都敲敲打打，吵得他睡不著，他曾上去干涉過一次，第二天，那人就搬走了！」

我道：「傑美，你是怎麼處理這案子的？」

傑美反問道：「你的古怪想像力又來了，你想到了一些什麼？」

我聳了聳肩：「可以連想到的太多了，隨便說說，那張老頭不斷敲釘子，可能是在釘一隻隻小木盒，而這些小木盒，放在一隻內臟被挖出來的死貓的體腔之中，運到外面去。」

傑美和幾個朋友都怔了一怔，傑美道：「你是說，那張老頭用這個方法，轉運毒品？」

我笑了起來：「我絕沒有那麼說，這只不過是聯想的一個可能發展而已，也有可能，張老頭是一個標本的製作者，那麼，也需要不斷地敲打。」

傑美沈吟了半晌，才道：「無論如何，站在警方的立場，這件事已結束了，再要追查的話，只好留給想像力豐富的業餘偵探去進行了！」

我拍著傑美的肩頭：「小夥子，連你的上司傑克上校，也從來不敢這樣稱呼我！」

傑美連忙道：「我絕不是有心奚落你，因爲警方的確是找不到什麼理由，再去查問人家！」

他雖然立時向我道歉，事實上，我也並沒有惱他，只不過總覺得有點負氣，所以我一面笑著，一面道：「好，請給我張老頭的地址，我這個『想像力豐富的業餘偵探』，反正閒著沒事做！」

傑美顯得很尷尬：「你生氣了？」

我搖頭道：「一點也不，如果我生氣的話，我根本不會向你要地址，我會自己去查。」

傑美有點無可奈何，攤了攤手：「好，我打電話回去，問了來給你。」

他站起身來去打電話，一個朋友低聲勸我：「事情和你一點關係也沒有，你何必自找麻煩？」

我笑了笑：「或許在這件事情的後面，隱藏著許多令人意外的事也說不定，你想，那個張老頭每天不停地敲打，一給人家問一下，立即就搬了家，這不是很古怪的事麼？」

我的話，那幾個朋友都唯唯否否，因爲他們都不是好奇心十分強烈的人，我知道，只有小郭在這裏的話，他一定是支持我的意見，可惜小郭剛結了婚，度蜜月去了。

傑美在十分鐘之後回來，將一張寫有地址的字條，交了給我，我看了一眼，就將它放在衣袋中。這一天其餘的時間，我們過得很愉快。

而第二天起來，我已經將這件事忘記了，一連過了三五天，那天晚上，我送走了一位專搜集中國早期郵票的朋友——他拿了一張「三分紅印花加蓋小字當一元」來向我炫耀了大半個小時。

我本來也喜歡集郵，大家談得倒也投機。在這位朋友走了之後，我翻了翻衣袋，忽然翻出了張老頭的地址來。

看到了那張紙條，我才記起了這件事，我連忙看了看表，已經將近十二時了。

在這樣的時候，去訪問一個從來也沒有見過面的陌生人，實在是太不適宜。

可是我繼而一想，那個張老頭一直喜歡敲釘子，發出嘈雜聲，據傑美說，徹夜不停，所以才惹得他樓下的住客忍無可忍，上去干涉，那麼，我在十二時左右去見他，豈不是正可以知道他在幹什麼？

一想到這裏，我立時轉身向外走去。

張老頭住在一幢中下級的大廈中，走進了大廈門，我又看了看那張紙條，他住在十六樓F座，我走進狹窄而骯髒的電梯，電梯在上升的時候，發出一種可怕的「吱吱」聲，真怕電梯的鐵纜，隨時可以斷下來。

電梯停在十六樓，推開門，就是一條長長的走廊，而我才一出電梯，就知道一定有什麼意外的事發生了，因爲走廊中的住戶很多都打開了門，探頭向走廊的盡頭處望著，在走廊的盡頭處，則傳來一陣呼喝詈罵聲。

我在走廊中略停了一停，看到F座正是有吵架聲傳出來的那一端。

我向走廊的那一端走去，只見一個穿著睡衣、身形高大、容貌粗魯的男子，正在用力踢一戶住所的鐵門，大聲罵著。

我來到了那男子的身後，便呆了一呆，因爲那男子在踢的，正是十六樓F座，是我要來找的張老頭的住所。

那男子一面踢，一面罵：「出來，大家別睡了，你們總得有個人出來，不然我一直吵到天亮！」

旁邊有一戶人家，有一個男人勸道：「算了，大家上下鄰舍，何必吵成那樣！」

那男子氣勢洶洶：「這戶人家，簡直是王八蛋，一天到晚不停敲釘子，從早到晚，聲音沒有停過，簡直是神經病，出來！出來！」

他一面罵，一面踢鐵門。

我聽得那男子這樣罵法，不禁呆了一呆，看來，我絕沒有找錯地方，那正是張老頭的住所，張老頭仍然和以前一樣，他躲在家中，不知道作什麼事，終於又令得他樓下的住客忍無可忍了。

我不再向前走去，就停在那男子身後不遠處，只見 F 座的木門打了開來，一個老頭子，出現在鐵閘之後，神色看來十分慌張。

一見有人來應門，那男子更是惱怒了，他先向那老者大喝一聲，接著就罵道：「你是人還是老鼠？」

那老頭子的神色，看來也有點惱怒。

可能是門外那男子的身形太壯碩了，是以他只得強忍著怒意：「先生，請你說話客氣一點！」

那男子「砰」地一聲，又在鐵閘上踢了一腳，罵道：「客氣你媽的個屁，你要是人，半夜三更不睡覺?就算你今晚要死了，也不至於要自己釘棺材！」

那男子又罵出了一連串的污言穢語，接著道：「你是死人，聽不到吵聲，你問問左右鄰舍看，你這種人，只配自己一個人住到荒山野嶺去，他媽的，不是人！」

那老頭子的怒氣，看來已全被壓了下去，那男子還在揮臂揑拳：「你有種就不要進出，遇著我，我非打你這老王八不可。」

在這時候，我看出機會到了，我走了過去，對那男子道：「好了，先生，張先生也給你罵夠了，他不會再吵你睡覺的了！」

那男子瞪著我，鐵閘內的張老頭，也以很奇怪的神色望定了我，因爲他完全不認識我，而我卻知道他姓張，他自然感到奇怪。

那男子瞪了我半晌，又數落了好幾分鐘，才悻悻然下樓而去，看熱鬧的幾戶人家，也紛紛將門關上。張老頭的身子退了半步，也待關門，我忙道：「張老先生，我是特地來拜訪你的！」

張老頭用疑惑的眼光，望定了我，他顯然沒有請我進去的意思。

我又道：「這麼晚了，我來見你，你或許感到奇怪，我是由警局來的。」

張老頭皺著眉，仍然不出聲。

我隨機應變：「我們接到投訴，說你在半夜之後，仍然發出使人難以睡眠的聲響，所以，我一定要進來看一看。」

張老頭的神情，仍然十分疑惑，但是這一次，他總算開了口：「我再不會吵人的了。」

我笑了笑，知道不下一點功夫，他是不肯開門的，是以我立時道：「你用什麼方法？明天立即搬家？」

我這句話，果然發生了效力，張老頭的神色，變得十分驚恐，他的口唇動了動，像是想說什麼，但是卻又沒有說出聲來。

我恐嚇了他一句之後，立時又放軟了聲音：「讓我進來，我們可以好好談談，如果你真有什麼解決不了的麻煩，我或者還可以幫你的忙！」

張老頭又倏地後退了半步，一面舉起手來搖著，一面道：「不用了，不用了！」

當他舉起手來搖動著的時候，我呆住了，而張老頭也立時發覺，他是不應該舉起手來的，他也呆住了，舉起的手，一時不知該如何掩飾才好，他的手上，沾滿了鮮血！

如果他不舉起手來搖著的話，由於鐵閘的阻隔，我是看不到他的手的，但這時候，他再想掩飾，卻是太遲了。我緊盯著他的手，張老頭的面色，變得十分難看。

我冷冷地道：「你在幹什麼？為什麼你的手上沾滿了血？」

張老頭有點結結巴巴：「那……不是人血。」

我道：「那麼是什麼血？又是貓血？你又在殺貓？半夜三更殺貓作什麼？」

在我的逼問下，張老頭顯得十分張皇失措，他像是根本不知道如何回答才好，他在突然之間，「砰」地將門關上。

第二部：一隻老黑貓

我呆了一呆，想不到他會忽然之間，有那樣的行動，我連忙去按門鈴，可是門鈴響了又響，張老頭卻始終不再出來應門。

要弄開那道鐵閘，再打開那道木門，並不是什麼困難的事，但是那也必須大動陣仗，我可以報警，但是，就算張老頭真的在他的住所內殺貓，也不是什麼大不了的事。

我呆立了好一會，最後又用力按了兩下門鈴，再等了片刻，仍然無人應門，我只好離去。

張老頭的年紀看來只不過六十多歲，那並不算是太老。

可是我總有一種十分詭異而難以形容的感覺，我感到張老頭，好像已老得不應該再活在世上！這種感覺，究竟因爲什麼而產生，我也說不上來。

我對於張老頭舉著沾滿了血的手、神色張皇、面色青白的那個神態，印象尤其深刻，我在回想張老頭的那個神態之際，很容易聯想到一些古怪的、會不可思議的邪門法術的人。

這一類的人，現在要在大城市中尋找，真是難得很了，但是以前，尤其是小時候所聽的各種各樣傳說之中，倒是常可以聽得到的。

對了，這一類人，通常在故事和傳說中，都被稱著「生神仙」。

故事和傳說，往往有名有姓，有根有據，說是某達官貴人仰慕某生神仙之名，召見某生神仙，生神仙施法，人在漢口，卻閉目入定，頃刻千里，到上海買了東西回來，等等。

這類傳說，自然無稽得很，但是我們這一代的人，卻誰都在兒童時期聽說過。這種法術，被稱為「五行遁法」，還有什麼「五鬼搬運法」、「五行大挪移法」等等。

我仍然說不上來可以見到了張老頭，就會聯想到那些事，但是，我的確有那樣的念頭，而且，當晚我還做了一夜噩夢。

第二天早上，一早醒來，時間實在還早，我還想再睡一會，可是說什麼也睡不著了，只好起身，一面仍然想著張老頭，想他究竟在幹什麼事。

我終於又來到那幢大廈，直上十六樓，這種有長走廊的大廈，白天和黑夜同樣陰暗，我剛想去按門鈴，忽然聽到有開門的聲響，我立時閃了閃身子，躲到樓梯口去。

我來得正是時候，因為我才一躲了起來，就看到鐵閘打開，張老頭走了出來，他在門口站了一會，在鐵閘上，加了一柄很大的鎖，臨走的時候，他又用力拉了拉那柄鎖，等到肯定鎖上了，才走向電梯。

我躲在樓梯口，他並沒有發現我，而我卻可以仔細打量他。

他的神情很憂慮，好像有著什麼重大的心事，他的脅下，挾著一隻小小的木箱，是烏木上面鑲著螺鈿的古老木箱，走向電梯。

我沒有出聲，更沒有現身，因爲他離開之後，我可以弄開門鎖，到屋子中去看個究竟。私入他人的住宅，自然不足爲訓，但是我的好奇心是如此之強烈，而且我自問，絕沒有什麼惡意，是以就算我的行動和法律有所牴觸，也不以爲意。

我看他進了電梯，就立時閃身出來，只化了一分鐘，就打開了那柄大鎖，然後，又弄開了兩道門鎖，走進了張老頭的住所。

一進門，我所看到的，是一個很小的空間，算是客廳，那裏，除了一張桌子，幾張椅子之外，就是靠窗放著一口大箱子。

那口箱子十分精緻，一看到那口箱子，我就想到傑美所說的，張老頭上次搬家時，囑咐搬運工人千萬小心搬的那一口。

我轉過身，將門依次關上，並且將那柄大鎖，照樣鎖上，以便使張老頭回來時，也不知道有人在他的房子中。

我是背著客廳在做那些事的，當我最後關上木門，正準備轉回身來之際，我忽然覺得，有人在我的身後，向我疾撲了過來。

我的感覺極其敏銳，當我一覺出有人向我疾撲了過來之際，立時轉身，可是那向我撲來的東西，速度卻快得驚人——我才一轉過身來，就發現那不是人，而是一團相當大的黑影。

由於那東西的來勢太快，是以在急切之間，我也未曾看清牠是什麼，我只得先用力打出一拳。

那一拳打出，正打在那東西上，只覺得軟綿綿、毛茸茸的，接著，便是「嗤」地一聲響，和「咪嗚」一聲怪叫，那東西已被我打得淩空跌了出去。

這時，我已經知道，向我撲來、被我一拳打中的，是一隻貓。

而那「嗤」地一聲響，則是貓在被我打中，怪叫著向外跌去時，貓爪在我的衣袖上，抓了一抓，將衣袖抓下了大幅時發出來的聲響。

這一抓，要是被牠抓中了我的手臂，那不免要皮開肉綻了！

我未曾料到張老頭的家中，竟然有這樣的一頭惡貓，幾乎吃了大虧，我連忙定了定神，將外衣脫了下來，準備那頭貓再撲上來時，可以抵擋。

這時，那頭貓淩空落下，落在桌子上，弓起了背，豎起了尾，全身毛都聳了起來，一雙碧綠的眼睛，望定了我，發出可怕的叫聲。

那是一頭大黑貓。

或許是我平時對貓並沒有什麼特別的注意，但是無論如何，我不得不承認，我從來也未曾見過那樣的大黑貓，牠不但大、烏黑，而且神態之獰惡，所發出的聲音之可怕，以及牠那雙碧綠的眼睛中所發出的那種光芒之邪惡，簡直使人心寒！

牠聳立在桌上，望定了我，我也望定了牠，一時之間，倒不知如何對付牠才好。

那隻老黑貓，剛才憑空吃了我一拳，想來也知道我的厲害，一時之間，倒也不敢進襲，一人一貓，就那樣僵持著。

約莫過了兩三分鐘，我心中不斷地在轉著念頭，我這時的處境，突然之間，變得十分尷尬了。

本來，我只是準備進來打一個轉，就立時退出去的，只要進來看看，我就可以知道張老頭究竟在屋中做一些什麼事，我估計在張老頭的住所之中，耽擱不會超過五分鐘的時間。

可是現在卻不行了，我甚至無法走出去，因為我走出去的話，必須轉過身將門弄開，而當我背轉身開門的時候，那頭老黑貓一定又會向我撲來，牠的爪子是如此之銳利，給牠抓上一下，不是玩的。

而我的行動竟然受制於一頭老貓，這也是令人啼笑皆非的事！

我一定要先對付了那隻老貓，才能有進一步的行動，我慢慢向前走出了一步。

才向前跨出了一步，那頭老黑貓發出了一下怪叫，全身的毛豎得更直，閃閃生光的綠眼睛之中的敵意，也來得更甚。

不知爲什麼，我面對的，只不過是一隻貓而已，連小孩子也知道如何去對待一隻貓的。可是這時，那頭老黑貓的眼中，所射出來的那種邪惡的光芒，卻不禁令我心寒，我像是面對著一頭猛虎。

我又急速地向前，跨出了兩步，我早已看出，只要我再向前走去，那頭老貓定會再度向我攻擊。

果然，我才向前踏出了兩步，那頭老黑貓的身子突然彈起，向我撲來。當牠向我撲過來之際，牠的四爪張開，白森森的利爪，全從牠腳掌的軟肉之中露出來，再加上牠張大了口，兩排白森森的利齒和牠的漆黑的身子，看來簡直就是一個妖怪！

我早已伸手抓向了一張椅子，就在那頭老黑貓張牙舞爪撲過來之際，我掄起椅子，對準了牠，用力砸了過去。

「砰」地一聲響，那張摺鐵椅子，正砸在貓身上，老黑貓發出了一下聽了令人牙齶發酸的怪叫聲，身子向後直翻了出去。

這一砸的力道真不輕，牠直碰到了牆上，才落下地，一落地，一面弓著背，豎著毛，一面迅疾無比，奔進了睡房中。

我早已注意到，睡房的門虛掩著，大約打開半呎許，那頭老黑貓，就在那半呎許隙縫之中，「颼」地穿了進去。

老黑貓被我手中的鐵椅擊中，怪叫著驚竄，那本來是意料中的事情。

可是就在那頭老黑貓自門縫中竄進去之後，意料不到的怪事卻發生了！

黑貓才一竄進去，「砰」地一聲響，房門突然緊緊關上，我也不禁爲之陡地一呆。

如果竄進房去的是一頭狗，一進去之後，就將門關上，那我決不會有那種遍體生寒的詭異之感。因爲一頭受過訓練的狗，是可以懂得推上房門的，可是，現在竄進去的卻是一頭貓。

而且，那「砰」地一聲響，聲音十分大，分明房門是被人用力推上的，一頭黑貓，雖然牠大得異乎尋常，難道竟會有那麼大的力道？

我呆立在當地，連手中的鐵椅也不記得放下來！

然後，我才想起，我是不應該呆立著的！

我連忙放下手中的椅子，走近那口箱子，箱子並沒有上鎖，我揭開箱子來一看，不禁呆了一呆。

箱子中放著的東西，我從來也沒有見過，那好像是一隻六角形的盤，每一邊約有兩尺長短，看來好像是古銅的。

在那隻盤的一半，密密麻麻，釘滿了一種黝黑的、細小的釘子；另一半，卻完全是空的，上面有很多縱橫交錯的線條，好像是刻痕。

這是一件什麼東西，我簡直連想都無法想像，而正當我要伸手，去將這件東西拿起來仔細看上一看之際，突然門口傳來了聲響，有人在開鎖，張老頭已經回來了！

我連忙合上了箱蓋，先準備躲到房間去，可是房間中有那頭黑貓在，我不想再和那頭老黑貓發生了糾纏，所以，我來到了近大門口的廚房，躲在廚房的門後。

我才躲起來，大門已經推開，張老頭走了進來，他的脅下，仍然挾著那隻箱子。

他直向前走，經過了廚房門口，連望也不向內望一下，我趁他走過去之後，探頭向外望去，只見張老頭來到了那口大箱子之前，揭起了箱蓋，將那口小箱子放了進去。

我曾經揭起大箱子來看過，知道他那口小箱子是放在那六角形的盤子上了。

然後，他轉過身來，我怕被他發現，立時又縮回身子，只聽得他在叫，發出的聲音十分古怪，然後，我又聽到，在房門處，傳來了一陣爬搔聲，接著，便是張老頭的腳步聲、房門的打開聲、貓叫聲。

再接著，便是張老頭的講話聲，屋中不會有別的人，他自然是在對那頭貓在講話。

我懷疑，張老頭的神經不很正常，因為一個神經正常的人，是不會和一隻老貓講話的，可是我一路聽下去，一路卻不免有心驚肉跳之感。

只聽得張老頭在問：「作什麼？你有什麼事？」

那頭老黑貓則像是和張老頭對講一樣，發出古怪的「咕咕」聲。

張老頭又在道：「別緊張，我們可以再搬家，唉，這一次，要搬到鄉下去……」

當張老頭在講話的時候，真叫人懷疑他可以和貓對談，一個人，如果是通貓語的話，那真是天下奇聞了。

但後來聽下去，卻又不像，張老頭只不過看出那頭老貓神情緊張而已。

可是他繼續說著話，卻叫人莫名其妙了。

張老頭在道：「你別心急，已經等了那麼多年，就快成功了，還怕什麼？再等幾年，一定會成功的，再等幾年，別心急！」

聽他的聲音，簡直就像是在哄一個孩子，至少，也是對另一個人在說話。

但是我卻知道，這屋子中，除了他和我之外，沒有第三個人，他當然不是和我在講話，他是對那隻老黑貓在講話，我突然起了一股十分難以形容的感覺，昨天晚上，曾見過張老頭，他雙手滿是鮮血，他的行動如此詭異，在他的那口大箱子中，又放著一件我從來也未曾看到過的怪東西，而那隻小箱子中，又不知藏著什麼，現在，他又對著一隻老貓在說話。

我真想直衝出去，問他究竟是在鬧什麼玄虛，這時，張老頭又道：「真可惜，我們又要搬家了，這一次，搬到鄉下去，好不好？」

除了張老頭的講話聲之外，就是那頭老黑貓的「咕咕」聲。

雖然是在白天，這樣的氣氛，也是使人難以忍受的，我向外跨了一步，已然準備現身出去了，可是就在這時，張老頭忽然向廚房奔來。廚房很小，我無處躲藏，當我想閃身到門後暫且躲一躲時，張老頭已經衝了進來，他的手中，仍然抱著那隻老黑貓。

張老頭突然向廚房衝進來，這是在刹那間發生的事，我竟來不及躲到門後，張老頭才一衝進來，和我打了一個照面，我只看到他蒼白、驚惶的臉，和他所抱的那隻黑貓的那一雙充滿了妖氣的眼睛。

我一閃身，出了廚房，張老頭追了出來，沈著臉喝道：「你偷進我屋來，是什麼意思？」

我微笑著：「張先生，請你原諒我，我是一個好奇心十分強烈的人，而你的行動卻怪誕詭異得超乎情理之外，所以我來查看一下！」

張老頭發起怒來：「你有什麼權利來查問我的事？」

我捺著性子：「我沒有資格來查問你的事，但是，看你的情形，像是有什麼困難，我幫助你，總可以吧！」

我自問話說得十分誠懇，可是，張老頭板下了臉：「我不要任何人幫忙，更不要好管閒事的人來打擾我，你快走！」

我不肯走，又道：「我看你有很多煩惱，何不我們一起……」

我的話還沒有講完，張老頭又叫了起來：「滾，你給我滾出去！」

這實在是極其令人難堪之極的局面，由於我是偷進來的，張老頭這時出聲趕我走，還算是很客氣的了，我搖著手：「別激動，我走，不過我告訴你，我一定會繼續下去，弄清楚你究竟在搗什麼鬼，還有，你那口箱子中——」

我是一面說著，一面在向後退去的，當時，我已退到了大門口。

我指著那口大箱子，繼續說道：「——是什麼東西，我已經看到過了，也一定要弄清楚！」

我說著，拉開了大門，張老頭卻在這時，陡地叫了一聲，道：「慢走，你看到了什麼？」

我立時道：「我看到了一隻六角形的盤子，一半釘滿了釘子。」

張老頭盯著我，從他的神情看來，像是不知道該如何處置我才好，我也看出，事情可能會有一點轉機，他不會再逼我走了。

但是，在我和他僵持了大半分鐘之後，他忽然嘆了一口氣：「小伙子，事情和你一點關係也沒有，你難道沒有正經事要做？快走吧！」

他的語氣，雖然已經柔和了好多，但是仍然是要我離去，我也心平氣和地道：「張先生，我的正經事，就是要弄明白許多怪異的事，你如果有什麼困難，我一定會竭誠幫助你的。」

張老頭的聲音又提高了，他道：「我不要任何人幫助，你再不走，我拿你當賊辦！」

我笑了一下：「好的，我走，但是我可以肯定你一定有很爲難的事，這件事，你獨力難以解決的，我留一張名片給你，當你萬一需要我幫助的時候，你打電話給我，好麼？」

我將一張名片取出，遞給他，他也不伸手來接，我只好將之放在地上，然後推開鐵閘，走了出去。

當我來到電梯前的時候，我回過頭去看，只見張老頭站在鐵閘後，手中拿著我的名片，那頭黑貓已經不在他的懷中，而是伏在他的腳下。

張老頭看看名片，又看看我，臉上是一副欲言又止的神氣。

我知道，我的這張名片，已經多少發生了一些作用了。

我之所以留下一張名片給張老頭，是因爲我肯定，張老頭所遇到的事，一定是怪誕得不可思議的，而且，他處在這種情形中，一定已有很多年了。

而我的名字，在一般人的心目中，當然並不代表什麼，然而我有自信，在一個長期遭遇到不可思議的怪事的人心中，卻有著相當的地位，那自然是因爲我連續好幾年都在記述著許多怪誕莫名的事情之故。

如今，看張老頭的神情，我所料的顯然不差。

但是，他既然未曾開口叫住我，我也不便在這時候，再去遭他的叱喝。

反正，他如果對我有信心，而他所遭遇的，又真是不可思議的怪事的話，他一定會打電話給我，再和我商議，何必急於一時？

所以，我只是向他望了一眼，電梯一到，我拉開了電梯的門，就跨了進去。

第三部：宋瓷花瓶稀世奇珍

我一路上反覆地思索著，回到了家中，仍然有點神思恍惚。

白素含著笑，問我：「又遇到什麼怪事了？」

我一面搖著頭，一面道：「可以說是怪事，也可以說不是，我覺得這件事，簡直無從捉摸，根本不知從何說起才好！」

她笑著道：「將經過情形說來聽聽。」

我坐了下來，將有關張老頭的事，講了一遍，白素在聽了之後，嘆了一聲：「你也真應該弄點正經事做做了，照你所說的看來，張老頭只不過是一個脾氣古怪的老頭子，有什麼值得追究的？」

我道：「是，所以我才說事情難以捉摸，因爲在表面上看來，的確如此，但是我是身歷其境的人，我總覺得，事情有說不出來的詭異，可是，直到如今爲止，我卻什麼也捕捉不到。」

白素笑道：「要是張老頭真有什麼爲難的事，他自然會來找你的，你單憑『感覺』，能解決什麼問題？」

我伸了一個懶腰，的確，直到現在爲止，一切我認爲是怪誕的詭異的事，全然沒有事實根據的，只不過全是我的感覺而已。雖然我對自己的感覺，有一定的自信，但終究是不能憑感覺來明白事實真相的，我也只好將這件事，放過一邊了。

幾天之後，我經過張老頭的住所附近，又去轉了一轉，才知道張老頭已經在當天下午就搬走了，搬到什麼地方，沒有人知道。

在接下來的日子中，我也為未曾進一步探索這件事而感到遺憾。但是張老頭既然已經不知所終，再想追尋，也無法可施。

隨著時間的過去，奇怪的是，我對張老頭的印象，反倒很淡薄了，唯獨對那隻大黑貓，卻印象極其深刻，而且，從此之後，對於貓，我有一種說不出來的厭惡之感，尤其是黑貓。

我想到，在西洋，黑貓被認為不吉和妖邪，多少是有點道理的，黑貓的眼睛，似乎來得格外碧綠，當黑貓用牠那種碧綠的眼睛瞪著你時，總會產生一種十分不舒服之感，除非是真正愛貓的人，否則，只怕人人難以避免。

天氣漸涼，一個下午，一位朋友拖我到一家古董店去，鑒定一件宋瓷。我對於古董其實也是外行，充其量只不過是愛好而已。

也正由於是愛好，所以看得很多，那位拉我去看古董的，是一個暴發戶，錢多了，自然而然，想買幾件好的東西，以便炫耀一番，所以我去的時候，實在很勉強，只不過聽說那件宋瓷十分精美，是以才勉為其難。

到了那家古董店，我才知道，那個暴發戶，除了我之外，另外還約了好幾個人，其中有兩個，我還是認識的，那是真正的古瓷專家，國際公認的，那樣倒好，因為我至少可以長不少知識。

我們一起坐在古董店老闆的豪華辦公室中，暴發戶和我一到，就叫道：「老闆，快拿出來，給大家看看，只要是真貨，價錢再貴我都買。」

暴發戶畢竟是暴發戶，一開口，就唯恐人家以為他沒有錢一樣。

老闆笑道：「我已經鑒定過了，照我看來，那是真貨，我自己收藏的是玉器，要不然，我一定留著，不肯出讓。」

一個專家道：「真正的宋瓷很少，藏家也不肯輕易賣出來，你是哪裡來的？」

老闆走向保險箱前：「是一個老人托我代售，這種東西，賣一個少一個了！」

他打開了保險箱，取出了一隻小小的箱子來。一看到那隻小木箱，我便不禁呆了一呆，我立時覺得它十分眼熟，緊接著，我突然想起了那一對黑貓的眼睛。

這隻盒子，是我看見過的，那是在我偷進張老頭家中去的那次，他就挾著那隻小箱子匆匆走出去，又挾著這隻小箱子走回來，將小箱子放進了大箱子之中。

難道，托古董店代售如此名貴瓷器的，就是張老頭？

可是，我只是想了一想，並沒有發問。因為我覺得，那沒有什麼可能。宋瓷是價值極高的古董，而張老頭的生活十分簡單，他住在中下級的大廈，怎會有這樣值錢的東西而不早出售？而且，這種類似的箱子，世上自然也不止一隻。

老闆將箱子捧到了一張桌子前，所有的人，全圍在桌子邊上。

老闆打開了箱子，裏面是深紫色的襯墊，在襯墊之上，是一對白瓷花瓶，瓷質晶瑩透明，簡直不像是瓷，像是白玉！

老闆小心翼翼，拿起了其中的一隻來，交給了身邊的一位專家，那專家一面看，一面發出讚嘆聲來，又遞給了身邊的另一人。

花瓶傳到了我手上的時候，由於它是如此之薄，我真怕一不小心會捏碎，是以十分小心。這樣佳妙的瓷器，其實根本不必斤斤計較於它是不是真的宋瓷，本身就是具有極高價值的。

等到眾人都看了一遍，老闆又將之放進盒中，再拿起另外一隻來，又傳觀了一遍，才發表意見：「這一對花瓶，簡直一模一樣，重量也不差分毫，真是傑作中的傑作，如果只有一隻，還不算名貴，竟然有一對，可以說難得之極了！」

一位年紀最輕的專家首先道：「我可以簽名証明，這是真正的宋瓷。」

這位專家一說，其餘的專家也齊聲附和，我自然也隨口說了兩句。暴發戶樂不可支，立時掏出了支票簿來，看他寫在支票上的銀碼，相當于三十萬英鎊。同樣的數值，可以購買一幢花園洋房了！

老闆接過了支票，暴發戶小心合上箱蓋，捧著箱子：「今天晚上我請吃飯，在我家裏，還有幾樣東西，要請各位看看！」

對於和這種暴發戶一起吃飯，興趣自然不大，但是我知道如果拒絕的話，一定又有一番口舌，不如去一下，應個景的好。

暴發戶捧著花瓶走了，老闆又從保險箱中，取出一些古物來供大家鑒賞，因爲有那麼多專家在一起，並不是容易的事。

我也和眾人一起，看了一會，其中有幾枚古錢和一隻製作精巧之極的黃金表，真令人愛不釋手，看了一會，我首先告辭。

直到離開了古董店，我才想起，忘了問老闆一聲，那托他代售古董的老頭是不是姓張。但既然已經走了，自然也不必再折回去了。

晚上，我最遲到暴發戶的家中。

暴發戶家裏的氣派真不小，我們先在他特設的古董間中，看他在半年內買進來的古董，看了一會兒，僕人來說，可以吃飯了，才一起離去。

暴發戶自己，走在最後，他拉上門，取鑰匙在手，看來是準備將古董間鎖上的，而我就在他的前面。

就在暴發戶已將門拉到一半之際，忽然之間，也不知從什麼地方，陡地竄來了一隻大黑貓，那隻大黑貓的來勢之快，在我的腳邊竄過，「刷」地一聲，就從門中，穿進了古董間。

暴發戶喝道：「誰養的貓——」

他那一句話才出口，就聽到古董間之內傳出瓷器的碎裂聲，一時之間，人人面面相覷，說不出話來。

暴發戶的手仍然拉著門，門已關上了一大半，究竟那隻黑貓穿了進去之後，打碎了什麼，還看不出來。但是，不論打碎了什麼，都是價值巨萬的古董。

暴發戶在聽到了有東西的碎裂聲之後，僵立著，甚至不知道推開門去看看，我忙道：「看看打碎了什麼！」

暴發戶這才如夢初醒，推開了門，五六個人，一起擁在門口，向內看去。

別人或者都在察看，究竟是什麼東西被打碎了，但是我卻只找那隻大黑貓。

我一眼就看見，那隻大黑貓伏在窗前的板上，縮成了一團，牠像是自己也知道闖了大禍，是以牠的神態十分緊張，身子縮成了一團，全身烏亮漆黑的毛，卻根根聳起。牠的那一對眼睛，也格外閃著綠黝黝的、異樣的光采。

我一看清楚了那隻大黑貓，就陡地一怔，雖然世界上，黑貓不知有幾千幾萬隻，但是這一隻黑貓，我卻可以斷定，牠是張老頭那一隻。

就在我想向前走去之際，只聽得暴發戶在我的身後，發出了一下慘叫聲，用力將我一推，已奔進了古董間，來到了古董櫥之前，停了下來。

也在這時，在我的身後，傳來了一陣嘆息聲。

我也看到，古董櫥的玻璃破碎，放在裏面的其他東西，都完好無損，但是那一對價值三十萬英鎊，暴發戶新買來的瓷瓶，已經碎裂了！

暴發戶奔到了古董架之前，手發著抖，怪聲叫了起來，兩個男僕和一個女僕也立時奔了進來。暴發戶轉過身來，臉色鐵青，指著仍然伏著不動的那隻黑貓，厲聲道：「誰養的貓！」

三個僕人面面相覷，一起道：「我們沒有人養貓，這……這……一定是野貓！」

暴發戶雙手握著拳，額上的青筋，一根一根，都暴了起來，他的聲音也變得嘶啞，看樣子，他真像是要撲上去，將那隻黑貓咬上兩口！

我已經看出事情真是古怪之極。看來，一隻貓撞了進來，打碎了兩隻花瓶，並不是什麼稀奇的事。因為貓是不知道花瓶價值的，三十萬鎊的花瓶和三毛錢的水杯，對貓來說，全是一樣的。

可是，那一對花瓶，卻放在櫃中，櫃外有玻璃擋著，一隻貓的衝擊力量，是不是可以撞碎玻璃，還大成疑問，更何況什麼也不打碎，就壞了那一對花瓶。

我心念轉動，忙道：「別惹那頭貓！」

可是，已經遲了一步！

暴發戶向著那頭貓，惡狠狠走了過去，伸手去抓那頭黑貓。

而也就在這時，我的話才出口，黑貓發出了一下難聽之極的叫聲，身子聳了起來，貓的動作如此之快，連我也未曾看清楚是怎麼一回事，暴發戶已然發出了一下慘叫聲。

那頭老黑貓落下地，一溜黑煙也似的自門中竄了出去。暴發戶的雙手，掩住了臉，血自他的指縫之中，直迸了出來。

毫無疑問，他伸手抓貓，未曾抓中，但是貓爪子卻已抓中了他的臉。

我連忙向他走去，一面向僕人喝道：「快打電話，召救傷車！」

我來到暴發戶的面前，扶著他坐了下來，拉開他的手，暴發戶不斷呻吟著，他臉上的幾條爪痕十分深，只差半吋許，幾乎把他的眼球，都抓了出來，血在不斷流著，一時之間，也無法止得住。

所有的客人都呆住了，暴發戶的太太、子女也一起奔了進來，亂成了一團，在那樣的情形下，反倒沒有人注意那對被打碎的花瓶了。

救傷車不一會兒就趕到，暴發戶的頭上，紮起了紗布，送到了醫院中，一干人全跟到了醫院，暴發戶的太太，又嫌公立醫院設備不好，立時轉進了一家貴族化的私人醫院，我沒有跟去。

那時，我心中真是不舒服到了極點。

那頭大黑貓，牠為什麼要特地來打碎那一對花瓶呢？牠一定是特地來打碎那對花瓶的，世上雖然有不少湊巧的事，但斷乎不會如此湊巧。

但是，一隻貓，牠怎會知道花瓶在什麼地方？

那大黑貓，那隻小木箱，這已使我可以肯定，事情和張老頭有關，那一對花瓶，原來是張老頭的？

我一想到這裏，就走進了一個電話亭，打了一個電話，找古董店的老闆。古董店的老闆在接到了我的電話之後，顯然想不起我是什麼人來了，我忙又道：「今天，你賣那一對宋瓷花瓶給人，我也在旁的。」

古董店老闆「唔唔」地應著，道：「衛先生，你有什麼指教？」

我道：「我想知道這一對花瓶的來源。」

老闆呆了一呆：「對不起，我不能告訴你。」

我加重語氣：「一定要告訴我，事實上，我受警方的委託調查這件事，你如果不肯對我說——」

那古董店的老闆，是一個地道的生意人，生意人怕惹是非，而且，我那樣說，也不能說是故意恫嚇，事實上，張老頭和警方也多少有一點糾葛。

我的話，果然起了一些作用，古董店老闆的聲音，顯得很慌張：「我不是不肯告訴你它的來源，事實上是我也不知道！」

我問道：「那麼，這對花瓶，是如何會在你手上的？」

老闆道：「一個人拿來，要在我這裏寄售，我只不過抽一點傭金，他已經收了錢，走了。」

我並不懷疑老闆的話，我進一步問道：「那個人什麼樣子？姓什麼？叫什麼？」

老闆發出了一兩下苦笑聲：「他年紀很大了，看來很普通，姓張。」

我一聽得「姓張」這兩個字，便不禁吸了一口氣，我所料的，一點也不錯，那對瓷瓶果然是張老頭賣出來的，那隻打破了瓷瓶的大黑貓，也正是張老頭所養的那隻。

我心中一面轉著念，一面道：「你和那位張先生，一定有聯絡的辦法的，是不是？不然，你如何能通知他，瓷瓶已經售出了？」

古董店的老闆急得連聲音也變了：「不，我和他沒有聯絡，他每天打一個電話來問我，我才送走了你們，他的電話就來了，我就通知他來收錢。他一來，拿了錢就走了！」

我聽到這裏，不禁嘆了一聲，我相信對方講的是真話，那麼，我可以說一點收獲也沒有。

雖然，我証明瞭那瓷瓶是張老頭的，但這一點，在我見到了那隻大黑貓之後，早已經肯定的了。

我好半晌不說話，古董店老闆反倒著急了起來：「我會有什麼事？那一對花瓶，可是它的來歷有問題？」

我忙道：「不，不，你放心，你不會有事的，我之所以追查它的來源，也不是因爲它的來歷有問題，而是另外一些極其神秘的事。還有一件事，我要告訴你的，就是那對花瓶已經打碎了！」

古董店老闆「啊」地一聲，驚叫了起來，雖然我只是在電話中聽到他的驚叫聲，看不到他的神情，但是，在他的聲音中，我還可以聽出那種極度的痛惜。而且他的那種痛惜，顯然不是由於金錢上的，而是痛惜一件珍品的被毀。

他在驚叫了一聲之後，連聲道：「那怎麼會的？太不小心！那怎麼會的？」

我道：「有一隻老黑貓，忽然衝了進來，撲向花瓶。連古董櫥的玻璃都打碎了，花瓶變成了一堆碎片！」

古董店老闆連連嘆息著，又道：「大黑貓？對了，那姓張的物主，第一次拿著花瓶來找我的時候，手中抱著一隻黑貓，古怪得很。」

我心中略動了一動，對於整件事情，好像有了一個模糊的概念，但一時之間，卻還沒有辦法將這些零碎的概念組織起來。我說一聲「打擾」，放下了電話，人仍然在電話亭裏，我在迅速地轉著念，企圖將我突然之間想到的一些零碎的概念，拼湊起來。

但是我所得到的十分有限，而且，我在將我自己的想法重新思索了一遍之後，覺得那仍然是荒誕得不可能的事。

第四部：警犬殉職

我的想法是：那對花瓶，是張老頭心愛的東西，由於某種原因，他不得不出售，但是他又不甘心那樣的實物落在別人的手中，所以又驅使那頭大黑貓，去將之打碎。

這種想法的怪誕之處，是在於它的主角是一頭貓，如果不是貓，而是一狗的話，那麼，還或者勉強可以成立，因爲狗能接受人的訓練，爲人去做很多事，但是，從來也未曾聽說過，貓也能接受訓練，去做那麼複雜的一件事。

我苦笑著，推開門，走了出來。

由於我想到了狗，是以我走出了不幾步，便又站定。狗！狗和貓是對頭，狗對於貓的氣味，也特別敏感，如果我有一頭良好的警犬，那麼，我是不是可以追蹤到牠的主人張老頭？

我截住了一輛街車，十分鐘之後，我在高級官宿舍中找到了傑美。傑美在聽了我的敘述之後，望了我半晌，才苦笑地搖著頭，仍然道：「好的，我和你一起找一頭警犬。」

我知道他是不喜歡和我去做這件事的，因爲站在一個警務人員的立場而言，只對犯罪事件有興趣，神秘的事情，不在他職責範圍之內。

但是事情由他而起，如果不是在那次閒談之中，他說出了張老頭的事，就算我看到一隻老貓，打破了一對花瓶，我也決不會追查其中原因，所以他有責任替我做點事。

傑美和我一起查了一下警犬的檔案，查出警犬之中，有兩隻對於貓的氣味特別敏感，然後，我們就一起去看狗，我看到其中一隻，是十分雄俊的丹麥狼狗，我立時選中了牠。

傑美看我選好了警犬，如釋重負，說了一聲「恕不奉陪」，又和帶領警犬的警員，吩咐了幾句，就自顧自地走了。我和那警員，帶著那頭丹麥犬，乘搭警車，直來到了暴發戶的家中。

當我們進入那幢大洋房之際，那頭丹麥警犬已現出十分不安的神態來，不住發出「嗚嗚」地低吠聲，而且好幾次，用力想掙脫那警員手中的皮帶，經過警員連聲叱喝，情形仍然沒有改變多少。

我自然注意到那頭丹麥警犬這種不安的神態，我知道，動物的感覺，比人敏銳不知多少，尤其是狗，有天生的敏銳的感覺。

這時，這頭丹麥警犬，表現了如此的不安，是不是牠已發現了什麼呢？

可是，在我的眼中看來，華麗的大客廳中，似乎一切都十分正常。

那警員的神色，也有點異樣，當我們向管家說明來意之際，那頭丹麥警犬，以一種十分怪異的姿勢，伏在地上，嗚嗚低吠著。

那管家是認得我的，在聽我說了來意之後，他道：「好的，老爺和太太，仍在醫院中沒有回來，但這件事，我還可以作主。」

我道：「那麼，請你帶我們到古董間去。」

管家點著頭，轉身向前走去，那警員用力拉著皮帶，想將狗拉起來，可是那頭高大的丹麥警犬，卻仍然前腿屈著，後腿撐在地上，不肯起來，而且，牠的低吠聲，聽來也顯得非常淒厲。

那警員大聲呼喝著，雙手一起用力，才勉強將那頭警犬拉了起來。

這種情形，連管家也看出有點不尋常，他問道：「怎麼了？這狗有什麼不對？」

那警員道：「奇怪，這是一頭最好的警犬，從來服從性都是第一的，怎麼今晚會這樣子？」

我道：「是不是牠已經覺出這屋子中，有什麼不對頭的地方？」

那位管家顯然十分迷信，我那樣一問，臉色發青忙道：「衛先生，別嚇人！」

那警員皺著眉：「真奇怪，牠或許聞到了什麼特別的氣味！」

那頭丹麥警犬被拉得站起來之後，誰都可以看出，牠的神態極其緊張，那警員拉著牠向前走著，愈是接近古董間，牠緊張的神態便愈甚，等到管家打開了古董間的門，牠全身的短毛都一起豎起，對著古董間之內，大聲狂吠了起來。

警犬的狂叫聲，不但震耳，而且還十分急亂，吠之不已。那警員又和我互望了一眼，拉著警犬，進入了古董間。一進古董間，那警犬一面狂吠著，一面向著古董櫥疾撲了過去。

那一撲，來得極其突然，而且，十分意外，那頭丹麥警犬至少有一百磅重，這向前突然一掙一撲的力道，自然也極大，那警員手中的皮帶，一個握不住，竟然被牠掙脫，帶著皮帶，疾撲而出。

一看到身形那麼高大的一頭警犬，以如此勁疾之勢，疾撲向古董櫥，我也不禁大吃了一驚，那管家更是大聲急叫了起來。

因為古董櫥中，還有許多古董陳列著，那頭黑貓，只不過打碎了一對瓷瓶，而這時，看那頭丹麥狼狗向前撲的情形，這古董櫥中的東西，至少要被牠打碎一大半！

那警員，在這一剎那間，也呆住了，因為這實在是始料不及的事情。

而那頭狗向前撲出去的勢子，實在太快，誰都沒有法子阻得住牠了！

警犬是我帶來的，要是闖了禍，我自然也脫不了干係，我手心捏著一把汗，只等聽警犬撲上去，東西打爛的「乒乓」聲了。

可是，那頭警犬，一撲到離古董櫥只有呎許之際，便陡地伏了下來，狂吠著，緊接著，又一個轉身，直撲到窗前。

我記得，當那頭大黑貓，在打碎了花瓶之後，自古董櫥旁竄出來，也是竄到了窗台上，現在那頭狗也從古董櫥前，回撲到了窗台，由此可知，牠的不安、牠突如其來的行動和牠的狂吠，全然是因爲牠聞到了那頭老黑貓留下來的氣味之故。

一想到這裏，我叫了一聲：「拉住那頭狗！」

可是，隨著我的叫聲，那頭丹麥狼狗突然又是一陣狂吠，自窗口反撲了過來，那警員立時趕過去，想將牠阻住，可是狼狗用力一撲，竟將那警員撲倒在地，立時向門外奔了出去，去勢快絕！

那警員在地上打了一個滾，立時躍起，和我一起，向外追去。

我們才一出古董間，就聽得屋後，男女僕人的一陣驚叫聲，和乒乓有東西倒地的聲音。等到我們追到後門一看，幾個僕人神色驚惶，我忙問道：「那頭狗呢？」

一個男僕指著後牆，聲音發著抖道：「跳……跳出去了，那麼大的狗，一下子就跳出去了！」

那警員連忙奔出了後門，後門外，是一條相當靜僻的街道，哪裏還有那頭高大的丹麥狼狗的影子？

那警員急得連連頓足，管家也從後門口走了出來：「衛先生，對不起，我要關門了！」

我倒並不怪那個管家，因爲剛才，那丹麥狼狗，要是直撲向古董櫥的話，這個禍闖得太大了。

我點了點頭，管家忙不迭將後門關上，我對那警員道：「我們用車子去追。」

我們急急繞到了前門，上了車，一直向前駛著，可是駛出了幾條街，仍然看不到那丹麥狼狗，而且，街道交岔，根本無從追蹤了。

我和那警員相視苦笑，試想，帶著警犬來追蹤，想找到那頭大黑貓的去向，但是結果，卻連警犬都丟了，這實在是狼狽之極。

然而，有一點，我卻可以肯定：那頭丹麥狼狗，一定是聞到了那頭大黑貓的氣味，是以才一直跟蹤下去的，只可惜我們連狗也找不到了！

我皺著眉，問那警員：「這隻狗，平時對貓的氣味，也那麼敏感？」

那警員苦笑道：「沒有，雖然敏感，但從來不像這次那樣，我和牠在一起，已經三年了，從來也沒有見過牠像今天一樣！」

我道：「狗是不會無緣無故失常態的，照你看來，是爲了什麼？」

那警員搖頭道：「不知道。」

我又道：「牠才一進屋時，神態緊張，像是十分害怕，你拖也拖牠不動，後來，怎麼又突然掙脫了，向前猛撲了出去？」

那警員嘆了一聲：「這一類狼狗，極其勇敢，就算面對著一隻猛虎，牠也敢搏鬥，我想，牠開始時並不是害怕，只是不肯輕敵！」

我沒有再說什麼，因爲我心中的疑團，非但沒有得到絲毫解決，反倒更甚！

那頭大黑貓，牠和別的貓，有什麼不同呢？

我不知道有什麼不同，但是一定有所不同，那可以肯定。因爲牠僅僅有一些氣味遺留下來，已經使那頭優良的警犬大失常態。那頭警犬，自然是知道這老貓有何異常之處的，可惜，警犬就算在，也不能告訴我們，何況牠也不見了！

我們又在街上兜了幾個圈子，那警員道：「算了，這頭警犬受過良好的訓練，牠會自己回來，真對不起，要不要另外找一頭來試試？」

我嘆了一聲：「不必了！」

那警員送我回家，他回到警局去。我剛進家中，神色不定，白素迎上來：「怎麼了？」

我將一切經過都對她說了一遍，白素靜靜地聽著，等我講完，她才道：「這種事，如果早兩百年發生，那麼，這頭大黑貓，一定被認爲是妖怪的化身，是成了精的妖怪！」

我乾笑了一下，道：「看來，那真的不是的貓，是貓精！」

白素柔聲地笑了起來。

她雖然沒有說什麼，但是我卻知道，她是在笑我，因爲沒有頭緒，心情激憤，而喪失了理智，我自己想一想剛才所下的結論，也覺得好笑。

白素道：「不能算！」

自然不能算，這件事，令人疑惑不解的地方實在太多，怎麼能算？

首先，張老頭是什麼樣的人？他每天不停地敲打，是在做什麼？何以他第一次搬家，會留下了一副貓的內臟，他那隻大箱子中，那隻六角形的盤子，一半釘滿了像釘子一樣的東西，又是什麼？那頭大黑貓，何以如此怪異？何以會大失常態？

一連串的問題，或許其中的一個，有了答案之後，其餘的便會迎刃而解，但是，我卻連其中的最簡單的一個問題，也沒有答案。

雖然，整件事和我一點關係也沒有，但是我好奇心極其強烈，要是能就此罷手的話，那麼我以前，也遇不到那麼多奇事了。

白素也知道，勸我罷手是不可能的事，她望了我半晌，才道：「我能幫助你什麼？」

我苦笑著，攤了攤手：「連我自己也不知該如何著手，你能幫我什麼？」

白素沒有再說什麼，過了片刻，她用另一件事，將話題岔了開去。

當天晚上，我睡得極其不安，做了許多雜亂而怪異的夢，以致第二天，我一直睡到中午才起來。

當我吃過飯，正在想著，用什麼法子才可以找張老頭時，電話響了。我拿起電話來，就聽到了傑美的聲音，他開門見山地道：「衛，要不要來看一看昨天的那頭警犬？」

我略怔了一怔，他的問題，問得很怪，我道：「哦，那頭警犬回來了麼？」

傑美道：「不，有人在一條巷子中發現了牠，我們將牠弄回來的，牠死了！」

我又怔了一怔，那頭高大的丹麥狗死了！我呆了極短的時間，才道：「死狗有什麼好看的？」

傑美道：「你來，或者你看到了死狗，會對牠的死因發生興趣的！」

我急問道：「牠是怎麼死的？」

傑美道：「我們還不能肯定，要等你來了，一起研究，才能決定！」

我知道又有什麼古怪的事情發生了，是以我說了一聲「立刻就來」，放下電話，就直赴警局。

到了警局，傑美已等在門口，昨天的那警員也在，還有幾個警官，我們略打了招呼，就向內走去，迎面卻遇上了傑克上校，上校見到了我們，伸手用力拍我的肩頭，道：「朋友，我不喜歡見到你，你一來，事情就來了！」

我道：「上校，我並不是來看你，我是來看一頭死狗的！」

傑克上校一定以爲我在故意罵他了，面色立時一沈，傑美忙解釋道：「上校，有一頭警犬死了，我們請衛先生一起來研究一下死因！」

傑克上校略呆了一呆，才笑著走了開去。我們一直來到了化驗室中，那裏，有一個小型的冷藏庫，昨天的那警員拉開了一個長櫃，我向那冷藏櫃中一看，也不禁呆住了！

那是一頭十分巨大的死狗，遍體是血，全身幾乎已沒有什麼完好的地方，全身都被抓破，抓痕又細又長，而且入肉極深，有的甚至抓裂到見骨！

那樣細、長、深的抓痕，決不會是什麼大的猛獸抓出來的，一看到那樣的抓痕，就自然而然，使人聯想到貓的利爪！

我吸了一口氣：「貓！」

傑美點了點頭：「是貓的爪，但是，一頭九十七磅重、受過嚴格訓練的警犬，有可能給一頭貓抓死麼？」

我苦笑了一下，想起我第一次偷進張老頭的住所之際，那頭大黑貓自我身後突然偷襲的情形。當時，我出手反擊，已經擊中了貓身，但是貓爪劃過，還是將我的衣袖抓裂了！

我又想起那暴發戶臉上的抓痕，只要移近半吋，只怕連他的眼球，都會被抓出來！

我喃喃地道：「別的貓，或者不能，但是那頭大黑貓卻能。」

傑美是聽我說起過的那頭大黑貓的，他道：「原來你以前說的，張老頭的黑貓，是一隻山貓！」

山貓是一種十分兇狠的動物，尤其北美洲山貓，其兇猛的程度，幾乎可以和豹相提並論，傑美這時作那樣的推測，可以說是自然而然的事。

但是我卻可以肯定，那頭貓，不是山貓。

山貓和貓的形態雖然相似，我也不能肯定是不是沒有全黑的山貓，但是我卻可以分得出貓和山貓的不同之處。張老頭的那隻是貓，是一隻大黑貓，而決計不是一頭山貓。

是以我立時道：「誰說那是一隻山貓？」

傑美指著那死狗：「如果不是山貓，你怎麼解釋這情形。」

我只好嘆了一聲：「我無法解釋，事實上這隻貓實在太怪異了，如果不是為了那樣，那我昨晚也不會連夜來找你，想找到這隻貓了！」

傑美皺著眉：「本來，這件事和警方無關，但是這隻貓這樣凶惡，可能對市民有妨礙，我們要找到張老頭才行！」

我道：「那最好了，警方要找一個人，比我一個人去找容易多了，一有他的消息，希望你告訴我。」

傑美點頭道：「可以，其實，我看不出事情有什麼神秘，那隻貓，一定是一頭兇狠的山貓。」

我不和他爭，現在爭論是沒有意義的，因爲傑美沒有見過那隻貓。

我默默無言，又向那隻狗望了一眼，這頭丹麥狼狗在臨死之前，一定曾奮力搏鬥過，牠昨晚一聞到那頭大黑貓的氣味，如此不安，可能已經感到將會遭到不幸，但是，牠還是竄了出去。

我抬起頭來：「傑美，你至少有兩件事可以做，第一，狗爪之中，可能有那頭大貓的毛或皮膚在；第二，帶其他的警犬，到發現狗屍的地方去調查。」

傑美望著我，他的神色十分疑惑，他好像根本沒有聽到我的話。

過了片刻，他才道：「你說那是一頭普通的貓？」

我大聲道：「我只是說，那不是山貓，只是一頭又肥又大的黑貓，牠當然不普通，普通的貓，不能殺死一頭丹麥狼狗，我自己也受過這頭黑貓的襲擊，如果不是我逃得快，我臂膀上的傷痕，只怕至今未癒。」

傑美苦笑了一下，他忽然道：「這件事，我請你去代辦，怎麼樣？」

我呆了一呆，便反問道：「爲什麼？是爲了這件事，根本不值得警方人員作正式調查，還是因爲有什麼別的原因？」

傑美忙道：「當然是由於別的原因！」

他略頓了一頓，不等我再發問，又道：「這件事，實在太神秘了，可是其間，又沒有犯罪的意圖，如果由警方來處理的話，連名堂都沒有！」

我聽得他那樣說，倒也很同情他的處境，我來回踱了幾步，才點頭道：「好的，不過我也有一個要求，你最好將這件事情的來龍去脈，和你的上司傑克上校說一說，比較好些！」

傑美道：「當然，你和上校也是老朋友了，他一定會同意由你來處理的，你需要什麼幫助，只管說，我們會盡力而爲！」

第五部：老布大戰老黑貓

我本來已打定了主意，想向警方要幾頭警犬，但是這時卻改變了主意。當然，我仍然要利用狗來找那頭黑貓，因為事實証明，那頭老黑貓的氣味，極其強烈，狗可以找得到牠，但是我卻要更好的狗。

所以我道：「不要幫助，有了結果，我會告訴你，發現狗屍的地點是——」

傑美將發現狗屍的地點告訴了我，我離開了警局，那時，我早已打定了主意，去找我的一個喜歡養狗的朋友，向他借一頭狗。

那個朋友承受了龐大的遺產，生活過得極其舒服，一生除了養狗之外，沒有別的的嗜好，他的衣著，破舊得像是流浪漢，但是他手中所牽的狗，卻全是舉世聞名的好種，王公富豪也未必養得起。

我和這位陳先生不算是太熟，只是見過幾次，但是我卻有把握向他借到一頭最好的狗，因為如此喜歡狗，最受他歡迎的客人，一定是專為他的狗而去的人。

我駕了十多分鐘車，將車子停在一幢極大的花園洋房之前，那屋子有一個極大的花園，車子才停在鐵門外，就聽到花園中傳來了一陣吠叫聲，我覺得，一個人，能夠長期在那樣犬吠聲不絕的環境中而甘之如飴的，神經方面，總不能說是太正常。

我下了車，按門鈴，四五頭大狼狗，向鐵門撲了過來，狂吠，前足搭在鐵門上，人立著。

我按了大約兩分鐘，我知道，這間大屋子中，只有他一個人住著，因爲不論他出多少工錢，都沒有僕人肯替他服務，所以我耐心等著。

過了三五分鐘，我才看到他走了出來，他向鐵門走著，在他的身邊，有十幾隻大大小小的狗，在奔走跳躍，吠叫著打圈兒。

他來到了鐵門前，看到了我，我道：「想不到吧，我來看看你的狗。」

一聽說我是特意來看他的狗隻，他高興得立時咧開了口，大聲呼喝著，那十幾隻狗，仍然在他的身邊打著轉，但是已不再亂吠，在鐵門前的幾隻大狼狗，也退了開去。

他打開鐵門，讓我走了進去，有幾隻比較小的狗，立時走了過來，在我腳邊亂嗅，一頭大狼狗，霍地撲了過來，前足搭在我的肩上，伸長了舌頭。

我忙叫道：「喂，叫你的寵物，別對我太親熱了！」

他哈哈笑著，叱開了那頭大狼狗，和我一起走進屋子去，在我們身邊的狗，愈來愈多，少說也有三五十隻了。我們進了屋子，狗也跟了進來，我在破舊的沙發上坐下：「老陳，我想向你借一隻狗，要最凶惡善鬥的。」

他呆了一呆，笑道：「怎麼樣，可是受了鄰居惡狗的欺負，想報仇？」

我搖頭道：「不是，受了一頭貓的欺負。」

老陳呆了一呆，忽然笑了起來：「你是在和我開玩笑了？」

我搖頭道：「一點也不，老陳，這頭貓，已經抓死了警方一頭丹麥狼狗，那丹麥狼狗人立起來，比我還高——」

我才講到這裏，老陳忽然驚叫了起來：「老湯，你說的是老湯？」

我道：「是啊，你知道這頭狗？」

老陳不安地來回走著：「這頭狗，是我送給警方的，怎麼，牠給一頭貓抓死了，這……不可能吧，牠勇敢兇猛得可以鬥一頭獅子！」

我苦笑道：「不論牠如何兇猛勇敢，牠死在貓爪之下！」

接著，我將經過的情形，向他約略說了一遍，那頭死在貓爪之下的丹麥狗，原是他養的，那就再好也沒有了，他會知道，應該有哪一頭狗，才能夠對付那隻老黑貓。

我在講完之後，才道：「所以，我來向你借一隻狗，能夠對付那頭貓的！」

老陳又呆呆地想了片刻，才道：「照這樣的情形看來，只有派老布出馬了。」

他所有的狗，是他最得意的，都叫「老」什麼，我不知道「老布」是一頭什麼樣的狗，但他是專家，他既然那麼說了，老布自然是他這裏最兇猛善鬥的狗了。

那就是說，老布縱使不是全世界最兇猛善鬥的狗，也必然是全亞洲最善鬥的狗了。

我望著屋子中團團打轉的那些狗：「哪一頭是老布？」

老陳笑了起來：「老布不在這裏，老布和那些狗不一樣，你跟我來！」

他一面說，一面向外走去，我跟在他的後面，到了花園中，更多的狗聚了過來，奔躍著，吠叫著，我看到好幾頭高大兇猛得難以形容的狗，我總以爲老布一定在其中了，誰知仍不然，老陳帶著我，繼續向前走著。

我們走過了一列久已未經修剪的矮冬青樹，說也奇怪，本來至少有幾十頭狗，跟著我們的，但是一到了那列冬青樹前，那許多狗，十之八九，已經掉頭奔了開去，只有三四隻特別兇猛的，還在冬青樹前，逡巡來往，可是也沒有跟我們走進來。

我心中暗自稱奇，我們又走出了十來碼，我根本看不到有什麼特別勇猛的狗在，老陳忽然指著前面的一個土墩：「你看，老布正在休息！」

我循他所指看去，不禁呆了一呆。

老陳所指的，正是那個小土墩，而老陳指著說那是老布的時候，我仍然以爲那是一個小土墩，直到那「小土墩」忽然動了起來，我才看出，那是一頭狗。

這頭狗，也不像是其他的狗一樣，一見主人，就搖尾狂吠，牠只是懶洋洋地站了起來，這時，我才看出牠之所以不搖尾的原因，是因爲牠根本無尾可搖，牠沒有尾。牠全身像是沒有毛一樣，只有土褐色的、打著疊起著皺的、粗糙的皮膚，身子粗而短，腿也是一樣，頭極大，臉上的皮，一層一層打著褶，口中發出一陣嗚嗚的低吠聲，形狀之醜，實在是無以復加！

我不禁失聲道：「這是什麼東西？」

老陳像是被我踏了一腳一樣，怪叫了起來：「這是什麼東西？這是老布，是全世界最美麗的狗、最勇敢的狗，牠可以打得過一頭野牛，這種美麗的純種狗，世界上不會超過十隻！」

我忙道：「是，可是牠的樣子——」

這是，老布正搖搖擺擺，看來很遲鈍地在向前走來，我一面說，一面想伸手去摸摸牠那全是打褶皺紋的頭皮，可是老陳立時拉住了我的手：「別碰牠，牠的脾氣差一點。」

我知道老陳所謂「脾氣差一點」的意思，是以我連忙縮回了手來。

老陳走到一隻箱子前，打開箱蓋，取出了一根很粗的牛腿骨來，蹲下身，將骨伸向老布的狗口中：「老布，表現你的牙力給客人看看！」老布低吠著，突然一張口，咬住了牛骨，只聽得一陣「格格」的骨頭碎裂聲，那根比人手臂還粗的牛骨，在老布短得幾乎看不見的牙齒之下，碎裂得像是雞蛋殼一樣！

我不禁吸了一口氣：「好了，我相信牠合格了，但是，牠的脾氣如果不好，我怎能帶牠出去辦事？」

老陳道：「那不要緊，第一，我會交代牠很服從你；第二，你必須將牠當作是你的朋友，老布的性格很特別，牠決不喜歡人家呼來喝去，遇到了強敵，牠也不會大驚小怪，牠是真正的高手，有高手風範，和別的狗完全不同！」

我聽得老陳這樣形容他的狗，幾乎笑出聲來，但是我總算忍住了沒有笑。

老陳示意我也蹲下身子來，這時，老布像是也知道會有什麼事發生了，牠掀著鼻子，像是在嗅著我，但是卻並不接近我。

老陳握著我的手臂，將我的手，放在牠的頭上，我接觸到了牠的皮膚，只覺得牠短而密的毛，就像是鋼刺一樣地扎手。

老布伏了下來，由我撫摸了兩下，老陳道：「你應該有所表示了！」

我呆了一呆，才一面撫摸著老布，一面道：「老布，你真是一頭了不起的狗，我從來也未曾見過像你這樣的狗，你剛才表現的牙力，真叫人驚嘆！」

我不能肯定老布聽得懂我所講的話，但是老布這時，卻擺出一副很欣賞我對牠誇獎的話的神態。據老陳的解釋是，狗嗅覺極其靈敏，像老布這樣的好狗尤甚，而一個人，心中念頭轉動的時候，會散發出各種不同的氣味，害怕的時候、歡喜的時候、憎厭的時候以及誠懇或虛假的時候，都有不同的氣味，狗可以分辨得出來，所以老布至少可以知道我誇獎牠的那幾句話是真正出自在我的衷心，所以牠很高興。

這只是老陳的解釋，由於他是一個對狗如此著迷的人，是以他的話，我也只好抱著姑妄聽之的態度，但是老布卻的確對我友善起來了。

老陳接著又拍著牠的頭：「老布，他要請你去對付一個凶惡的敵人，你要盡力！」

老布又低吠了幾聲，牠的吠叫聲，是從喉間發出來的，聽來極其低沈。老陳道：「好了，你可以帶牠走了！」

老布的頸際，並沒有項圈，牠的頸又粗又短，我不知道如何才能能帶牠走，老陳看出了我的難處，笑道：「我早就說過了，牠和別的狗不同，牠不要皮帶，你走哪裡，牠會一直在你身邊跟著，記住，牠脾氣還是不好，別讓別人碰到牠的身子，尤其是頭部。」

我知道這絕不是泛泛的警告，是以我緊記在心中，老陳和我站了起來，一起向外走去。老布挪動身子，跟在後面，牠的樣子，看來有些遲鈍。

當我們和老布一起走出那一列冬青樹之際，滿園的犬吠聲，突然一起靜了下來，所有的狗，都留在原地，蹲伏著不動，如臨大敵地望定了老布。而老布卻若無其事，仍然蹣跚地跟著我們。

老陳笑道：「老布初來的時候，有一頭凶惡的狼狗相欺負牠，牠先是一動也不動，後來，當圍在旁邊的狗愈來愈多的時候，牠一張口，就咬斷了那頭狼狗的頸，從此之後，情形就像現在那樣了！」

我看了看花園中群狗的情形，也無法不相信老陳的話。

我們一直來到了花園的門口，我才道：「老陳，老布要去對付的那頭貓，十分古怪，要是老布有了什麼不測，那怎麼辦？」

老陳怒道：「胡說，老布打得過一頭飢餓的老虎！」

我搖頭道：「萬一呢？」

老陳道：「那也不關你事，我會再去找一頭比老布更好的狗——」

他講到這裏，忽然停了下來，接著，便搖著頭：「實在沒有比牠更好的狗了！」

他蹲下來，在老布粗糙的頭上，拍打著，現出一副滿足的神情來。我心中在想，如果他看到了那頭丹麥狼狗慘死的情形，他或者就不肯將老布借給我了！

但是，我只是想著，並沒有說出來，因為看來，老布確然是一頭非同凡響的狗，何況牠要去對付的貓，不論多麼凶惡，總只是一頭貓。

我也趁機拍著老布的頭，好使老布對我親熱些，然後，我走出門外，老布跟在我的身邊，知道牠已由主人借給我了。

我先打開了一邊車門，不等我催促，老布已經跳進了車子，坐在駕駛位的旁邊。

別看老布在行動之際，好像很遲緩，但是牠這一躍，卻是快得出奇，我對牠的信心大增，上了車，直向那頭丹麥狗屍體被發現的地址駛去。

那是一條巷子，巷子的一邊，是一列倉庫房子，另一邊，是一幅空地，有木板圍著，空地中堆了不少舊機器和廢車身，巷子中也堆了不少雜物，車子根本無法駛進去，所以我在巷口停了車。

我下車，老布也跟著下了車，牠仍然靠在我的身邊，我知道狗屍是在巷子的盡頭處發現的，是以我向巷子中走去，一面注意著老布的神態。在剛一下車的時候，老布並沒有什麼異樣，可是才一走進巷子幾步，老布忽然蹲了下來，我繼續向前走了幾步，不見牠跟上來，就停下來等牠。

當我轉過頭去看牠時，發現老布的形體整個變了！

老布身上的皮，粗糙而打著疊，本來鬆鬆地掛在身上，看起來樣子很奇特。但是現在卻變成了全身的皮都光滑無比，那情形，就好像是牠的身中忽然充進了一股氣。

牠站著，身子看來大了許多，神態更是威猛，連我看了，心中也不禁駭然，因爲狗不論如何善解人意，總不過是一頭畜牲。

雖然牠的主人曾要牠服從我，可是如果萬一牠對我攻擊起來，要我赤手空拳，對付一頭神態如此猛惡的惡狗，倒也不是容易的事！

是以，我不由自主，向圍隔空地的木板靠了一靠，準備萬一老布向我撲過來時，可以越過木板，向空地上逃走，那比在巷子中好得多了。

可是，當我靠著木板站定之後，我立即發現老布的神態，在突然之間，變得如此威猛，目的並不在我的身上，而在巷子的前端，因爲牠的一雙眼睛，直視著巷子的盡頭，我循著牠的視線向前望去，巷子的盡頭，除了堆著幾個木箱之外，卻又沒有什麼別的東西。

而就在這時，老布開始行動了，牠開始一步一步向前走去。

老布的腿，本來就短得可以，這時牠在向前走去的時候，每跨出一步之後，四腿並不伸直，是以看來，像是肚子貼著地一樣。

但是牠那種全神戒備向前走出的形態，卻是極其威武的，就像是武俠小說中形容高手的動作經常所用的「淵停岳峙」一語。當牠在向前走的時候，牠看來不像是一頭狗，而像是一隻發現了獵物的獅子。

我等牠在我身邊走過，就跟在牠的後面。

幸而這時，巷子中一個人也沒有，不然，見到一狗一人，這樣如臨大敵地向前走著，一定會大驚小怪。

老布一直維持著同樣的形態，走到了離巷子盡頭的那些木箱，約有七八碼處，才停了下來。牠一停下，就發出了一陣驚人的吠聲。

我還是第一次聽到老布的吠叫聲，牠的吠叫聲如此之響亮，而且這樣突然，令得我嚇了一大跳，在我不知道是不是該制止住牠吠叫之際，牠的整個身子已經彈了起來，以極高的速度，向前撲去。

牠撲出的目標，顯然是那些大木箱，相隔還有七八碼左右，一撲就到，吠聲也更急。而也就在此際，只聽得大木箱中，一聲貓叫，也撲出了一隻大黑貓來。

老布的動作快，那隻大黑貓的動作更快，以致我根本無法看清老布和大黑貓，交手的「第一招」是如何的情形。

但是，在貓叫和犬吠聲交雜中，第一個回合，顯然是老布吃了虧。

因為我看到大黑貓一個翻滾，向外滾出開去，老布的背脊上已多了一道血痕，那大黑貓的貓爪是如此之銳利，一爪劃過，在老布粗糙的皮上，抓出了一道一呎來長、足有半吋深的抓痕。

可是老布卻像是全然未覺一樣，大黑貓才一滾開來，老布立時一個轉身，立即向前撲出，而且，張開口向貓就咬。老布的口是真正的血盆大口，我真有點奇怪何以老布的顎骨可以作近乎一百八十度的張開，大黑貓的利爪又抓出，可是老布的一口，已經咬了下去。

眼看那頭大黑貓，這次非吃虧不可了，我看，牠的一條腿，非被老布一口咬了下來不可，但是大黑貓就在那一剎那間，一個打滾，在老布的頭前，滾了過去，利爪過處，老布的臉上又著了一下重的，鮮血灑在牆上。

這一下，老布也似乎沈不住氣了，一揚前爪，「拍」地一聲，一爪擊在老貓的身上，擊得貓兒又打了一個滾，發出了一下極難聽的叫聲。

而老布雖然身上已有了兩處傷痕，牠的動作只有更快，牠趁勢疾撲而上，黑貓正在翻滾，已被老布直撲了上去，黑貓翻過身來，貓爪向老布的腹際亂劃，只見老布的腹際，血如泉湧。

可是老布卻也在這時，咬住了黑貓的頭。

老布是世界上最好的狗，這一點，我直到這時候，才算是體會了出來。

在那樣的情形下，老布咬住了貓頭，牠卻並不是一口就將貓頭咬了下來，而是微抬起頭，向我望來，要知道，這時，貓爪仍在老布的腹際亂抓，看來老布要被牠的利爪將肚子剖開來了！

我急忙奔了過去，黑貓的頭全在老布的口中，頸在外面，我一把用力抓住了黑貓的頸皮，老布立時鬆了口，我將那隻大黑貓，提了起來。

大黑貓再凶，頸際的皮被我緊緊抓住，牠的利爪，也抓不到我的身上，只見牠四爪箕張著，銳利的貓爪，閃閃生光。

老布發出一陣低吠聲，居然又向前走了幾步，淌了一地血，才陡地倒了下來。

這時，我不禁慌了手腳，老布如果得不到搶救，一定會流血過多而死，也直到牠倒了下來，我才看出牠腹際的傷痕有多麼深、多麼可怕。

幸而就在這時，我看到有兩個人，從巷子口中經過，我立時大聲叫了起來。那兩個人聽到我的叫喊聲，奔了進來。

我一手仍然緊緊地抓著那頭大黑貓的頸皮，大黑貓發出可怕的叫聲，掙扎著，力道十分大，我要盡全力，才不致給牠掙脫。

第六部：化驗半截貓尾的結果

那兩個人奔到我面前，看到這等情形，呆了一呆，他們實在是無法知道發生了什麼事的。

我大喝道：「別呆著，快打電話叫救傷車來！」

那兩人又是一呆：「先生，你受了傷？」

我喘著氣：「不是我，是這頭狗！」

我伸手指著地上的老布，老布不像是躺在地上，簡直是淌在一大泊鮮血之中。

那兩個人搔著頭，我心中雖然急得無可形容，但是也知道事情有點不怎麼妥當了，救傷車是救人的，就算救傷車來了，見到受傷的是一條狗，也必然不顧而去，說不定還要告我亂召救傷車之罪。

可是，怎麼辦呢？老布必須立即得到急救，牠決不能再拖延多久了，而我又要制住那頭黑貓，絕不能再讓牠逃走，我喘著氣，急得一身是汗：「你們會開車？我的車子就在巷口。」

那兩個人一起點頭。

我忙道：「那麼，請你們抱起這頭狗來，我送牠到獸醫院去，我給你們每人一千元報酬，這頭狗，是世界上最好的狗。」

那兩個人立即答應了一聲，一個還脫下了外衣，扯成了布條，先將老布的身子紮了起來，才抱著牠，向巷口走去，一路滴著血。

到了車旁，我取出了車匙，叫兩人中的一個打開了行李箱，我準備將那頭大黑貓，鎖在行李箱中。

我抓住了那頭黑貓的頸際，一個人幫我托起了行李箱蓋來，那頭大黑貓在不斷掙扎著，我是領教過牠動作之敏捷的，是以，當行李箱打開之後，我不禁躊躇了起來，我是不是可以將黑貓放進去，而從容合上行李箱蓋，將牠困在裏面呢？

當然，我的動作可以快到半秒鐘就完成，但是，只要有半秒鐘的空隙，那頭黑貓就可能逃走了。

我在車子旁呆了幾秒鐘，想不出什麼好辦法來，那兩個人反倒著急了起來，其中的一個催著我：「喂，你發什麼呆？那狗要死了。」

我忙道：「我在考慮如何將這隻貓關進行李箱去！」

站在我身邊的那人道：「你怕牠逃走？將牠拋進去，不就可以了？」我根本沒有時間去考慮採取妥善的辦法，自然也沒有時間，去向那人解釋這隻老黑貓是如何異乎尋常，因爲這時，多一分鐘的耽擱，就可能影響老布的性命。

我先揚起手臂，將那頭黑貓高高提了起來，那貓一定知道將會有什麼事發生，所以牠在被我提高的時候，發出可怕的嘷叫聲來。

那種聲音，實在不應該由一頭貓的口中發出來的，是以在我身邊的那人，不由自主，向後退出了一步，我左手抓定了行李箱的蓋，高舉起來的右手，猛地向下一摔，五指鬆開。

老黑貓被我結結實實地摔在行李箱中，而我的右手，也立時向下一沈，「砰」地一聲，行李箱蓋蓋上了，我雙手的動作，配合得十分之好，相差不會超過十分之一秒。但是，我還是對那隻黑貓估計太低了。

行李箱蓋「砰」地蓋上之前的一剎那，黑貓一面發出可怕的聲音，一面已經向外竄了出去。我一看到這種情形，連忙後退，同時也將我身邊的那人拉了開去。在那樣的情形下，我們兩人之中的任何一個人，要是被大黑貓迎面撲中的話，那就非步老布的後塵不可。

我拉著那人疾退出了兩步，只聽得一陣可怕的嘷叫聲和爬搔聲，黑貓仍然在行李箱上。我看到在牠的利爪過處，車身上的噴漆，一條一條，被抓了下來，黑貓全身毛聳起，眼張得老大，那情形真是可怕極了。

在開始的時候，我還弄不清那是怎麼一回事，我還以爲那頭黑貓恨極了我，要作勢向我撲過來對付我，是以又後退了幾步。

然而，我立即看清楚了，黑貓並不是不想走，而牠不能走，因為我的動作快，牠雖然及時向外竄來，但是還差了那麼一點：牠的尾巴，夾在行李箱蓋之下了！

這時，牠正在竭力掙扎著，牠的利爪，抓在車身上，發出極其可怕的聲音來。

當我看清了這樣的情形之後，我不禁呆住了！

我該怎麼辦？我不能任由牠的尾巴夾在行李箱蓋之下而駕車走，我也沒有法子再打開行李箱蓋來，因為一打開箱蓋，牠一定逃走！

我呆了約莫半分鐘，已坐在司機位上的那人，又大聲催促著。

我一橫心：「我們走！」

我和另一個人，一起走進車廂，在那一剎那間，我的決定是：先將老布送到獸醫院去再說！

就在我們兩人相繼進入車子之際，車子發動，也就在那時，黑貓發出了一下尖銳之極、令我畢生難忘的慘叫聲，帶著一蓬鮮血，直竄了起來。

我轉過頭去，鮮血濺在車後窗的玻璃上，但是我還是可以看得很清楚，黑貓自車身上，越過了圍住空地的木板，竄進了空地之中。

牠的尾巴，斷了大半截，斷尾仍然夾在行李箱蓋之下，那一大蓬鮮血，是牠掙斷了尾巴的時候冒出來的。

看到這種情形，我不禁啼笑皆非！

費了那麼大的勁，我的目的就是希望能夠捉到這頭老貓，從老貓的身上，再引出牠的主人張老頭來，來解釋那一連串不可思議的事。

可是現在，鬧得老布受了重傷，我卻仍然未曾得到那頭貓。

如果勉強要說我有收獲的話，那麼，我的收獲，就是壓在行李箱蓋下的那截貓尾。

我苦笑著，時間不允許我再去捉那頭貓了，老布等著急救。

而事實上，就算我有足夠時間的話，我也沒有可能捉得到牠了！

我只好吩咐道：「快到獸醫院去！」

車子由那兩人中的一個駕駛，車廂中也全是血，那是老布的血，我的腦中，亂到了極點，我曾經對付過許多形形式式極難對付的人和事，我不得不承認，到現在為止，最叫我頭痛、感到難以對付的，就是這頭又大又肥又老又黑的怪貓。

車子到了獸醫院，老布被抬了進去，我給了那兩個人酬金，他們歡天喜地地離去，我和獸醫談了幾句，又來到獸醫院之外，打開了行李箱蓋。

行李箱蓋一打開，半截貓尾，跌進了行李箱中。我拎著尾尖，將那半截貓尾提了起來，苦笑了一下。

要扯斷一截那樣粗的尾巴，連皮帶骨，決不是尋常的事，我真懷疑一隻貓是不是有那麼大的力量和勇氣，來扯斷自己的尾。

但是無論如何，這隻貓做到了！

我呆了片刻，順手拿起行李箱中的一塊膠片，將那段貓尾包了起來。

在那時候，我真還未曾想到，這半截貓尾有什麼用處，能給我什麼幫助。

但是我還是將之包了起來，因為這是我唯一的收獲了。然後，我又回到獸醫院，先洗淨了我手上的血，才去看老布。獸醫已經替老布縫好了傷口，老布躺在一張床上，一動也不動，我走到牠的身邊，牠只是微微睜開眼，我問獸醫道：「牠能活麼？」獸醫道：「如果人傷得那麼重，肯定不能活了；但是狗可能活著，動物的生命力，大都比人強得多，不過現在我還不能肯定，至少要過三天，才能斷言。」

獸醫望著我，望了片刻，在那片刻之間，他臉上現出極度疑惑的神色來，道：「這是一頭極好的戰鬥狗，是什麼東西，令牠傷成那樣的？牠好像和一頭黑豹打過架。」

我苦笑道：「牠和一隻黑貓打過架。」

獸醫呆了一呆，看他的神情，多半以為我是神經病，所以他沒有再和我說下去，又拿起注射器來，替老布注射著，我轉過身，打了一個電話給老陳，告訴他老布在獸醫院，傷得很重。

老布受傷的消息，給予老陳以極大的震動，在電話中聽來，他的聲音也在發顫，他道：「我就來，告訴我，牠怎麼樣了？」

望了望躺在床上的老布，我只好苦笑道：「我只能告訴你，牠還沒有死！」

老陳一定是放下電話之後，立即趕來的，他的車子還可能是闖了不知多少紅燈，因爲十分鐘之後，他就氣急敗壞地闖了進來。

那時，老布連眼也不睜開來，我以爲老布已經死了，還好獸醫解釋得快，說他才替老布注射了麻醉劑，使牠昏迷過去，以減少痛苦，要不然，老陳真可能嚎啕大哭。

我向老陳表示我的歉意，令老布受了得傷，但是老陳根本沒有聽到，他只是在向獸醫發出一連串的問題。老陳是養狗的專家，對於醫治護理傷狗的知識十分豐富，問的問題，也很中肯。

我和他說不了幾句，他就揮手道：「你管你的去吧，這裏沒有你的事了。」

我嘆了一聲，知道我再留在這裏，也是沒有用的事。是以我走了出來，上了車子，呆坐了片刻，才駕著車離去，我心中實是亂到了極點，所以，在半小時之後，我竟發覺自己，一直只是漫無目的地駕著車，在馬路上打著轉！

我勉力定了定神，才想起在車子的行李箱裏，還有著一截貓尾巴在。

這隻大黑貓，既然如此怪異，我有了牠的一截斷尾，或許可以化驗出什麼來。警方有著完善的化驗室，我自然要去找一找傑美。

我駕車直驅警局，找到了傑美，和他一起來到化驗室，當然，我拿著那截貓尾。化驗室主任看到那截貓尾，便皺起眉來：「你的目的是什麼？」

傑美望著我，我只好道：「我想知道，這隻貓，和別的貓是不是有所不同？」

主任的聲音尖了起來：「你在和我開玩笑，貓就是貓，有什麼不同？」

我只好陪著笑，因爲我的要求，對一個受過嚴格科學訓練的化驗室主持人而言，的確是有點想入非非的。

我支吾著道：「或許可以查出一點什麼來，例如這隻貓的種類、牠的年紀，等等。」

主任老大不願意地叫來了一個助手，吩咐助手去主持化驗，就轉身走了開去。我和傑美兩人，自化驗室中，走了出來。

傑美以一種十分誠懇的態度，拍了拍我的肩頭：「衛斯理，這件事，我看算了吧！」

我瞪著眼：「算了，什麼意思？」

傑美道：「我的意思是，別再追查下去了，你也不致於空閒到完全沒有事情做，何必爲一頭貓去煩個不休？」

我呆了片刻，才正色道：「傑美，你完全弄錯了，站在一個警員的立場而言，這件事，的確沒有再發展下去的必要了！」

傑美笑著：「在你的立場，又有何不同？」

我道：「當然不同，在我而言，這件事，還才開始，我剛捉摸到這件神秘莫測的事的一點邊緣，你就叫我放棄，那怎麼可能？」

傑美攤著手：「好了，你是一個神秘事件的探索者，正如你所說，警方對這件事，已經一點興趣也沒有，化驗一截貓尾，在警方的工作而言，可以說，已到了荒唐的頂點。」

我明白了傑美的意思，心中不免很生氣：「我知道了，自此之後，我不會再來麻煩你們，事實上，本市有好幾傢俬人化驗所，設備不比這裏差，既然你認爲這件事荒唐，我去將貓尾取回來。」

傑美看到我板起了臉說話，顯然生氣了了，他忙陪笑道：「那也不必了，何必如此認真。」

我冷笑道：「這半截貓尾，是我唯一的收獲，我不想被人隨便擱置一旁，作不負責任的處理，我要詳盡的報告，對不起，我一定要拿回來！」

看到我這樣堅持，傑美也樂得推卸責任，他考慮了片刻，才道：「也好，由得你。」

他轉身走進去，將那半截貓尾取了出來。我心中生氣，也不和傑美道別，逕自上了車，到了另一家私人的化驗所。

那化驗所的人員，看到了我提著半截貓尾來，要求作最詳盡的化驗，也不禁覺得奇怪，但是他們的態度卻比警方化驗所人員好得多，接受了我的要求，並且答應盡快將結果告訴我。

在接下來的兩天中，我真可以說是苦不堪言。因為老陳堅持要在獸醫院中，日夜不離，陪著老布，照顧他所養的那一大狗的任務，便落在我的身上。

老布的受傷，是因我而起的，這樁任務雖然討厭，但是我卻也義無反顧。

一直到第三天，老陳才回來了，他神情憔悴，但是精神倒還好，因為老布已經渡過了危險期。

我回到家中，足足沐浴了大半小時，才倦極而臥，才朦朦朧朧醒來，白素正站在我的身邊：「那家化驗所的負責人，打了好幾次電話來，我看你睡得沈，沒有叫醒你。」

一聽得那樣的話，我倦意立時消除，一翻身坐了起來，白素已替我接通了電話。

我拿過電話聽筒來，劈頭第一句就問道：「有什麼特別的結果？」

那負責人像是有什麼難言之隱一樣，並沒有立時回答我的問題，支支吾吾了好半晌，才道：「我們已証明，那是一頭埃及貓，不過，你最好來一次。」

我追問：「有什麼特別？」

那負責人堅持道：「電話中很難說得明白，你最好來一次，我們還要給你看一些東西。」

我心中十分疑惑，我不知道他們究竟發現了什麼，但是那一定是極其古怪的事，可以說是沒有疑問的了，而希望有不同尋常的發現，那正是我的目的，是以我放下電話，立即動身。

我被化驗所的負責人引進了化驗室，負責人對我道：「我們以前，也作過不少動物的化驗，大多數是狗，你知道，動物的年齡，可以從牠骨骼的生長狀況之中，得到結論的。」

我點頭道：「我知道。」

負責人帶我到一張檯前，檯上有一具顯微鏡，他著亮了燈：「請你看一看。」

我俯首去看那具顯微鏡，看到了一片灰白色的、有許多孔洞、結構很奇特的東西。一面看，我一面問道：「這是什麼？」

負責人道：「這是一頭狗的骨骼的鈣組織切片，這頭狗的年齡，是十七歲，骨骼的鈣化，到了相當緊密的程度，沒有比較，或者你還不容易明白的。」

負責人換了一個切片：「這是十歲的狗。」

我繼續看看，一眼就看出了牠們之間的不同，鈣組織的緊密和鬆有著顯著的分別。

我道：「你想叫我明白什麼？」

負責人又替我換了切片：「請看！」

我再湊眼去看，看到的仍是一片灰白，我知道，那仍然是動物骨骼鈣組織的切片，可是，那灰白的一片，其間卻一點空隙也沒有。

非但沒有一點空隙，而且，組織重疊，一層蓋著一層，緊密無比。

我道：「這一定是年紀很大的動物了！」

負責人望著我：「這就是你拿來的那半截貓尾的骨骼鈣組織切片。」

我呆了一呆，感到很興奮，總算有了多少發現了，我問道：「那麼，這貓有幾多歲？」

負責人的臉上現出十分古怪的神色來，他先苦笑了一下，才道：「兩天前我已經發現了這切片與眾不同之處，我曾請教過另外幾位專家——」

我感到很不耐煩，打斷了他的話頭，道：「這頭貓，究竟多老了？」

負責人揮了揮手：「你聽我講下去，其中一位專家，藏有一片鷹嘴龜的骨骼鈣組織切片標本，那頭鷹嘴龜，是現時所知世界上壽命最長的生物，被証明已經活了四百二十年的。」

這時，我倒反而不再催他了，因爲我聽到了「四百二十年」這個數字，我呆住了。

從他的口氣聽來，似乎這頭黑貓，和活了四百二十年的鷹嘴龜差不多，這實在是不可能的。

然而，我還是想錯了！

負責人的笑容更苦澀，他繼續道：「可是，和貓尾骨的切片相比較，証明這隻貓活著的時間更長，至少超過四倍以上。」

我張大了口，那負責人同樣也以這種古怪的神情，望定了我。

過了好半晌，我才道：「先生，你不是想告訴我，這隻貓，已超過了一千歲了吧？」

負責人有點無可奈何道：「一千歲，這是最保守的估計。衛先生，如果不是靠估計，撇開了我們所有原來知道的知識不論，單就骨骼鈣組織切片的比較，那黑貓已經超過了三千歲了。」

我嚷叫了起來：「太荒誕了，那不可能！」

負責人搖著頭：「可是，這是最科學的鑒別動物生活年齡的方法，動物只要活著，骨骼的鈣化，就在不斷進行著。」

我深深地吸了一口氣，找了一張椅子，坐了下來，因為在那剎那間，我有點站立不穩之感。

我早已看出那頭黑貓，又肥又大，是一頭老貓了，但是，無論我怎麼想，也無法想到牠竟老到三千多歲。而且，化驗室負責人說「超過三千歲」，正確的數字，他不能肯定。人類的文明記載，才多少年？說長一點，算是四千年吧，那麼，這頭黑貓難道老得和人類的文明一樣，牠竟是那樣的一頭老貓！

我坐定了之後：「所長，那不可能。」

所長攤開了手：「這也正是我的結論：那不可能。然而，我又無法推翻觀察所得，所以我要請人你來，和你當面說說。」

我只覺得耳際「嗡嗡」直響，過了好一會，我才又道：「其它還有什麼發現？」

所長道：「其他的發現很平常，証明那是一頭埃及貓，貓正是由埃及發源的。」

我站了起來，有這樣的發現之後，我更要去找這頭大黑貓和張老頭了。

我真懷疑，張老頭養這頭貓，不知是不是知道這頭貓已經老得有三千多歲了？

我走向化驗所的門口，所長送我出來：「那半截貓尾，你是要帶回去，還是——」

我道；「暫時留在你們這裏好了！」

所長忙道：「好，如果有機會的話，我想看看這一頭貓，這實在不可能。」

我已經在向外走去了，可是突然間我想起來：「所長，你說你曾邀請專家來研究過，他們的意見怎樣，請你說一說。」

所長道：「有幾位專家說，這隻貓一定患過病，或是由於內泌不正常，所以形成了骨骼鈣組織的異常變化，我覺得這是最合理的假定了。」

我呆了半晌，任何貓，即使是一頭凶惡得如同那頭大黑貓一樣的貓，也決計不可能有三千歲那樣長壽。事實上，除了某些植物之外，根本沒有如此長命的生物。那麼，看來，所長所轉達的專家們的意見，才是合理的解釋。

然而，當我一想到這一點的時候，眼前又出現那隻大黑貓的那一對眼睛來，如此光芒隱射、如此深邃，那看來，不像是一對貓的眼睛，倒像是什麼有著極其深遠的智慧的生物一樣，這對眼睛，使人有牠比聰明的人類更聰明的感覺。

第七部：妖貓的報復

我腦中的思緒很亂，是以我在不由自主地搖著頭。

所長又重提剛才的話：「如果你有那頭貓，我想詳細檢查一下。」

我問道：「你還想發現什麼？」

所長略想了一想：「剛才我對你說的，那位專家的推測，聽來好像是唯一合理的解釋，但是事實上也有它不合理之處！」

我望著他，老實說，我的心中，反倒願意那位專家的解釋正確。

我曾給不少怪異的事弄得心神不定，但是從來也未曾像這一次一樣，給一頭貓弄得這樣顛倒過，我實在不想再提起任何有關那隻貓的事了，所以我寧願牠是一隻普通的老貓，只不過是有某些不正常，是以才形成了牠骨骼鈣組織的異常變化。

可是，所長卻又說那不合理！

我望著所長，並沒有出聲，所長接著又道：「你知道，任何生物，都有生長的極限，簡單地說，一頭貓，如果牠的骨骼鈣組織已發展到了這個地步，牠早就無法活下去了。」

我略怔了一怔：「可是這頭貓，卻是活生生的！」

所長皺起了眉：「所以我才要看看這隻貓，衛斯理，用人的情形來作譬喻，這種情形，就像是有『靈魂』頂著一個早已死亡的殭屍復活了！」

聽得所長那麼說法，我不禁苦笑了起來。

事情愈來愈荒誕了，我呆了好一會，才道：「你為什麼不說有『靈魂』借用了那隻貓的身體呢？」

所長像是自己也知道這種假設太不可思議了，是以他也自嘲地笑了起來：「借屍還魂的事，究竟不怎麼可靠，而且，人的屍體有機會被保存幾千年，貓的屍體有什麼機會，被保存幾千年？」

我思緒本就已經夠亂的了，再給所長提出了「借屍還魂」這個問題來，我更是茫然摸不著一點頭緒。

在那樣的情形下。我莫名其妙地變得暴躁起來，大聲道：「太荒謬了，根本不可能有借屍還魂的事！」

所長睜大了眼，奇怪地望著我：「咦，我一直認為你是想像力極豐富的人，你一直說，宇宙之間沒有什麼事是不可能的，所謂不可能，是人類的知識還未發展到這一地步，是自我掩飾的詞令。為什麼你今天忽然改變了想法？」

我無法回答他的這個問題，只好苦笑著，拍著他的肩頭：「請原諒我，因爲我實在給這頭貓弄得頭昏腦脹，不想牠再出什麼新的花樣了！」

所長搖著頭：「不要緊，我也不過隨便說說。」

我嘆了一聲：「我一定會盡力去找那頭貓，和牠的主人，找到之後我通知你。」

所長高興地答應著，送我出來。

到了外面，陽光照在我的身上，我看到了馬路上的那麼多行人，才肯定我自己仍然是在我所熟悉、生長的世界之中。

我一定要找到那頭貓，要在一個大城市中找到一頭貓，那不是一件很容易的事，但是，要找一個人的話，那就容易得多了，所以我下定決心，我要找到張老頭。

那頭貓是張老頭養的，張老頭甚至經常帶著牠外出（古董店老闆說的），那麼，張老頭對這隻貓一定極其熟悉，我想，如果找到了張老頭，事情一定可以有進一步的發展，不會像現在那樣一片迷霧了。

但是，要找張老頭的話，該如何著手呢？

我一面走，一面在想著，終於決定了去找古董店的老板。

當我見到了古董店老闆之際，他對那一對被貓打碎了的花瓶，不勝欷噓，並且告訴我，那暴發戶也去找過他，希望再找一對同樣的花瓶。

這正合我的來意，我慫恿他登一個廣告，表示希望和那位出讓花瓶的張先生見面，我替他擬了這則廣告，廣告的文字，暗示著這對花瓶的賣主，如果和古董店老闆再見面的話，可以有意想不到的額外的好處。

人總是貪心的，我想，張老頭在看到這則廣告之後，或者會出現和古董店老闆聯絡。

我除了這樣做之外，似乎已沒有什麼別的辦法可想了。

本來，我也想到過，那頭黑貓自己扯斷了尾，血淋淋地逃走，或者張老頭會帶牠到醫獸院去，我似乎應該到全市的獸醫院去調查一下。

但是，我隨即打消了這個念頭，一則，當我想到這一點的時候，已經遲了，如果張老頭曾攜貓求醫，一定早已去過了。二則，我認爲那頭貓既然如此異乎尋常，那麼，張老頭十之八九，不會帶牠去求醫的。

我回到了家中，每天都等古董店老闆來通知我張老頭出現的消息。可是一連等了七八天，都是音訊杳然。

白素看到我有點神魂顛倒，不住地勸我放棄這件事。事實上，張老頭要是不出現的話，我想不放棄，也不可能了。

天氣漸漸涼了起來，是在離開我和化驗所所長談話的十天之後，那一天，我們夜歸，我和白素由一位朋友的車子送回來。

爲了不過分麻煩人家，車子停在街口，我們走回家，當然要走的距離不會太長，大約是兩百碼左右。

那時，是淩晨三時，街上靜得出奇，我才走了十來步，就停了下來，十分惑疑地問：「你覺得麼？」

白素呆了一呆：「覺得什麼？」

我有點緊張地道：「好像有人躲在黑暗中望著我們！」

一個敏感的人，是時時會有這種感覺的，我是一個敏感的人，白素也是。這時，我看白素的神情，顯然她也有了同樣的感覺。

覺得有人在暗中監視著自己，那是一種十分微妙、很難形容的事。

當有這種感覺的時候，實際上，還根本看不到任何人，也看不見黑暗之中有什麼眼睛的光芒，但是卻突然之間有了這樣的感覺，使得人感到極度的不舒服。

白素和我的腳步慢了下來，我低聲道：「小心，可能會有人向我們襲擊。」

白素緩緩吸了一口氣：「那麼靜，要是有什麼人向我們襲擊的話，一定會有聲響發出來的。」

我們一面說，一面仍然在向前走著，已經可以看到家門了，我又低聲道：「未必，或許當我們聽到什麼聲音時，已經遲了！」

愈是接近家門口，那種被人在暗中監視著的感覺愈甚，可是四周仍是靜得出奇，一個人也沒有。我和白素都感到十分緊張，我們終於到了門口，沒有什麼事發生，我取出了鑰匙來。

就在我要將鑰匙插進鎖孔之際，忽然聽到白素叫道：「小心！」

那真是不到百分之一秒之間發生的事，白素才一叫，我便覺出，半空之中，有一團東西，向著我的頭頂，直撲了下來。

而也就在那一剎那間，白素一面叫，一面已然疾揚起她的手袋來。

那團自我頭上撲下來的黑影，來勢快到了極點，但是白素的動作也很快，「拍」地一聲，手袋揚起，正打在那團東西上。

那團東西，發出了一下可怕的叫聲，也就在那一剎那間，我陡地想起，自半空之中向我直撲下來的，正是那頭老黑貓！

也就在那一下難聽之極的貓叫聲中，我的身子，陡地向後一仰，我已看清了那頭貓，牠那雙暗綠的眼睛，閃著一種妖光。

白素的手袋擊中了牠，但是牠的身在半空中翻騰著，利爪還是在我的肩頭上疾抓了一下，使我感到了一陣劇痛，我立時飛起一腳，正踢在牠的身上，牠再發出了一下怪叫聲，又滾了開去。

等到我和白素一起趕過去追牠時，牠早已跑得蹤影不見了。

這一切，加起來，只怕還不到十秒鐘，我感到肩頭疼痛，白素也驚叫了起來：「你被牠抓中了！」

我低頭看去，肩頭上的衣服全碎了，血在沁出來，我吸了一口氣：「快進去！」

白素急急開門，我已將上衣和襯衫，一起脫了下來，肩頭上的傷痕，約有四吋長，還好，入肉不是太深，但是也夠痛的了。

進了屋子，白素替我用消毒水洗著傷口，又紮了起來：「這貓……我看你要到醫院去。」

白素在那樣說的時候，滿面皆是愁容。

而我的心中，也覺得不是味道到了極點，我曾和許多世界上第一流的搏擊專家動手，而了無損傷，可是現在卻叫貓抓了一下，那自然不是滋味之極了。可是看到白素那樣著急，我只好裝著輕鬆一些：「到醫院去？不致那麼嚴重吧！」

白素卻堅持道：「一定要去！」

我也感到事情有點不對頭，那隻貓，分明是有備而來，向我來報斷尾之仇的，雖然，從來也沒有貓爪上有毒的記載，可是那是一頭異乎尋常的怪貓，誰知道牠的爪上有些什麼？

爲了安全計，我的確應該到醫院去，接受一些預防注射，是以我點了點頭。

我們立即離開了家，在車中，我仍然努力在開解白素，我笑道：「這倒是一篇很好的神秘小說的題材，這篇神秘小說，就叫著『妖貓復仇記』好了！」

白素一面駕著車，一面瞪了我一眼：「別不將這隻貓當作一回事，牠既然能找到你，一定不肯就將你抓一下就算了！」

我笑了起來：「是麼？牠還想怎樣，難道想將我抓死？」

白素皺起了眉不說話。

這時，我自然沒有把白素的話放在心上，因爲不論怎樣，我的「敵人」只不過是一頭貓，要是我連一頭貓也鬥不過的話，那還像話麼？

所以，當時我只覺得好笑。

但是，當我從醫院中回來之後，我就笑不出來了。

在醫院中，我接受了幾種注射，醫生又替我包紮了傷口，等到我回家的時候，天已亮了。

還未打開家門，我就首先發現，有一塊玻璃碎了，而一推開家門，看到客廳中的情形，我和白素兩人都呆住了！

我立時發出了一下怒吼聲——這是任何人看到了自己的家遭到這樣卑鄙而徹底的破壞之後，所必然產生的一種反應。

我雙手緊緊地捏著拳，直捏得指節「格格」作響，白素則只是木然站著。過了好一會，白素才首先打破沈默：「我早知道牠會再來的！」

我在那一剎那間，有天旋地轉之感，客廳中的破壞，是如此之甚，所有可以撕開的東西，都被撕成一條條，桌布、皮沙發的面、窗簾，都變成了布條，甚至連地毯也被撕裂了。

牆上掛著的字畫，全成了碎片，有很多，好像還曾被放在口中咀嚼過。

所有可以打得碎的東西，都打成了粉碎，甚至一張大理石面的小圓桌，上面也全是一條一條的抓痕，石屑散落在桌面和地上。

如果說這樣的破壞是一頭貓所造成的，這實在是令人難以相信的一件事。

但是，那的而且確是一頭貓所造成的！

是貓的利爪，將一切撕成了碎片，是貓打碎了一切可以打碎的東西。自然，那不是一頭普通的貓，就是曾被我捉住過、弄斷了牠尾巴的那頭妖貓！

我和白素互望著，我們的心中，都有說不出來的氣憤，家中的一切陳設傢俬，全是我們心愛的，我們的家，是一個溫馨可愛的家，但是現在，一切全被破壞了，最令我們氣憤的是，對方只是一頭貓，就算你捉到了牠，將牠打死了，又怎麼樣？牠只不過是一頭貓！

我們慢慢地向前走去，到了樓梯口，白素身子忽然微微發起抖來：「樓上不知怎麼樣了？」

我陡然地吸了一口氣，像是發瘋一樣地向上，衝了上去。還好，樓上的一切，沒有損壞，我打開了幾間房門，房間內的一切，也未曾損壞。

我和白素，一夜未睡，都已經相當疲倦了，但是我們都沒有休息，我們要收拾客飯廳中被毀壞的一切。等到將一切被弄壞了的東西都搬弄了出去之後，我們的屋子，看來就像是要搬家一樣，幾乎什麼也沒有了。

到了中午時分，胡亂吃了一些東西，我們上樓，在書房中，面對面坐了下來。

白素喃喃地道：「我早知道牠會再來！」

一聽到白素重複那句話，我突然站了起來：「牠還會再來！」

白素睜大了眼睛望著我，我道：「看，我使牠斷了尾巴，牠來報仇，是不是？」

一頭貓來向人尋仇，這事情聽來有點匪夷所思，但是實際上，那貓的確是來報仇的，是以白素在呆一呆之後，點了點頭。

我指著自己的肩頭（它還在隱隱作痛），道：「現在牠的報仇並沒有成功，牠只不過將我抓了一下，我傷得很輕，牠雖然破壞了我客廳中的一切，但是對一頭貓而言，那是難洩牠心頭之恨的——」

我講到這裏，提高了聲音：「所以，牠還會再來，再來對付我！」

白素苦笑道：「那我們怎麼辦？我實在受夠了！」

我冷笑著：「看我捉到了牠之後如何對付牠！」

白素望了我半晌，才道：「你準備如何對付牠，牠畢竟只是一頭貓。」

我實在恨極了，我道：「然而，牠比人還可惡，我不會放過牠！」

白素又望了我半晌，才嘆了一口氣：「我不希望你因此而變得殘忍！」

在白素沒有那麼講的時候，由於我恨那頭貓，恨到了極點，是以我心中，不知盤算了多少方法，當我將那頭貓捉住之後，可以虐待牠，我甚至想到，要用沸水來淋牠！

可是，當我聽到白素那樣提醒我，我不禁感到很慚愧，我想：我是怎麼了？我從來也不是一個無聊到要虐待動物來洩憤的人，可以說，我從來也不是有那種殘忍虐待心理的人。

殘忍的虐待心理，是人類的劣根性之一，是人類野蠻的天性之一。這種野蠻的天性，雖然經過數千年文明的薰陶，但是還是很容易在沒有知識的人身上找到這種根深蒂固的野蠻天性。

在街頭上，不是經常可以看到身高幾乎六呎的大人在虐待小動物麼？

我更一向認爲，這種虐待殘忍心理，從虐待小動物開始，就可以看出這個人的野蠻和下流，那是一種獸性，是我最厭惡的事情。

但是，我自己卻也在想著用沸水淋那頭貓！

白素的話，使我感到慚愧，也使我感到，那頭貓，在使我漸漸趨向不正常，再下去的話，我可能會神經失常，變成瘋子！

我心中暗暗吃驚，鎮定了好一會兒，我才道：「不論怎樣，我一定要捉到那頭貓！」

白素幽幽地問道：「有什麼辦法？」

我道：「希望牠今天晚上再來，我去準備，我料牠今晚再來，一定會來攻擊我！」

白素現出駭然的神色來，那頭妖貓——稱之爲妖貓絕不爲過——可以說防不勝防，人雖爲萬物之靈，但是在狙擊方面，想勝一頭貓，可以說極不容易！

但是白素立時鎮定了下來：「好，我們現在就開始準備！」

想到那頭貓還會來，而我又可能捉到牠，精神不禁爲之一振。

我們先將要準備的東西記下來，然後去分頭去買。

等到晚上，我們因爲精神緊張和亢奮，反而不覺得疲倦了。

我們估計那頭貓，如果夠乖巧的話，可能要到下半夜才來，是以天色才黑，剛吃完了晚飯，我們就睡了。我將一張大網，放在床邊。

那張網和捉蝴蝶的網差不多，有一個長柄，是結實的尼龍織成的，柄上連著一根繩子，可以將網口收小，我將網放在床邊，以便一伸手就可以拿得到。

白素有她的辦法，她將一條相當厚的棉被，放在身邊備用。

我們兩人，也經歷過不少大敵，這時為了對付一頭貓而如此大動干戈，想起來，實在有點啼笑皆非。

八點鐘，我們全睡著了，究竟一天一夜沒有休息了，所以一睡著了之後，就睡得很甜，鬧鐘在午夜二時，將我叫醒，我又搖醒了白素。

我們都躺在床上不動，等著，傾聽著。

靜得出奇，一點聲響也沒有。所有的窗子，全拉上了窗簾，所以房間中也暗得出奇，什麼也看不到。

我們等了足足一個鐘頭，什麼事情也沒有發生，我低聲道：「或許牠不來了！」

白素苦笑了一下，我知道她苦笑的意思，那頭妖貓，今晚就算不來，明晚也會來的，明晚不來，後晚來的可能性就更高。

而我們是不能永遠這樣等下去的。

我不出聲，在黑暗中，又等了半小時，我打了一個呵欠，正想說「我們別再等了吧」，忽然，房門上，傳來了一下輕微的爬搔聲。

我立時推了白素一下，我們都在床上躺著不動。我自然不認為一頭貓可以有能力旋轉門柄，開門進房間來。

但是我卻清楚記得，我第一次到張老頭家中去的時候，那貓曾在逃進房間之後，將房門大力關上的。

今晚，我是特地等牠來的，在我醒來之後，已將房門打開，房門只是虛掩著的。

所以，在聽到那一下爬搔聲之後，我們立時一動也不動。

沒有聲響繼續傳來，但是我卻可以知道，房門已經被推開，因為有些微亮光射了進來。

緊接著，我更可以肯定，那頭貓已經進來了！

我自然不能在黑暗之中，看到一頭大黑貓的行動，但是我卻可以看到牠的一對眼睛。牠的眼睛在黑暗中閃著妖裏妖氣的光芒，牠在了無聲息地走進來。

我已經抓住了那張網的柄，那頭貓也來得十分小心，牠緩緩地向前走著，看來像是一個慣於夜間行兇的兇手。

我緊緊地抓住網柄，注視著牠一閃一閃的眼睛，然後，突然之間，揚起網來。

我和那頭貓，幾乎是同時發動的，我才一揚起網，那貓也在這時，撲了上來，牠才一撲起，像是已經知道不對頭了，是以牠發出了一下怪叫聲，而那張網，也在這時，向牠兜頭罩了下去。

手中一沈，我知道那頭貓已經落網了，我也不禁發出一下歡呼聲來，這時，我早已坐起了身來，立時想去收緊網口，可是，也就在那一剎那間，手中一輕，那頭妖貓，意然又跳了出去。

但是牠才一跳出去，又是一聲怪叫，牠的那雙綠黝黝的眼睛，已經不見了，同時，牠的叫聲，聽來也變得十分沈悶。

同時，白素大聲叫了起來：「快開燈！」

我跳了起來，著亮了燈，看到白素將那張大棉被，壓在地上，她又手緊按在棉被上，那頭貓，顯然被壓在棉被之下！

一看到這種情形，我不禁大吃一驚，白素可能還不知道那頭貓的厲害，她以爲用一張厚厚的棉被，將貓壓住，就可以沒有事了。

但是，我卻知道，那頭貓的爪，利得超乎想像之外，棉被雖然厚，牠一樣可以抓得穿。

所以我急忙叫道：「你快讓開！」

白素卻還不肯走，道：「我不能讓開，掙扎得厲害！」

這時候，白素按著棉被，棉被下的那頭貓正在竭力掙扎著，從那種掙扎的程度來看，白素按著的，不像是一頭貓，倒像是一個力氣十分大的人！

我已拿著網，走了過來，也就在這時，白素發出了一下驚呼聲，身子站了起來。

不出我所料，貓爪已經抓裂了厚厚的棉被，一隻貓腳，已經自棉被中直透了出來。

我揮動著那張網，連棉被罩在網中，然後，收緊了網口，白素避得快，並沒有受傷。

等到我收緊了網口之後，我們兩人才鬆了一口氣，雖然我們對付的，只不過是一頭貓，但其激烈的程度，卻是難以想像的。

當我將貓和棉被一起網住的時候，貓還是裹在棉被之內的。

但是這頭老貓，卻立時掙扎著，撕裂棉被，自被中鑽了出來，牠發出可怕的叫聲，咬著、撕著，想從網中掙將出來。可是那張網是用十分結實的尼龍繩結成的，牠一時之間，難以掙得脫。

那張棉被，在網中，已成了一團一團的碎片，白素走了出去，推了一隻鐵籠進來，那也是我們早就準備好的，我提起網，放進鐵籠，將鐵籠完全鎖好，才鬆開了網口，那頭大黑貓怪叫著，跳了出來，在籠中亂撞。

我先抖動著網，將網中的破棉被全抖了出來，然後，才縮回網來，那時，我可以好好地注視著在籠中的那頭大黑貓了。

第八部：和一隻貓做朋友

我曾經和那頭大黑貓面對著許多次，但是每一次，都是緊張和充滿刺激的，根本沒有機會好好打量牠，只有現在，牠在鐵籠之中，是絕對逃不出來的了，我才能對牠作仔細的觀察。

我和白素都盯著牠，黑貓在鐵籠中亂撞，撞擊的力量之大，令得鐵籠也爲之左右搖擺不定。

但是，只過了幾分鐘，牠像是發現自己再掙扎下去，也是沒有用的了，是以牠靜了下來，伏著，望著我們，發出一連串「咕咕」的聲音。

那是一頭極大、給人以極度怪異之感的黑貓，尤其當牠沒有了那條長尾之後，看來更是怪異。

白素最先開口：「好怪的貓，你看牠的眼睛，充滿了仇恨！」

那的確是一對充滿了仇恨之光的眼睛，暗綠色的光芒之中，有一股使人戰慄的力量！

但是，牠已被我關在籠子中了，我自然不會怕牠！

我立時冷笑了一聲：「我眼睛中仇恨的光芒大概也不會弱，你要記得，牠將我們的家破壞得如此之徹底！」講到這裏，我忽然一陣衝動，抬起腳來，向鐵籠「砰」地踢了一腳，大聲道：「妖貓，你也有落在我手上的一天，哈哈！」

這實在是毫無意義的話和動作，但是我做了，而且，我在做了之後，還像小孩子那樣，高興得「哈哈」大笑起來。

大黑貓卻是蹲著，發出「咕咕」聲，我對白素道：「怎麼處置牠？有一位朋友很喜歡吃貓肉，據說老貓的肉，特別好吃！」

白素皺起了眉，搖著頭道：「別開玩笑了，貓又聽不懂你的話，不知道你在恐嚇牠！」

我又掉轉頭，去看鐵籠中的那頭貓。在那一剎那之間，我有一種強烈的感覺，我覺得白素錯了，那頭貓聽得懂我的話！

當我說到有人喜歡吃貓肉的時候，我千真萬確地感到，那頭貓的臉上和眼睛中，都現出恐懼的樣子來。

爲了要証明這一點，我又對著牠狠狠地道：「我先用沸水淋牠，將牠活活淋死！」

當我這句話出口之際，顯然連白素也和我有了同樣的感覺！

她陡然地叫了起來：「天，牠好像聽得懂你的話，知道你在恐嚇牠！」

那頭貓聽得懂我的話，實在是沒有什麼疑問了，因爲當我說及要用沸水淋牠之際，牠的神情，又驚恐又憤怒，身子也在發抖！

我和白素互望了一眼，貓或狗，本來就是十分聰明的動物，但是聰明到能聽得懂充滿威嚇的語句，這就有點匪夷所思了。

或許是我在講那幾句話的時候，神情十分兇狠，所以那頭老貓才感到驚恐。

爲了要進一步証明這一點，我轉過身去：「我已經決定了，將牠淋死，將牠的皮剝下來，製成標本，作爲我重新佈置客廳時的裝飾。」

我在對白素說那幾句話的時候，一面向白素做手勢，示意她留意那頭貓的反應；另一方面，我是背對著那頭大黑貓的，而且我將語氣放將相當平靜。

在那樣的情形下，如果那頭老貓聽不懂我所講的每一句話，牠是不會有特別反應的。

可是，我的話還沒有講完，已經看到白素現出了十分驚訝的神情來。

我連忙轉過身來，只見那頭老貓躬起了身子，全身的毛都倒豎起來，從牠的那種神態看來，牠顯然是緊張到了極點！

白素忙道：「牠剛才惡狠狠地撲了一下，看來，牠是想撲向你的！」

我蹲下身子，和那頭大黑貓正面相對，我大聲道：「你完了，你再也不能作怪了！」

大黑貓的毛張得更開，身子弓得很可怕，望定了我。

這時，我倒有點不知道怎麼才好了！

那是一頭不尋常的貓，我是早已知道了的，但是我卻不知道牠竟然不尋常到了這一個地步，牠竟可以聽得懂人的交談！

我向著牠笑了一下：「你聽得懂我在說什麼，那更好了，你是一頭妖貓，但是現在，不論你有什麼妖法，都難以施展了，你會被我處死！」

大黑貓仍是弓著身，聽著，暗綠色的眼，望定了我。

白素忽然道：「先將牠推到地下室去再說，我不喜歡牠的那對眼睛。」

我也有同樣的感覺，我可以肯定，這頭大黑貓，可以聽得懂我的話，但是牠在叫什麼，我卻不懂，暫時，除了將牠先關在地下室之外，也沒有別的辦法。

我雙手按在鐵籠的柄上，我一走近鐵籠，那頭貓就直竄了起來，利爪抓住了鐵籠中的孔眼，整個身子掛著，又發出可怕的叫聲來。

那頭大黑貓的形像是如此之可怕，以致我推著鐵籠到地下室去的時候，白素要跟在我的後面和我一起去，怕我會有什麼意外。

我們來到地下室，退回到門口，熄了燈，在黑暗中看來，那對貓眼，更是可怕。

明知那頭貓在鐵籠之中，不可能逃出來，但是爲了以防萬一起見，在離開地下室的時候，我還是小心地將地下室的門上了鎖。

回到了臥室，白素望了望我，低下頭去：「我忽然感到，我們該和那頭貓化敵爲友才好。」

我苦笑了一下：「你怎麼對牠說？牠會領略我們的好意？」

白素皺起了眉：「或者，我們該將牠放出來。」我吃了驚，雙手亂搖，我並不是一個膽小的人，可是一提起要將那頭貓放了出來，老實說，我就忍不住要心驚肉跳。

我忙道：「別傻了，好不容易將牠抓住，怎能將牠放出來？經敵爲友那一套，對付壞心腸的人也未必有用，何況是如此凶惡的一頭貓！」

白素望著我：「那你準備怎麼辦？」

我勉強笑了一下：「當然，我不會真的用沸水去淋牠，我想，牠被我們捉住了之後，那位張老先生，一定十分著急，我在報上登一個啓事，叫他來和我們相會，大家商量一下。」

白素嘆了一聲：「那張老頭，可能比大黑貓更難應付。」

我道：「也許，但是他總是人，至少我們可以講得通，而且，張老頭也沒有銳利的爪。」

白素道：「別冤枉了貓，人有刀、有槍、有炸彈，何必還要靠利爪？」

我呆了一呆，笑道：「你怎麼啦，忘了那頭貓帶來了這樣徹底的破壞！」

白素白了我一眼：「你也別忘了，是你先使牠失了一條尾巴。」

我攤開了手：「好了，這頭妖貓，知道有你這樣的一個辯護者，不知道會怎麼感激你！」

白素嘆了一聲，不再說什麼。

連日來的緊張已經過去，我已經捉到了那頭貓，我覺得十分輕鬆，自然也覺得很疲倦，是以打了一個呵欠，躺了下來，不久變睡著了。

第二天，我醒來的時候，已經是大白天。白素不在床上，我大聲叫了兩下，也沒有人應我。

我嚇了一跳，因爲有一頭妖貓在家裏，任何事都可以發生，我一面叫著，一面下了樓，到了樓下，才聽到白素的聲音，自地下室傳了出來：「我在這裏！」

我衝進了地下室，看到白素坐在那隻鐵籠之前，鐵籠中有兩條魚，那隻貓，天保佑，還在籠中，縮在一角。

白素一看到我進來，就道：「你看，牠不肯吃東西，可能因爲被困在籠中的緣故。」

我冷笑著：「那怎麼樣，還在餐桌上插上鮮花，請牠吃飯？」

白素不以爲然地道：「你什麼時候變得那麼刻薄，牠只不過是一頭貓！」

我悻然道：「幸而牠是一頭貓，如果牠是一個人，我們早就不知怎樣了！」

白素笑了起來：「看，你也在不知不覺之中承認，人比貓可怕得多了，這頭貓，我可以和牠做朋友的。你信不信？」

我吃驚地道：「不信！」

白素張了張口，可是她還沒有出聲，我已經知道她要說什麼了，我立時又道：「想要將牠放出來，那更是萬萬不行！」

白素沒有和我爭辯，只是道：「你說登報紙去找牠原來的主人，什麼時候去？」

我不願在那頭貓的面前，多討論什麼，是以我作了一個手勢，等白素和我一起走了出來，才道：「我吃了早點就去，希望晚報登出來之後，今天晚上，就可以會見張老頭了。」

當我講完那幾句話之後，我又特別叮囑道：「你千萬別做傻事，要是將那頭貓放了出來，你會後悔的！」

白素笑道：「你放心！」

我吃了早點，出門，臨出門的時候，我總覺得有點精神恍惚，好像白素留在家裏，會有什麼意外。但是我想到，只要那頭貓仍然在鐵籠中的話，應該不會有什麼意外的事情發生。

而且，我至多離開一兩小時，立即就要回來的，所以我除了再叮囑一遍，要白素不能將貓放出來之外，也沒有採取什麼別的行動。

一小時後，我從報館回來。

當我在歸途的時候，我那種精神不安的感覺更甚了，所以我一進門，就大聲叫著白素。白素沒有應我，屋子中靜得出奇，我心中怦怦跳了起來，直衝到了樓上，仍然不見白素，我一面不斷大聲叫著，在樓上轉了一轉，立時又奔了下來。

被破壞的客廳仍然沒有恢復，看來更令人心煩意亂，我又大聲叫了幾下，才看到白素從廚房中，走了出來。

一看到了她，我才大大鬆了一口氣，忙道：「你在什麼地方？」

我的神態如此焦急，但是白素看來，卻是十分優閒，她道：「我在地下室。」

如果不是看到白素好好地在我的面前，一聽得她自地下室出來，我一定會嚇上一大跳了，我急忙道：「你到地下室去幹什麼？」

白素向我笑了一下：「我說了，你可別怪我！」

我皺著眉，白素那樣說法，一定是有道理的，而且，我可以知道，她那樣說，一定和被囚在地下室的那隻老黑貓有關。

我嘆了一聲：「白素，別去惹那頭貓，不然你會後悔的。」

白素調皮地笑了一下：「我已經惹過那隻貓了，但是沒有後悔。」

一聽得她那樣說，我不禁緊張了起來，立時握住了她的手：「你做了些什麼？」

白素道：「別緊張，我始終覺得那頭貓，不是一頭平常的貓，我們也不應該用對付平常惡貓的態度去對付牠，所以，我想和牠做朋友。」

我嘆了一聲：「你別忘記，牠簡直是一個兇手！」

白素拉著我，走得離開廚房些，像是怕那頭在地下室的老貓聽到我和她的交談。她拉著我到了樓梯口，才道：「不錯，我們知道牠殺過一條狗，但是你要明白，當一頭獵犬撲向一隻貓的時候，除非這隻貓根本沒有自衛的力量，不然，你怎能怪那頭貓是凶手？」

我瞪大了眼，不說話，白素又道：「牠和老布的情形，也是一樣，你想想，不論牠怎樣凶，牠總是一頭貓，而你竟出動了一隻可以和野牛作鬥的大狗去對付牠，牠怎能不盡力對抗？」

我仍然沒有出聲。

在這時候，我並不是在想如何才能將白素的話駁回去，我所想的是，白素的話，多少有一點道理。

自我一見到那頭大黑貓開始，我就對牠有極深刻的印象，也可以說是極壞的印象，是以我對付牠的方法，一直是敵對的。

那麼，是不是我的方法錯誤了，以致我和牠之間的仇恨愈來愈深了呢？

如果是我錯了的話，那麼，白素試圖用比較溫和的辦法來對付那頭老貓，就是正確的了。

只不過我雖然想到了這一點，心中還是很不放心，我想了片刻，才道：「剛才，你有了什麼成績？」

白素看到我並沒有責備她，反倒問她剛才有什麼成績，她顯得很高興：「有了一點成績，我和牠講了許多話，牠對我很好。」

我不禁苦笑了一下，如果是一個不明究竟的人，一定不知道我們所談的是一頭貓！

白素繼續道：「我進去的時候，牠顯得很不安，在鐵籠之中，跳來跳去，發出可怕的吼叫聲，我一直來到鐵籠邊，對牠說，我知道牠不是一頭普通的貓，同時，也明白我們之間的關係不很正常，可以改善，牠聽了之後，就靜了下來。」

我苦笑了一下：「這聽來有點像神話了，一頭貓，竟能聽得這樣深奧的話。」

白素一本正經地道：「牠真是懂的！」

我揮著手：「好，算牠真懂，你又向牠，講了一些什麼？」

白素道：「我說，我們可以做朋友，我可以不當牠是一隻貓，而當牠是和我們有同等智慧的動物。」

我仍然不免有多少恨意，「哼」地一聲：「牠可能比我們要聰明。」

白素道：「是啊，所以我們更要用別的方法對付牠。我又對牠說，我們不記著牠破壞我們客廳的事，也希望牠不要記得牠斷尾的事。」

我皺著眉：「牠怎麼回答你？」

白素笑了起來：「牠當然不會回答我，但是牠表示得很安靜，只是望著我，好像在十分認真考慮我所提出來的問題。」

我苦笑了一下，白素道：「就在這時候，你回來了，你大聲叫我，牠一聽到你的聲音，又開始不安起來，所以，我想你也應該對牠有所表示！」

我有點惱怒：「叫我去向牠道歉？」

白素道：「你怎麼了？像小孩子一樣，現在重要的，不是誰向誰道歉，我們主要的目的，是要弄清楚，這頭貓究竟是怎麼一回事，我現在已發現愈來愈多的神秘問題，再加上你所發現的那些，你不認為我們要盡一切可能去弄明白牠？」

我深深地吸了一口氣，這頭貓怪異的地方，實在太多了，如果不弄個明白的話，就算真的將牠用沸水淋死，也不過使我出了一口惡氣，這個疑團，一定要橫在我的胸口，塞上好幾年。

我考慮了半晌：「照你所說，他聽到了我的聲音之後，就表現了如此不安，如果我去見牠——」

白素不等我講完，就道：「那要看你了，如果你真有和牠化敵爲友的決心，我想牠是會接受的，我已經証明了這一點。」

我又想了片刻，才道：「好，我去試試。」

白素看到我同意了她的辦法，興高采烈，陪著我一起走向地下室。

我才走進地下室，那頭大黑貓在鐵籠中，就立時躬起了背來。

一看到牠那樣邪惡兇猛的神態，我要竭力克制著自己，才繼續向前走去。

而在我繼續向前走去的時候，老黑貓的毛，開始一根根地豎了起來。

我心中已經打定了主意，既然要照白素的辦法試一試，那麼，就不應該將牠當作是一頭貓，而將牠當作是一個人，一個脾氣古怪、兇暴、十分難以對付的人。

來到了鐵籠之前，我裝出輕鬆的樣子來，攤了攤手：「好了，我想，我們之間的事情，應該算過去了，你吃了虧，我也吃了虧。」

那頭老黑貓發出了一下可怕的怪叫聲來，我繼續道：「你是一頭不尋常的貓，我已經知道，如果你真是不尋常的話，你就應該知道，我和你繼續作對下去，吃虧的只是你，絕不是我！」

老黑貓的腹中，發出「咕咕」聲，躬起的背，已經平了下來，豎起來的黑毛，也緩緩落了下來。

如果不是我會錯意的話，那麼，老黑貓的確已經接受了我的提議了。

我和白素互望了一眼。

這時候，我們都知道，我們都到了一個最難決定的關頭了

因爲我們如果要和那頭老黑貓做朋友，消除敵對關係，那麼，我們就應該將牠從鐵籠之中放出來。

可是，將那麼可怕的一頭貓從鐵籠中放出來，這是一件一想起來就叫人不寒而慄的事，我和白素心中都在想著同一個問題。

白素緩緩吸了一口氣，對著鐵籠道：「你能不與我們爲敵？我們要將你放出來了！」

那頭黑貓在鐵籠中，人立了起來，在那時候，牠的態度是十分柔順的，看來像是一頭馬戲班中久經訓練的貓兒一樣。

一看到這等情形，我心中陡地一動：「如果你真的不再和我們爲敵，那麼，你點三下頭。」

我的話才一出口，那頭老貓一面叫著，一面果然點了三下頭。在那一刹那間，我心中只感到，這頭貓除了不能講話之外，簡直和人沒有什麼差別！

我知道牠的骨骼鈣化組織，已經超過三千年，如果牠真是活了三千歲的話，牠自然應該懂得人語，但是，真有活了三千歲的貓麼？

我走近鐵籠，先將手放在籠上。

本來，那樣做已經是十分危險的事，因爲那頭老貓可以將牠的利爪，從籠中伸出來抓我，可是那時候，那頭貓沒有什麼異動。

我又和白素互望了一眼，我們都下定了決心，既然，我們和那頭老貓一直處在敵對情形之下，沒有解決的辦法，那麼，就只有冒險試一試了。

我手按在鐵籠上好一會，才拔開了鐵籠的栓，同時，後退了一步，鐵籠的門，「拍」地一聲，跌了下來，籠門大開，那頭老黑貓，已經可以自由出來了！

第九部：一個最不幸的人

我和白素兩人，在那一剎那之間，心情都緊張得難以言喻，我反手按在一隻空木箱之上，萬一有什麼攻擊行動時，可以還擊，那樣，至多給牠逃脫，也不致於再吃牠的虧。

我們兩人都是緊張得屏住了氣息的看那頭貓時，在鐵籠的門倒了下來之後，牠的神態也緊張得出奇，牠並不是立即自鐵籠之中衝了出來，而是伏在鐵籠的一角，一動也不動，只是望著我們。

人、貓之間，相持了足有一分鐘之久，還是白素先開口，打破了難堪的沈寂，她道：「你可以出來了，你已經自由了！」

那頭老黑貓的身子，向上挺了一挺，身子抖了一下，當牠的身子抖動之際，牠全身的黑毛，全都鬆散了開來，然後又緩緩披了下來，看來顯得格外柔順烏潤，再接著，牠就慢慢走了出來。

當牠來到籠口的時候，牠又停了一停，然後，走向外，一直向我們走來。

當牠無聲無息、緩緩向我們接近的時候，真像是一具幽靈在向我們移動，雖然牠看來好像不像有什麼敵意，但是誰知道牠下一步的行動怎樣？牠離我們近一點，危險程度，便增加一分！

牠一直來到了離我們只有六七呎處，才停了下來，抬起頭，望著我們，在牠的腹中，不斷發出一陣陣「咕咕」的聲音來，又張口叫了幾聲。

看牠的神態，實實在在，牠是想和我們表達一些什麼，但是，我們卻不知道牠究竟想表達一些什麼。但是有一點倒是可以肯定的，那便是我們之間的敵意，已經減少到最低程度了。

白素在那時候，向前走出了一步，看她的神情，像是想伸手去撫摸那頭老黑貓。

可是也就在此時，白素還未曾伸出手來，那頭老黑貓突然發出了一下叫聲，竄了起來，我大吃一驚，連忙伸手一拉白素。

但我只不過是虛驚，因爲那頭貓，並不是向白素撲過來，而是以極高的速度撲向地下室的門口的，等到我們抬起頭來時，牠已經竄出門口去了。

我和白素忙追了上去，可是，當我們上了地下室，那頭貓已經不見了。

白素還在通屋子找了一遍，不斷地叫喚著，我道：「不必找了，牠早已走了！」

白素的神情，多少有點沮喪，但是她在呆立了一會之後，說道：「我們不算完全失敗，至少，牠對我們不再有敵意！」

我苦笑了一下：「也不見得友善，牠走了！」

白素皺起了眉，一本正經地道：「那是不能怪牠的，你沒有看到牠剛才的情形？牠像是想向我們表達一些什麼，但是人和貓之間，究竟難以溝通！」

我不禁笑了起來：「在人與人之間尙且無法溝通的時代，你要求人和貓之間的溝通，不是太奢望了麼？」

白素嘆了一聲，我也不知道她爲什麼要嘆息，或許是因爲那頭老黑貓不告而別吧。那頭老黑貓的怪異之處實在太多，但是在我捉到了那頭貓並且和那頭貓打過了交道之後，我卻知道，要在那頭貓的身上解開這個謎，那是不可能的事。

解開這個謎的關鍵，還在人的身上，而這個人，就是張老頭。

我已經在報上登了啓事，張老頭是不是會找我呢？

我在報上刊登的啓事。是以那頭貓已被我捉住這一點來誘惑張老頭來見我的，但是，現在那頭貓已離去了，張老頭是不是還會來呢？

我並沒有將這一點向白素說，因爲怕白素引咎自責，無論如何，要放出那頭貓來，總是白素最初動議的。

我和白素，都不約而同地絕口不再提那頭老貓的事，我們都不願意再提牠，雖然我們都知道，各自的心中，都在不斷地想著牠，但是我們都裝出了若無其事的樣子來。

當天晚上，有兩個朋友來小坐，當那兩個朋友離去之後，夜已相當深了，我們送到門口，轉回身來，忽然發現牆角處，有一個人在閃閃縮縮，欲前又止，我站定了身子，路燈的光芒雖然很黑，但是我立即看清了那是什麼人，我心頭怦怦亂跳了起來。

我陡地叫道：「張先生！」

白素那時，已走進了屋子，突然聽到我一聲大叫，她也忙轉回身來。

那在牆角處閃縮的，不是別人，正是我認為唯一線索的張老頭！

張老頭聽到我一叫，身子震動了一下，在那一剎那間，他像是決不定是逃走，還是向我走來。但是我已經不再給他任何猶豫的機會了，我急速地奔了過去，已經到了他的身前。

張老頭的神態很是驚惶，他有點語無倫次地道：「牠……牠在你們這裏？我已經來了很久了！」

我忙道：「張先生，你別緊張！」

張老頭仍然有點手足無措地道：「我……我……」

這時，白素也走了過來，笑道：「張先生，事情比你所想像的要好得多，請進來談談。」

張老頭猶豫著，但是終於跟著我們，走了進來。坐下之後，他仍然在四面張望著，看來他很急於想要見到那頭大黑貓，而且，他不安地搓著手。

我道：「張先生，你當然是看到了我的啓事之後才來的，不過，那頭貓已經不在了！」

張老頭震了一下，現出十分驚怖的神色來，我立時道：「你放心，你看看這客廳中的情形，這全是你那頭貓所造成的，在我們將牠關進鐵籠的時候，我真想將牠殺死的！」

張老頭聽到這裏，失聲叫了起來：「不，不能，你不能殺死牠，牠不是一頭貓！」

我呆了一呆，因爲我不明白張老頭所說「牠不是一頭貓」這句話是什麼意思，因爲那頭大黑貓，明明是一頭貓，只不過極其古怪而已。

我沒有繼續向下想去，因爲我看到張老頭這時的神情十分緊張，我想他可能是神經緊張，所以講起話來也不免有多少顛來倒去的緣故。

所以我只是笑了笑：「當然，我沒有殺牠，我們發現牠聽得懂人的語言，我們想試圖和牠化敵爲友，將鐵籠打了開來。」

張老頭嘆了一口氣：「牠怎麼了？」

我攤了攤手，道：「牠走了。」

張老頭站了起來：「對不起，他有什麼得罪你們的地方，我來陪罪，既然他已經不在，我也要告辭了，再見，衛先生。」

張老頭已經站了起來，他是客人，在他表示要離去的時候，我也應該站起來的。但是我卻仍然坐著，並且搖著頭：「張先生，你不能走！」

張老頭以十分緊張的聲音道：「衛先生，你是沒有道理扣留我的。」

我微笑著：「你完全誤會了，我決不是扣留你，只不過是希望你留下來，我們一起來研究一些問題，有關那頭大黑貓的問題。」

張老頭顯得更不安，我道：「你大可放心，那頭貓將我的家中破壞成那樣子，而且還抓傷了我的肩頭，我都放牠走了，我們之間，實在不應該有什麼敵意。」

張老頭像是下定了決心，他突然提高了聲音：「我實在不能和你說什麼，真的，什麼也不能說，除非我和他見面之後，他自己同意。」

我略呆了一呆，在中國語言之中，「他」和「牠」聽起來是沒有什麼分別的，是以我一時之間，也弄不清他是在指什麼人而言。是以我問道：「誰？」

張老頭的回答卻仍然是一個字：「他！」

我還想再問，白素已插言道：「自然是那頭貓了！」

張老頭連連點頭，表示白素說對了他的意思。

我伸手撫摸著臉頰，不禁苦笑了起來，張老頭要先去和那頭貓討論過，才能答覆我的要求，他和那頭貓之間，究竟溝通到了什麼地步呢？他是人，人反而不能作主，要由一頭貓來作主，這無論如何，是一件十分滑稽的事情。

我瞪著張老頭，一時之間，還不知道如何回答他才好之際，白素已然道：「好的，張先生，我相信牠一定會回到你那裏去，你們好好商量一下，我認為，你們肯來和我們一起研究一下，對問題總有多少幫助。」

我呆了一呆，不及阻止白素，張老頭已連聲道：「謝謝你，謝謝你！」

他一面說，一面走到門口，白素還走了過去，替他打開了門，張老頭匆匆走了。這時候，我不禁多少有點氣惱。等到白素轉過身來之後，我揮著手道：「好了，現在貓也走了，人也走了。」

白素來到了我的身前：「別著急，人和貓都會回來的。」

我悶哼了一聲，白素道：「你記得麼？那頭貓在離去的時候，很像是想對我們表達一些什麼，可是卻又沒法子表達。我相信張老頭和那頭貓之間，是互相完全可以瞭解對方的意思的。」

我心中又不禁生出了一點希望來，道：「你是說，在張老頭和貓又見面之後，貓會通過張老頭，來向我們表達一些什麼。」

白素點頭：「希望是這樣。」

我沒有別的話可說，除了「希望是這樣」之外，也沒有別的辦法可想了。

白素和我一起上樓，當走到樓梯中間的時候，白素忽然問我：「你記得?，張老頭曾說過一句很古怪的話，他說，那不是一頭貓！」

我道：「記得，我想那是他的口誤，那明明是一頭貓，不是貓，是什麼?」

白素略想了一想：「從外形看來，那自然是一頭貓，然而，從牠的行動看來，牠真的不是貓！」

我無意在這個問題上和白素繞圈子，是以我揮著手：「那樣，牠依然是一頭貓，只不過是一頭怪貓而已，怎能說牠不是貓?」

白素固執起來，真是叫人吃驚的，她道：「張老頭和牠在一起的時間自然比我們長，他對牠一定更瞭解，他說牠不是貓，一定有道理！」

我不禁有點啼笑皆非，大聲說：「謝謝你，請你提到貓的時候，不要用『牠』這個代名詞，那使我分不清你要說一個人，還是一隻貓！」

白素卻喃喃地道：「我本來就有點分不清，那究竟是一個人，還是一隻貓！」

我大聲笑了起來：「好了，你愈說愈玄了，告訴你，那是一隻貓，有長耳朵，有綠色的眼睛，有銳利的爪，有全身的黑毛，有長尾巴，那是貓，一頭貓！」

我講了那麼許多，對於那是一隻貓，實在是毫無異議的，可是白素居然還有本事反駁我，她道：「那只不過是外形！」

我搖了搖頭，和女人爭辯問題，實在是很傻的，我不想再傻下去了，所以我放棄了爭辯。白素也沒有說什麼，這一晚，我可以說是在精神恍惚的情形下度過的。

第二天，上午我接到了老陳的電話，老陳在電話說道：「我這條命總算撿回來了！」

我吃了一驚：「你遭到了什麼意外？」

老陳有點惱怒：「你怎麼啦，不是我，是老布，那和我自己受了重傷沒有什麼分別！」

我忙不迭道：「對不起，很高興聽到了老布康復的消息，真的很高興！」

老陳嘆了一聲：「離完全康復還要很長遠，但是已經十分好轉了。」

我放下了電話，將手捏成拳頭，在額上輕輕敲著，一隻貓，一隻狗，再加上形式上的貓，老天，我真怕自己難以容納得下這許多怪誕的東西！

我嘆了一聲，聽到了門鈴響，心中動了一動，接著，就聽得白素在樓下，叫了起來：「快來看，我們來了什麼客人！」

我幾乎是直衝下樓去的，我也立時看到我們來了什麼客人，張老頭和那頭老黑貓！

張老頭已坐了下來，那頭老黑貓，就蹲在他的身邊，白素蹲在貓前。

張老頭和那頭大黑貓終於來了，這使我感到很意外，也有點手足無措。

我勉力鎮定心神：「你們來找我，是不是已經有了商量的結果？」

張老頭的神情顯得很嚴肅，他道：「兩位，我先要請問你們一個問題。」

我和白素兩人互望了一眼，都點了點頭。

張老頭仍然注視著我們，這時候，我們發現那頭貓，也以同樣的目光注視我們。

過了足足有一分鐘之久，張老頭才緩緩轉過頭去，對那頭貓道：「好，我說了！」

那頭老黑貓的前爪，利爪全都自肉中露了出來，抓在地板上，看來牠正處在極緊張的狀態之中，對於張老頭的話，牠沒有什麼特別反應，事實上，牠一動也不動，就像一尊石像。

張老頭又望了牠一眼，才嘆了一口氣：「兩位，他可以說是一個最不幸的人。」

我一聽得張老頭那樣說，立時像是被針刺了一下一樣，跳了起來：「你要更正你的話，牠是一隻貓，不是一個人！」

張老頭又嘆了一聲：「衛先生，你聽我說下去，就會明白了，牠的確是一個人，只不過牠原來是什麼樣子的，我也不知道，可能牠原來的樣子，比一頭貓更難看，根本不知道像什麼！」

我有點怒不可遏的感覺，但是白素卻按住了我的手臂：「張先生，你的意思是，牠不是屬於地球上的人，是……外地來的？」

一聽得白素那樣說，我也安靜了下來。因爲我明白事情已經完全到了另一個境界了，在這個不可測的境界之中，是無所謂什麼可能或不可能的，一切的事都可能，因爲人類對這個境界所知實在太少了。

我自然也明白白素所說「外地來的」的意義，這「外地」，是指地球以外的地方。在整個宇宙中，地球只不過是一顆塵埃，在宇宙中，有比地球更小的塵埃，也有比地球大幾千幾萬倍的塵埃，在這許多億億萬萬、無盡無數的地方，人類的知識與之相比，實在太渺小了！

我和白素都靜了下來不出聲，張老頭用一種很奇怪的眼色，望著我們，過了片刻，他才道：「我……不相信你們已經明白了。」

我緩緩地道：「張先生，我們已經明白了，事實上，這並不是什麼特別出奇的事情，在地球以外的地方，有高級生物，他們會來到地球，這實在一點也不稀奇，不用多少年，這種事情，就會像是一個人由南方到了北方一樣平常和不引人注意。」

張老頭又嘆了一聲：「那是你的想法，別人的想法不同，所以無論如何，要替這個可憐的外來侵略者，保守秘密。」

我皺了皺眉，因爲張老頭忽然又改變了稱呼，他的稱呼變成了「可憐的外來侵略者」。這是一個在詞彙上而言，十分古怪的名稱，就像是「沸滾的冰淇淋」一樣。

張老頭伸手，在那頭大黑貓的頭上，輕輕拍了一下，在那一刹那間，我也淸淸楚楚，聽得那頭大黑貓，發出了一下嘆息聲來。

張老頭道：「牠本來是一頭普通的貓，和其他所有的貓一樣，正生長在貓最幸福的時代，那是埃及人將貓奉爲神明、極度愛護的時候。」

我呆了一呆，和白素互望了一眼。

我們都不是特別愛貓的人，但是對於貓的歷史卻多少也知道一些，貓的確有過幸運時期和極其不幸的時期。

貓的幸運時期是在古埃及時代，那時，埃及人愛貓，簡直已到了瘋狂的程度，當敵人捉住了若干頭貓，揚言要對貓加以屠殺的時候，愛貓的埃及人會毫不考慮地棄城投降，爲的是保全貓的生命。

然而，那是一個很遙遠的時代了，距離現在應該有多少年了？至少該超過三千年了吧！超過三千年！

第十部：錯投貓體的侵略者

我的心中，陡地一驚，那頭老貓的骨骼鈣組織切片，不是証明牠的確超過三千歲了麼？

我感到我漸漸有點概念了，我忙道：「我明白了，牠自外太空來，約在三千多年之前，到達地球，牠是一個來自別的星球的貓！」

我自以爲我自己下的結論，十分不錯，但是看張老頭的神情，我卻像是一個答錯了問題的小孩子一樣，他不斷地搖著頭。

等我講完，他才道：「你完全弄錯了，牠原來是在地球上的一隻黑貓。」

我呆了一呆：「你在開玩笑，你剛才說——」

這一次，張老頭揮著手，打斷了我的話頭：「請你一直聽我說，如果你不斷打岔的話，那麼，你就更不容易明白了！」

我吸了一口氣，不再出聲，但這時，我的心情既焦切，思緒又混亂，實在不知道究竟是怎麼一回事。

張老頭側著頭，做作手勢：「我們假定，在若干年前，某一個地球以外的星體上，一種高級生物中的一個，以某種方式來到了地球——」

我實在並不想打斷張老頭的話頭，可是張老頭的話，我卻實在沒有法子聽得懂。

我不得不嘆一聲：「請原諒，什麼叫作『某種方式』？」

張老頭道：「那是我們無法瞭解的一種方式，他們之中的一個來了，但是我們卻看不到，也觸摸不著，但事實上他們是來了，從另一個地方，到了地球上！」

我聽得更糊塗了，但是看張老頭的情形，他顯然已在盡力解釋了。我不想再打斷他的話頭，我想，或許再聽下去，會明白的。

所以，我裝出明白的樣子來，點著頭：「是，總之，他們之中的一個來了，到了地球。」

張老頭點頭道：「對，事實就是這樣，他們在未到地球之前，對地球一定已有研究，但是研究的程度，並不是十分透徹，他們可能只知道地球上有許多生物，而其中的一種生物，處於主宰的地位，是地球的主人，我們自然知道，那種生物就是地球人，但是他們卻不知道，他們從來也未曾見過地球上的任何生物，就像我們未曾見過其他星體上的生物一樣。」

張老頭的這一番話，倒是比較容易明白和容易接受的，是以我點了點頭。

張老頭苦笑了一下：「正由於這個緣故，所以悲劇就降臨在牠的身上！」

張老頭指了指那個大黑貓：「我們回到第一個假設：有一個外太空的高級生物，到了地球，他是以我們不知的某種方式到來的，他到了地球，如果要展開活動的話，他就要先侵略一個地球人，從此，這個地球人就變成了是他，他的思想操縱那地球人，你明白麼？」

我長長的嘆了一口氣，我明白，我豈止明白，我明白的程度，簡直在張老頭之上！

至少，我已可以假設出，張老頭所說的「某種方式」，是一種什麼樣的方式，那是一種一個生物，將他的腦電波聚成一股強烈的凝聚體，可以在空間自由來去的形式，這股腦電波有智慧、有思想但是卻無形無質，沒有實體，但如果牠找到實體附上去，牠就會是一個有實體、有智慧的東西。

我忙問道：「結果是——」

張老頭道：「這個來自外太空的人，到了地球，他要找的目的，自然是一個地球人！」

張老頭講到這裏，略頓了一頓，才又道：「可是，他卻從來也沒有見過地球人，埃及的一座神廟附近是他的到達點，他看到了在那廟中有許多神氣活現、受盡了寵愛的貓，其中，以一頭大貓最神氣——」

張老頭講到這裏，白素「啊」地一聲，叫了出來：「他以爲貓是主宰地球的最高級生物了！」

張老頭的臉上現出了一個苦澀的笑容來：「是的，你說對了，他以爲貓就是地球上最高級的生物，他更以爲那頭大黑貓是地球最高級生物的一個領導人，於是他就——」

張老頭講到了這裏，停了下來。

他停了足有半分鐘之久，在那半分鐘之內，靜得一點聲音也沒有，我、白素和張老頭三人，都屏住了氣息，而那頭大黑貓，也靜得一點聲都不出。

然後，還是張老頭先出聲，他道：「於是，他便侵入了那頭大黑貓的體內，從這一刻起，他也就犯了一個不可挽救的錯誤。」

我在竭力控制著自己，可是雖然是在盡力控制著，但是，在我的喉間，還是發出了一些我自己並不想發出的古怪的聲音來。

我現在明白張老頭所說：「他是一個最倒楣的侵略者」這句話的意思了！

一個外太空星球上的高級生物，用地球人怎麼都料想不到的方式，來到了地球，他到了地球之後，可以進入地球人的身體之內，用他的思想，操縱地球人的身體，做他所要做的任何事情來。可是，他卻錯誤地將地球上的貓當作了人，進入了貓的身體之內！

這件事，如果細細想來，除了給人以極度的詫異之感外，還是十分滑稽的事，我幾乎忍不住想笑出來了。

可是，在那一剎那間，我又看到了那頭老黑貓那對墨綠色的眼球，我卻又笑不出來了。

也就在這時，白素低嘆了一聲：「那怎麼辦？他變成了一頭貓了！」

張老頭呆了半晌，伸手在那頭老黑貓的身上，輕輕撫摸著。

過了片刻，張老頭才道：「事情真是糟糕透了。當然，所謂糟糕，只是對他而言。對地球人來說，那卻是無比的好運氣。」

張老頭揮著手：「要知道，他能夠以這種方式來到地球，在三千多年以前，地球人的文明，還只是處於啓蒙時期，如果他成功地進入了一個人的身體之內，那麼，這個人，就立時成了超人，足可以主宰全地球，他也可以在若干時日之後，和他原來的星球，取得聯絡，報告他已經侵略成功，他更可以設法接引更多的同類到地球上來，將地球人完全置於他的奴役之下。可是，他卻進入了一頭貓的身體之內，變成了一頭貓。」

張老頭又苦笑了起來：「你是知道的了，一頭貓，不論牠神通如何廣大，牠都只不過是一頭貓，能夠有什麼作爲？」

我和白素齊齊吸了一口氣，互望了一眼，我們的心中，都亂得可以。

張老頭所說的話，實在太怪異了！

但是我們又都先後和那頭大黑貓打過交道，這頭大黑貓的許多怪異之處，的確也只有張老頭的那種說法，才能盡釋其疑。

白素低聲道：「張先生，照你那樣說，他是以一種只是一束思想、無形無質的形態，來到地球的，那麼，就算他誤進了一頭貓的身體之內，他也可以脫離那頭貓，而且，一個有著如此高妙靈巧思想的貓，也一樣會使人對牠崇拜的！」

張老頭徐徐地道：「你說得對，但是地球上的許多情形，外來者究竟不是十分明白。這本來是最好的一種侵略方式，用思想侵入人體，借用人體的組織，來發揮外來者的思想，照這個理論看來，侵入一頭貓或是一個人的身子，沒有不同。」

我和白素異口同聲地道：「正應該如此才是！」

張老頭搖著頭：「可是事實上的情形，卻並不是如此，外來者沒有料到，侵入了貓的身體之後，他的思想活動，便受到了貓的腦部活動所產生的電波的干擾，使他根本無法發揮原有的思想，貓的腦部活動的方式影響了他，使他原來的智慧降低了不知多少倍，他只不過成了一頭異乎尋常的貓而已。也正由於這一點，是以他無法再脫離貓的身子，而轉投人身。」

聽到張老頭使用了「轉投人身」這樣的字眼，雖然，我的思緒還是十分亂，對於張老頭所說的一切，我還只有一個模糊的概念，但是，由於「轉投人身」這個詞，對於若干傳說是相吻合的，所以我的概念，倒明確得多了。

我將張老頭所說的話，整理了一下，用我所熟悉的詞句，將之作出了一個結論。

我用「靈魂」這一個詞，來替代張老頭所說的「某一種來到地球的方式」這種說法。

「某一種方式」是一個不可知的方式，那十分容易引起人思緒上的混亂，實際上，這種方式，可能只是一束游離而又有主宰的腦電波，但這樣說，更容易引起紊亂。如果用「靈魂」這個地球人也熟知的名詞來代替，雖然不一定完全確當，那總是簡單明瞭得多了。

我們可以假設，進入這頭大黑貓身體的「他」，只是一個「靈魂」，而這個「靈魂」，是具有高度的智慧。但是，當「他」投進了貓身之後，「他」變成了一頭貓，他的智慧便大大降低了。

我的腦中，在作了這樣的一番整理之後，對整件事，就比較明白得多了。

自然，我仍然充滿了疑問，因為張老頭所說的那一切，實在是聞所未聞，幾乎是使人不能接受的。

我的臉上，自然也充滿了疑惑的神色，我開口想問第一個問題，但張老頭不等我開口，就道：「你一定想問，他何以不會死亡，可以活那麼多年，是不是？」

我本來並不是想問那一個問題，但是那也的確是我想問的問題之一，是以我並沒有再說甚麼，只是點了點頭。

張老頭道：「那只不過是時間觀念的不同，在他來的地方、時間和地球上是不一樣的，在地球人而言，時間已過了三千多年，是貓的壽命的兩百倍，但是在他而言，還不到貓的壽命的十分之一。」

我有點不很明白張老頭的這個解釋，但是這並不是一個主要的問題，所以我也沒有再繼續問下去，只是先將他的說法囫圇吞棗地接受了下來。

然後，我道：「奇怪得很，他來了之後，誤投貓身，變成了一頭貓，那麼，難道他所在的地方，沒有繼續有別的人，用同一方式到地球來？」

我的這個問題，在這一連串怪誕莫名的事情之中，實在是平淡之極，毫不出奇的一個問題。

可是，我這個問題才一出口，張老頭的反應，卻異乎尋常。

首先，他的臉色變得極其蒼白，身子也震動了一下。看來，他是勉力要鎮定自己，但是他卻顯然做得並不成功，因爲他的手在不斷發抖。

他過了很久，才回答我這個問題，在開始的時候，他的言詞很支吾閃爍，也很不連貫，以致我根本聽不懂他在解釋甚麼。

在他講了很久之後，我才明白，他首先說的那些話，並不是直接在回答我的問題，而只是在向我說明，他也曾向那頭大黑貓問過同樣的問題。

其實，他是不必要向我作這樣說明的，因爲他所知有關那頭大黑貓的事，當然是從那頭大黑貓那裏得來的，不然，他怎麼會知道？

是以我覺得他的態度很奇怪，我向白素望了一眼，白素顯然有同感，她正緊蹙著雙眉，看來除了疑惑之外，還在思索著甚麼。

我欠了欠身子，張老頭才道：「我開始的時候已經說過，他到地球來的時候，對於地球的情形，還不是完全了解，不然，他也不致於誤投貓身了，在他們的地方，他遠征地球的行動，是被當作一項冒險行動來看待的，他一去之後，音訊全無，自然也沒有了第二次的冒險。」

張老頭講到這裏，略頓了一頓，才又補充道：「而且，由於時間觀念的不同，他來到地球，在他們的地方而言，並沒有過了多久，他們那裏的人，可能還未曾發覺他已經出了事。」

這種說法，倒是可以解釋我心中的疑問的。

我又道：「你是不是知道，他誤投貓身之後，對他智力的減低，到達甚麼嚴重的程度？」

張老頭嘆了一聲：「在開始的幾百年，我說的是地球上的時間，他完全變成了一頭貓，那情形真是糟透了。後來，才漸漸好了些，一直到一千多年之後，才稍爲有一點進展，他曾想利用貓的力量來做一些事，但立時遭到了人類的反擊。衛先生，你自然知道，有一個時期，貓被人和巫術連繫在一起，幾乎所有的貓都被捉來打死、燒死的事。」

我點頭道：「是的，那是貓的黑暗時期，尤其是在歐洲，歷史學家一直弄不明白，何以一種一直受人寵愛的動物，忽然之間，會使人如此痛恨，幾乎要將牠們完全滅種！」

張老頭道：「那時候，牠在歐洲！」

我望著那頭大黑貓，不禁也苦笑了起來。不論講給哪一個歷史學家聽，說中古時期，人突然開始憎恨貓，將貓和邪術連在一起，全然是因爲其中有一頭貓，在聯合其牠的貓和人作對的緣故，是決不會有人相信的。

張老頭又道：「他遭到了失敗之後，知道在地球上，由於貓和人的智力，相去實在太遠，他無能爲力，所以他離開了歐洲，到了亞洲，以後，又過了好久，在人對貓的惡劣印象淡薄之後，情形又好轉了。」

白素一直在靜靜聽著的，這時才問道：「牠當時做了一些甚麼？」

張老頭像是不怎麼願意說，他的嘴唇掀動了一下，然後才很勉強地道：「牠的確害了一些人，牠用牠漸漸恢復了的智慧，去影響人的思想活動，那和催眠術有點相仿，被害人自然是『中了邪』，可是那沒有用，完全不能將貓和人的地位掉轉。」

我深深地吸一口氣，才道：「看來，那時的人，並沒有冤枉貓，貓的確是和邪術有關的。」

張老頭道：「那已經是過去的事了。」

白素又問道：「張老先生，你認識這頭貓，已經有多久了？」

張老頭對這個問題，多少又有點震動，他道：「我是自小就認識他的，或許是他感到，如果他不和人有溝通的話，他永遠沒有機會改善他的處境，所以他找到了一個小孩子作朋友，那小孩子就是我，那時，他的智力至少已恢復了一成——那已經比地球人聰明，進步得多了，我和他在一起幾十年，所以我們之間，已完全可以交換相互間的思想了。」

我和白素都沒有說話，因爲在那樣的情形下，我們實在不知該說些甚麼才好。

我們沉默著，張老頭又徐徐地道：「自從我可以明白他的意思之後，我就知道，他唯一希冀的，就是回去，回到他原來來的地方去！」

我揚了揚眉：「當然他不是想帶著貓的身體回去，那是不可能的，是不是？」

張老頭沉默了片刻，才道：「是，那是不可能的，他必需以來的時候的同一方式，脫離貓的身體離去。」

白素道：「你一直在幫助他，但是，你們也一直沒有成功！」

張老頭難過地搓著手：「是的，我們沒有成功，我們已經知道如何才可以回去，但是，有許多困難，我們無法克服。」

我有點吃驚，因爲根據張老頭的說法，他和那頭貓，一直在進行著一項工作，這項工作的目的，是要使那頭貓的「靈魂」和身體脫離，使那頭貓的「靈魂」能夠回到遠離地球、不知道多麼遠的地方去！

這種工作，是地球上任何科學家，想都未曾想到的事，而他們卻一直在做著。

而且，聽張老頭的口氣，他們在做的這項工作之所以尚未完成，並不是全然沒有頭緒，而只不過是遭遇到了若干困難而已！

單就這一點而言，張老頭和老黑貓，在思想範疇上，在科學研究上，已經遠遠地將地球人的科學進展拋在後面了。

我覺得手心在冒汗，忍不住問道：「你們用甚麼方法，在展開這種工作？」

張老頭有點不安，他好像在規避我這個問題，又像是在爲他自己推卸責任，他道：「一切方法全是由他提供的，我只不過動手做而已。」

聽到了「動手做」，我心中又不禁陡地一動，立時問道：「張先生，你在你的住所之中，不斷敲打，就是在『做』這項工作？」

張老頭顯得更不安，他不斷在椅子中扭著身子，然後才道：「是。」

我立時又道：「有一件事，你或許還不知道，要請你原諒，有一次，我曾偷進你的住所，打開了一隻大箱子，看到那大箱子中，有一隻盤子，八角形，一半釘著許多小釘子，你在做的，就是這個東西？」

我一面說，一面用手比劃著我所看到過的那個八角形盤子的形狀和大小。

張老頭顯得更不安了，但是不多久，他像是下定了最大的決心一樣，挺了挺身子，道：

「是！」

我不禁笑了起來，張老頭剛才講了那麼多，他所說的話，雖然荒誕，但是我是一直相信宇宙間是任何事情都可以發生的，所以也還可以接受，但是，他說那隻八角形的、有一半釘滿了小釘子的盤子，可以使那隻貓回到原來的地方去，我也忍不住笑了出來，那實在是太兒戲了，不可能的事！

我一面笑著，一面道：「張先生，那是一隻甚麼魔術盤子？上面釘著一些釘子，有甚麼用？牠看來像是小孩子的玩具，怎可以完成你所說的，如此複雜得難以想像的一件事情？」

張老頭搖著頭：「衛先生，請恕我不客氣地說一句，別說是你，就是將全世界所有第一流的科學家集中起來，也不會明白的，因爲地球上的科學知識實在太低，低到了無法理解這個裝置的複雜性的程度。」

我聽得他那樣說法，自然大不服氣，但是不等我再開口，張老頭又道：「舉一個例子來說，手電筒，那是何等簡單的東西，但是手電筒如果在一千年之前出現，那時候，集中全世界的智者來研究，他們能夠明白手電筒是爲甚麼會發光的原理麼？」

我將所要說的話嚥了下去。因爲想到人類在幾百年之前，甚至還不知道手電筒那樣簡單的東西，而感到有點慚愧。

張老頭舉的這個例子，有著未可辯駁的力量，當時的人，雖然幼稚到不知道有手電筒，但當時，他們也是自以爲已經知道了許多東西，是萬物之靈。

現在，我們也自以爲知道了許多東西，可是事實上，可能有在若干年後，簡單得如同手電筒一樣的東西，但是在現在說來，還是一個謎！

我不再反駁張老頭的話了，張老頭道：「你看到的那東西——你將之稱爲釘了很多小釘子的盤子，其實，那些細小的附著物，不是釘子。」

我道：「是甚麼？」

張老頭攤了攤手：「我說不出來，說出來了，你也不明白，就像你對一千年之前的人，說及手電筒他也不明白一樣，那全然不是你們知識範疇內的事！」

我有點氣憤，道：「是你的知識範圍內的事？」

張老頭震動了一下，我那樣說，只不過是一種負氣的說法而已，看張老頭的情形，像是因爲我的話，而受到了甚麼傷害。

在好幾次同樣的震動之中，我也發現，張老頭對於提到了他自己，總有一種異樣的敏感，不像是提到那頭大黑貓時，侃侃而談。

這時候，他又有點含糊不清地道：「當然，我……和所有的地球人是一樣的，這……只不過是……他傳授給我的知識而已。」

白素突然又問了一句：「你和他如何交談，用貓的語言？」

張老頭道：「不，他影響我，他用他的思想，直接和我的思想交流。」

白素立時道：「他能夠和你直接用思想交流，為甚麼和別人不能？」

我也感到這個問題，十分嚴重，是以望著張老頭，要看他如何回答，和以前幾次一樣，問題一到了和他自己有關之際，張老頭就有點坐立不安起來。

他勉強笑著：「是那樣的，我和他在一起，實在太久了，有……好幾十年了。」

我沒有再追問下去，白素也沒有，因為這個解釋，多少是令人滿意的。

第十一部：要用大量電能

我又道：「那個盤子究竟是甚麼，就算我不明白的話，你總也可以約略說一說！」

張老頭想了一想，才道：「那是一種裝置，通過一種還未被地球上人類發現的能量而發生作用，可以使得一種特殊的電波，回復原狀，或者說，和貓腦組織的電波活動分離。」

張老頭一面說，一面望著我。我本來對他說的話，還多少有點不服氣的，但這時，我無話可說了。

因爲他所說的一切，我確然是完全不懂。

張老頭一定是竭力要使我明白，我可以聽得出在若干地方，他使用了代名詞，但是結果，我還是只得到一點概念而已。

客廳中又靜了下來，張老頭嘆了一聲：「我需要很多錢，以及很多曲折，才能買到我所需要的一點東西，有的東西，是我們自己找到的，我們還少了一些東西，這就是困難的所在。」

白素誠懇地道：「我們能盡甚麼力？」

張老頭又搓著手：「是的，如果你們肯的話，我們需要幫助，這便是我來看你們，和你們講出這許多一直不爲人知道的秘密的原因。」

我道：「我們能給你甚麼幫助？看來，我們甚麼也幫不了！」

張老頭的神情很焦急：「如果你願意，你是可以做得到的，衛先生，我們需要用高壓電能來衝擊這個裝置中的某一部份，這種高壓電能，只有有數的地區才有，你能幫我們？」

我苦笑道：「那我真是無能爲力了，我又不是一個龐大的發電站的主持人！」

張老頭立時道：「可是你有親戚是！」

他一面說，一面向白素望去，在那一剎那間，我整個人幾乎跳了起來。

白素的弟弟，在某地主持一個相當龐大的工業機構，在那個工業機構之中，有一個附屬的強大的發電站，張老頭竟連這一點都知道，由此可知，他對我的了解，遠在我對他的了解之上！

而且，我以前也太小看他了，我以爲他是一個窮途潦倒的人而已，然而現在看來，顯然不是！

白素也現出驚訝的神色來，張老頭低下頭道：「請原諒，我是在找尋那種電壓的來源時，無意間發現白先生和你們之間的關係的。」

我冷笑了一聲：「你的調查工作做得真不錯。」

張老頭道：「如果肯幫助我，那麼，我還有一些很好的東西，可以作報酬。」

我大聲道：「是甚麼？又是宋瓷花瓶？」

張老頭道：「比那對花瓶更好，有好幾部宋版書，還有畫，我可以全部給你們，這些東西的價值相當高！」

我忍不住生氣：「在給了我之後，好讓牠再去破壞麼？」

張老頭嘆了一聲，道：「他去毀壞了那對花瓶，是因爲他很喜歡那對花瓶，不甘心落到旁人手中的緣故，而我又因爲需要錢，不得不出賣牠們！」

我緊追著問道：「這些價值連城的古董，你是從何處得來的？」

張老頭被我急速的問話，問得有一點不知如何招架才好的感覺，他道：「我……衛先生，請你讓我保持一點秘密好不好……雖然，我遲早會告訴你的！」

他那種狼狽的樣子，多少使人感到可憐！

我知道，好心腸的白素，一定會給他打動心了。果然，白素已在問道：「你如何使用高壓電？如果不是太困難的話，我想可以做得到！」

張老頭道：「很困難，要那個發電組合，完全歸我使用七天。」

我「哈哈」笑了起來，那是不可能的事，張老頭那樣說，等於是要那個工業組織，停工七天，這樣龐大的工業組織的七天停工，損失將以千萬美金計，不論他有多少古董，都難以補償。

我一面笑著，張老頭只是瞪大了眼望著我，在他的臉上，現出十分焦切的神情來。

白素也望著我，她的臉上，有不以爲然的神色。我知道她最不喜歡在人家有危急事情的時候去嘲弄人，她顯然是不讚成我在如今這樣的情形下放聲大笑。

是以我止住了笑聲，一面搖著頭，道：「不可能，一個聯合性的工業組織，因爲電力供應中斷七天，所受到的損失，是無可估計的。」

張老頭嘆了一口氣，他的神情極其沮喪，但是不論他是多麼熱切地希望得到使用發電組合七天的權利，他也不能不同意我的話。

他喃喃地道：「我也知道那很難，我來見你們，只不過是抱著萬一的希望而已。」

我明白，張老頭要是一直抱著這樣的希望，唯一的結果就是更加失望，所以我不得不向他潑冷水：「不是萬一的希望，簡直是沒有希望！」

張老頭長嘆了一聲，一聲也不再出，低著頭，望著那頭大黑貓，那頭大黑貓抬起了頭望著他。

由於一直只是和張老頭在交談，是以我的注意力，並不在那頭老黑貓的身子，直到此際，我才向那頭老黑貓望了過去。

真的，一點也不假，我在那頭老黑貓的雙眼之中，看到了一股極其深切的悲哀。

貓的眼睛之中，本來是不會有這種神色的，但是我已經知道，這頭貓，其實並不是貓，貓的生命早已結束了，代替貓的生命的，是來自外太空的一種不可知的生命，這種不可知的生命，頂替了貓的軀殼在生活著。

如今，這種不可知的生命，亟圖擺脫貓的軀殼，可是卻在所不能。

牠自然自始至終，聽得懂我們的談話，也一定聽到了我剛才對張老頭所說的話，牠自然也知道，牠沒有希望擺脫貓的軀殼，牠只能繼續在地球上做貓，而無法回到牠原來的地方去。

雖然這頭老黑貓是如此之可惡，給了我那麼多的困擾，而且，牠來到地球的目的是侵略，可是這時，當我看到牠雙眼之中那種可哀的神采之際，我也不禁有點同情牠，我望著牠：「真對不起，我想，我們不能給你以任何幫助！」

那頭老黑貓的背，緩緩地弓了起來，但是牠隨即恢復了常態，發出一陣咕咕聲來。

張老頭在這時，抬起頭來，他和那頭老黑貓的感情，一定十分之深切，因爲這時，在他臉上所顯露出來的那種悲哀的神情，較老貓眼中悲哀的神色尤甚。

他抬起頭來之後，又呆呆地坐了片刻，在這時，我們誰也不說話。

然後，張老頭才站了起來，道：「對不起，打擾了你們，我也該走了！」

我們既然沒有力量可以幫助那頭老貓，自然也沒有理由再留著張老頭了，我只好勉強地笑了一下，道：「真對不起，真的。」

張老頭痛苦地搖著頭：「在如今這樣的情形下，我只要求你們一件事！」

我和白素異口同聲地道：「只管說，只要我們能力所及，一定答應你。」

張老頭現出了一絲苦笑：「那太容易了，我的要求是——請你們將剛才所聽到的一切，只當是一個荒誕的故事，千萬別放在心上，也不要對任何人提起。」

我和白素互望了一眼：「你可以放心，我們決不對任何人說。」

張老頭道：「那就真的謝謝你們了！」

在那一剎那間，我的心中，又突然產生了一種十分奇異的感覺，我感到張老頭和那頭貓之間的關係，絕不像是一個人和一頭貓之間的關係。

從他們這時的情形看來，他們之間的感情，是超越了人和貓的界限的。

那使我聯想起許多中外的童話和神話，類如一雙愛侶，其中的一個，忽然因為魔法而變成了異物，另一個痛苦欲絕，要使他復原。

很多傳說和神話中，有類似的故事，西洋童話中的「青蛙王子」和「白鵝公主」，更是誰都知道的。

中國傳說中這一類的故事也很多，在中國的小說之中，最悽惋動人、怪誕離奇的，要算是還珠樓主的一部小說，在那部小說之中，一雙愛侶的女方，竟變成了一隻可怖的大蜘蛛，而附在男方的胸前。

張老頭抱著貓，向門口走去，由於我的腦中，忽然有了這種念頭，是以我竟呆立著，並沒有送他。只讓白素一個人，送到了門口，打開了門。

到了門口，張老頭才又道：「我想我們以後，也不會再見面了。」

我苦笑著，無話可說，白素道：「張老先生，除了這個辦法，沒有別的辦法了麼？」

張老頭搖著頭：「沒有了，我需要大量的電力，這種電力，只有一個大發電站才能供應，除了向你們請求之外，別無他法。」

我也走到了門口：「可是事實上，那是做不到的事情。」

張老頭點著頭道：「我明白！」

他低下了頭，又呆立了一會，向外走去。可是他才走出了一步，白素突然叫了起來，道：「請你等一等，我想不是完全沒有辦法！」

我、張老頭，連那頭老貓在內，一起都望著白素，現出驚愕的神色來。

我也自以爲是一個有辦法的人，當張老頭提出他的要求之後，我也想過了不少辦法，可是要一個龐大的工業組合停工七天，讓張老頭可以在這七天之中，使用這個工業組合發電部門的全部電力，那實在是不可能的事。

可是，白素卻說她有辦法，她有甚麼辦法？

當我們全向她望去的時候，白素卻沒有說出她的辦法來，她只是道：「讓我去試一試，或許可以成功，當然，成功的希望相當微，而且可能需要相當的時日。」

聽白素的說法，好像事情又有了希望，張老頭緊張得口唇在發著抖：「那不要緊，時間是不成問題的，我們可以等。」

白素道：「那就好了，希望你給我一個聯絡的地址，一有了成功的可能，我好和你聯絡。」

張老頭猶豫著，並沒有立即回答，白素又道：「你怕甚麼？我們已經知道了一切，而且，我們決計不會來騷擾你的。」

張老頭又猶豫了半分鐘之久，才道：「好的。」

接著，他便說出了一個地址，那果然是郊外的一處所在，我曾聽他和那頭老貓說過，他們要搬到郊外去的。

我仍然不知道白素有甚麼辦法，但是有一點，我卻不得不提醒白素，我道：「張先生，現在你不會因爲騷擾鄰居而搬家了吧？」

張老頭苦笑著，道：「我想不會了，雖然我仍然因爲工作而不斷發出聲響來，但是我現在住的地方很好，五十呎之內沒有別的屋子。」

我點頭道：「很好，如果你又要搬家時，請通知我們一聲。」

張老頭嘆了一聲，我忽然又想起了一件事，道：「張先生，有一次你搬家，留下了一副血淋淋的貓的內臟，那是怎麼一回事？」

張老頭苦笑著：「我們一直在研究貓的身體結構，經常解剖貓，想尋出究竟有沒有別的方法，可以使貓的腦電波活動分離，但一直沒有結果，那一次，是我不小心留下來的。」

我道：「如果以後我們真能幫助你，那麼你應該感謝那次不小心了，因爲如果不是那次不小心，我根本不會知道有這件事！」

張老頭用疑惑的眼光望著我，我因爲自己無法給他幫助，是以心中很表示歉疚，也很想和他多說一些話，是以便將我在傑美那裏聽到了有關他的事的經過，和他說了一遍。

張老頭默默地聽著，並沒有甚麼特別的反應，顯然他由於心中的愁苦，除了苦笑之外，沒有別的表示了。

我講完之後，他又嘆了一聲，抱著那頭貓，緩緩地向外踱了開去。

直到他轉開了街角，我們已經看不見他了，才退了回來，到了屋子之中，白素關上了門，輕輕地道：「真可憐，那頭貓。」

我道：「你應該說這個人真可憐，他一心想到地球來有所作爲，但是結果卻變成了一頭貓，在他來講，三千年的時間雖然只不過是一個很短的時間，但是那總不是好受的事情。」

白素道：「豈止不好受，簡直是痛苦之極了，尤其是現在，當牠的智力可以發揮的時候，牠竟是一頭貓，唉，真是難以想像。」

我望著白素：「現在要靠你了，你有甚麼辦法？」

白素呆呆地想了一會：「我的辦法，我現在不能講給你聽。」

他一面說，一面發出了神秘的笑容來。

我們夫妻之間，一向是很少有秘密的，但是，當白素表示她要保留一點秘密的時候，我也不會反對，而且，我心中在想，這件事，她事實上根本想不出任何辦法來，她那樣說，可能只是掩飾而已。

所以，當時我只是笑了笑，並沒有再追問下去。

第二天，我醒來時，她已經出去了，一直到中午才回來，道：「我已經辦好了旅行手續！」

我覺得十分訝異：「旅行？你準備到甚麼地方去？不和我一起？」

白素道：「我單獨去，我想去看看我弟弟！」

我笑了起來：「你還是想幫助那頭老貓？」

白素道：「我要先去看看，有沒有這個可能。」

我覺得我有責任提醒白素，告訴她，她的任何努力都是白費的，當然，我要用較爲緩和的口氣，婉轉地將情形告訴她。

是以，我想了一想，才道：「白素，你要明白，別說叫一個大的工業組合停止工作七天，就算是七分鐘，也做不到。」

白素眨著眼：「我知道。」

我又道：「而且，這不是任何金錢所能補償的事，一個工業組合，並不是獨立生存的，牠必然和其他許多機構發生聯繫，譬如說，限期要交出來的產品，如果交不出來，就會影響別的工廠的工作，這可以說是一個和全世界都有株連的事情。」

白素微笑著：「我自然全明白。」

我笑著：「那麼，你的旅行計劃，是不是可以取消了？」

白素卻立即回答了我：「不，我還是要去，讓我去試一試，好不？」

她仍然沒有說出用甚麼方法去解決這個問題，而我的責任既然盡到了，她一定要去，我自然也沒有理由反對，就讓她去一次吧！

所以，我點頭道：「好，你甚麼時候動身？」

白素的回答很簡單：「明天。」

第二天，我送白素上了飛機，剛好有一個大人物也離開，傑美在機場負責保衛任務，我在要離開機場的時候，遇到了他。

他第一句話就問我道：「你這幾天在忙甚麼？那隻貓怎樣了？」

我道：「沒有甚麼，那隻貓——其實也沒有甚麼特別，只不過是一頭普通的老黑貓而已！」

傑美現出的神情，像是一個剛打倒了對手，獲得了勝利的拳師一樣，他「呵呵」地笑著，道：「這一次，你也不能在一件平凡的事中，發掘出甚麼新奇的故事來了吧！」

我冷冷地望著他，如果不是為了遵守張老頭的諾言和照顧傑美的自尊心的話，「蠢豬」兩字，已經要罵出口來了！

但當時我只是冷然道：「或許是！」

我沒有再理睬他，轉身就走。

第十二部：張老頭的來歷

白素走了之後，屋中冷清了許多，也更使人耽不住，我一連幾天，都在外面，我曾想去拜訪一下張老頭，再和他談一談，但是我卻打消了這個念頭，因爲我們曾答應過不去打擾他的。

我除了每天和白素通一個長途電話之外，對於這件事來說，可以說是沒有甚麼進展。

如果要說再和這件事有關的活動，那麼，就是我曾到老陳那裏，看過老布。

老布已然完全康復了，這一次重傷，使牠瘦了不少，但是老陳眉飛色舞地告訴我，老布的胃口極好，可以一次吃盡五磅上好的牛肉（老陳幾乎沒有用神戶牛柳來餵他的寶貝狗）。而事實上，老布雖然瘦，依然一樣威猛，誰都可以看得出牠是一頭好狗。

當我和老陳告別之後，我想到那些狗，甚至只是接近了那頭貓，還未曾看到那頭貓之前，便已有異常的反應。

由此可知，動物對於一種微弱電波，有著異常敏銳的反應，牠們一接近那頭大黑貓，就可以知道那頭大黑貓不是普通的貓了！

而人類說是萬物之靈，但在這一方面的能力，卻幾乎等於零。

每當晚上，我和白素通長途電話之際，總要問她一句事情有沒有進展，白素的回答照例是

「沒有」。

一直到近二十天之後，白素的回答有改變了，她道：「有點進展了！」

我略呆了一呆，「沒有進展」，這可以說是意料之中，當然的回答。

但是現在，白素卻說「有點進展了」。

那是甚麼意思，這樣的事，怎可能說「有點進展了」？我忙道：「你用甚麼方法進行，現在，你可以告訴我了麼？」

我這個，也不是新問題了。對這個老問題的答案，白素也有了改變，她道：「還不能，可是我卻能告訴你，究竟爲甚麼不能在事先告訴你！」

我忙道：「爲甚麼？」

白素笑了起來：「因爲告訴了你的話，你是一定會反對的！」

我呆了一呆，才道：「天，希望你不是在用甚麼犯法的手段！」

白素不住地笑著：「放心，絕對合法！」

我仍然不知道白素在用甚麼方法，當晚，我又仔細設想了幾十個可能，也想不出白素有甚麼辦法，可以令得張老頭的願望得到實現。

自那次接到電話之後，又過了幾天，一天中午，電話鈴聲大作，我拿起電話來，竟聽到了白素的聲音，那是一次額外的電話，我意料到一定有甚麼重要的事情發生了！

果然，白素的聲音十分急促：「快通知張老頭，他必須在後天晚上六時之前，到達我這裏！」

我嚇了一跳：「爲甚麼？」

白素道：「你這還不明白？只要他準時到，他就可以利用他所需要的電力。」

我更吃了一驚：「你，你用甚麼辦法，使得張老頭的願望可以實現？我不相信你能夠說服工業組合的董事會停工七天。」

白素道：「當然，他們要停止工作七秒鐘都不肯，根本沒有商量餘地——」

我打斷了她的話頭：「那麼，你——」

白素道：「你怎麼一點也不留心時事？這個工業組織的幾個工會，已經決定大罷工了，大罷工在後日下午開始，一連七天，時間剛好夠張老頭用，全體六千多工人，全部參加，在這七天之中，所有的機構之中，只不過用點照明的電力而已。」

我拿著電話聽筒，呆了好一會，令得白素以爲我出了甚麼事，不住地「喂」、「喂」地問著。

我呆了足有一分鐘之久，才道：「老天，這場工潮，不是你煽動出來的吧！」

白素像是知道我會有此一問一樣，她的答案，也顯然是早已準備好的。

她道：「你平時太少看有關工人運動的書籍了，如果你看的話，你就會知道，好幾個著名的工運專家，都有同樣的理論，他們說，不論是大小工潮，決無法煽動得起來的，所有的工潮，全是因為種種內在的原因而自己爆發的。正像你不能製造一場火山爆發，但是世界各地，卻不斷有火山爆發一樣！」

我大聲嚷叫道：「坦白地說，你在這些日子來，究竟扮演了甚麼角色？」

白素笑道：「別生氣，我只不過參加了當地婦女組織的活動，告訴工人的眷屬，她們丈夫的工作，實在應該獲得更好的待遇，她們家中的電視機，應該換上彩色接收的，她們家裏的牆紙應該重裱了，名貴的皮草，也不再是貴婦專享的東西了，如此而已！」

我哎了一聲：「你闖了一個大禍，為了一隻貓，你竟……成了一場工潮的幫兇，你可知道，那會造成多大的損失？」

白素道：「工潮不因我而生，它是遲早要發生的，罷工的決定，是十分鐘前工會聯合會表決決定的，我甚至未曾參加這次會議！」

我苦笑道：「好了，好了！」

白素顯得很興奮，道：「我調查得很清楚，發電組合的工作，完全自動化，只要兩個人就可以完成發電過程，用氣體作原料，我和氣體供應的部門聯絡好了，他們聽說罷工，正在發愁，我去和他們一說，罷工期內，照樣要原料供應，他們高興得不得了，你看，我也不是專做破壞工作的！」

我喃喃地道：「太可怕了，和你做了那麼多年夫妻，竟然還不知你有那樣的能力！」

白素笑得十分得意：「親愛的，快去找張老頭吧，別浪費時間了！」

我無可奈何地問道：「要我和他一起來麼？」

白素道：「不必了，我這電話，是在機場打的，飛機快起飛了！」

我總算又高興了起來：「你回來了？」

白素道：「是，我已和弟弟講好，他和張老頭兩人，已足可以完成這件事，我再留在這裏，也沒有別的用處，而且我們也分別得太久了！」

我忙道：「是的，我來接機，我就去找張老頭！」

放下了電話，我立時駕車離家。

當然，在若干時日之後，我才知道，白素之急於回來，是因爲她在那地方的一連串的活動，已被當地警方，當作了「不受歡迎的人物」，促請她離境的。也當然，事後我陸續知道，白素的「連串活動」，包括在數十工人大會上慷慨激昂的演說在內，白素實在做得太過份了，難怪在事先，她要瞞著我。

如果我在事先知道了她的計劃，我自然會加以反對，幾乎沒有商量的餘地。

但是這時我想一想，也不得不承認白素的聰明過人，幾千個工人一起停工，工廠的一切活動，有甚麼辦法不隨之一起停頓？這真正是釜底抽薪之計！

車子到了張老頭所住的那間小石屋之前，才來到了門口，我就聽到了一陣敲打聲。

我大聲叫了幾下，那頭大黑貓，首先從屋子之中，竄了出來。

接著，張老頭探頭出來，我忙道：「有好消息，你的願望可以實現了！」

張老頭的臉上，現出不可信的神色來，一時之間，他幾乎呆住了，不知怎麼才好。

我道：「你難道不讓我進來麼？」

張老頭這才打開了門，讓我走了進去。

石屋中的陳設，仍然很簡單，我看到那隻八角形的盤子，放在屋中央，地上還有不少工具，那盤子上，釘著的「小釘子」似乎更多了一些。

我望著那八角形的盤子，張老頭在我的身邊搓著手：「現在真是萬事齊備，只欠東風了。」

我拍了拍他的肩頭：「東風也有了，龐大的發電組織所產生的電量，可以供你使用一星期，但是——」

當我再次說明張老頭可以得到他所需要的大量電能之際，張老頭大概也知道我不是在開他的玩笑了，是以他現出高興之極的神色來，連那隻大黑貓，也突然之間，叫了起來，撲到了他的懷中。

可是，當我忽然又說出了「但是」兩字之後，張老頭又現出十分吃驚的神色來，顯然他是怕事情又會有甚麼不利於他的變化。

他發怔似的望著我，我指了指那隻老黑貓，續道：「但是，我不知道，將牠送回去這件事，是不是對，牠是一個侵略者……牠來自一個比地球進步了不知多少年的另一星體，而且，牠在地球上住了那麼多年，將地球上的一切，可以說瞭解得再透徹也沒有了，如果牠回去之後，再發動一次大規模的侵略，地球上的人類，是根本一點抵抗的餘地都沒有。」

我在來的時候，已經將這個問題，反覆考慮了好幾遍。這是一個十分嚴重的問題，而當我將這個問題說出來之後，我更感到這個問題的嚴重性，是以我的口氣愈來愈嚴重，神情也越來越沉重。

張老頭聽了我的話，現出很惶恐的神色來，他先俯下身，將老黑貓放到了地上，老黑貓倚在他的腳旁不走，看來好像也很緊張，因爲牠身上的毛，在漸漸地豎起來，貓一到心情緊張的時候，總是那樣子的。

張老頭攤著手，以一種聽來十分誠懇的語氣道：「衛先生，現在我不能向你說為甚麼你所擔憂的情形，絕不會發生，但是你一定會明白，我不是騙你，我會向你說明的，在若干天之後。」

我立時追問道：「為甚麼要在若干時日之後？」

張老頭道：「我有我的為難之處，我請你幫那麼大的忙，本來是不應該再有甚麼事隱瞞你的，但是，我實在有我的為難之處！」

張老頭說得十分懇切，而且，他那種神態，也確實使人同情。

我望了他片刻，又指了指那頭大黑貓：「是牠不讓你說出來？怕說出來了之後，會影響牠回去？」

張老頭神情痛苦地搖著頭：「也不單是如此，總之，你會明白，不用很久，我一定會詳細和你說明。」

我吸了一口氣：「你要知道，我的擔憂並不是沒有理由的，而在我的擔憂，沒有甚麼切實保證之前，你要求我們這樣責任重大的承擔，這不是太過份一些了麼？」

張老頭也明知我講的話十分有道理，而他看樣子也的確有難言之隱，是以他只是唉聲嘆氣，並不再作甚麼解釋。

我知道，我的話對張老頭的壓力已經十分大，可是張老頭仍然不肯說，這證明我不論再說些甚麼，他總是不肯說的了。

我們之間，在維持了幾分鐘的靜默之後，張老頭先開口：「衛先生，如果你真的不相信我，我也沒有別的辦法了！」

我又望了他一會：「好，我相信你，我認識的人多，帶你去辦手續會快一點，不過，你要帶著一隻貓遠行，可能會不方便。」

張老頭忙道：「那倒不要緊，我有辦法，令得我和牠一起到達目的地的，你已經幫了我的大忙，我不能再要你操心了！」

我長長地嘆了一口氣，因爲我根本不能確定我自己那樣做是不是對！

但是一切都已在進行，白素甚至去鼓動了一場大罷工，事情已經到了這一地步，自然不能就此算數，只好幫忙幫到底了！

而且，我也看出，張老頭決不是一個狡猾騙人的人，他一定還有很多難言之隱，我也相信，這些難言之隱，當他將那頭貓送回去之後，他一定會對我講明白的。

所以，我在長嘆一聲之後：「我們要爭取時間，你現在就應該跟我去辦手續了！」

張老頭看到事情已經有了決定，他如釋重負地鬆了一口氣：「等一等，我答應送給你的東西，現在我就拿來給你！」

他不等我有反應，就走進了房間中，推出了一隻木箱來，那木箱，就是我第一次到他家中的時候，看到的那隻大木箱。

當時，我揭開箱蓋，只看到那隻八角形的盤子，在盤子下面，是一塊木板，隔著箱子的下半部，也不知道箱子的下半部放了些甚麼東西。

現在，他將箱子推了出來，打開箱蓋，又將那塊木板，掀了開來，我探頭望去，只見箱子中，有大約十幾部書，還有七八卷畫，我順手拿起了一本來，就不禁吃了一驚，我雖然對這一類的古董，算不上是內行，可是也看得出，那是真正的宋版書。

宋版書的價值是無可估計的，而在這箱子中，有著十幾部之多！

我又抖開了一幅畫，那是宋徽宗的一幅「雙鸚鵡」，我可以說從來也未曾見過那樣的精品，單是這幅畫，已經令我呆了半晌。

張老頭看到我很喜歡這些書畫，他也顯得很高興：「還不錯吧，本來我還有很多，可是近年來，爲了生活，都變賣了！」

張老頭的這兩句話，不禁引起了我的疑心，因爲從他現在這種簡單的生活來看，隨便賣出去一部書，或是一幅畫，就夠他一輩子生活了，而他卻說「變賣了許多」。

我立時向他望去，張老頭似乎也知道自己的話，多少有點語病，是以他連忙道：「你知道，這種東西，本來並不值錢，後來才漸漸值錢的。」

我又呆了一呆，這句話，更使人莫名其妙了，甚麼叫「本來並不值錢」，宋版書和宋瓷，甚麼時候不值錢了？

但當時，我只是想了一想，並沒有再追問下去，我只是道：「你以後還要生活，如果你將這些東西全送給了我，你以後的生活怎麼辦？」

張老頭道：「我會有辦法的，你一定要接受，不然，我不知道怎樣表示對你的謝意。」

張老頭的那一箱書畫，價值無法估計。人總是貪心的，我自然也不例外，要我拒絕，我甚至沒有這個勇氣，但是我的心中，卻已經有了決定，這一箱東西，我至多保存一年，然後，將它們捐給博物館。

當然，我會捐給那個工業組合所在地的博物館，因爲那七天的大罷工，必然會對該地造成極大的損失，雖然照白素的說法，沒有一個人能夠製造一股工潮，就像是沒有人可以使一座火山爆發一樣，但是白素到了那裏，爲了要取得使用龐大電能的機會，多少起了推波助瀾作用，那麼，將這一箱珍貴的藝術品捐給當地的博物館作補償，自屬合理。

我和張老頭合力將箱子抬出去，放上我的車子，然後，我利用了人事關係，和他去辦手續，第二天一早，他就帶著貓走了。

而當天下午，白素就回來，她下機之後，見到了我，第一句話就道：「不許再將大罷工的責任，推在我的身上，我沒有那麼大的本領！」

我只好苦笑道：「你本領已經夠大了！」

白素白了我一眼，大有不再睬我的意思。我們一起回到了家中，客廳仍然很凌亂，我將和張老頭見面的經過，向她說了一遍，然後，我們一起欣賞著那些精品。

第二天，報紙上就有了大罷工的消息，看到了這種消息，我只好苦笑，我也不和白素提起。

日子一天天過去，我和白素之間，幾乎沒有再提起張老頭的事。

一直到了第八天早上，白素一面看報紙，一面對我道：「罷工結束了！」

我正在喝咖啡，望著咖啡杯：「張老頭不知怎麼樣，他成功了沒有？」

白素攤了攤手：「不論怎樣，我們總算已對一個可憐的人盡了力了！」

我苦笑著：「你說可憐的人，是指甚麼人，張老頭，還是那隻貓？」

白素道：「你怎麼啦？那不是一隻貓，是一個智慧極高的人！」

對這一點，我們已經沒有異議，自然無法再和她辯駁下去。自那一天起，我們就一直在等著張老頭的消息，可是張老頭卻像是突然消失了一樣。

白素和她弟弟通了一個長途電話，據知，張老頭在那七天之中，所用去的電量，比他們整個工業組合所用的電還要多。

張老頭是不告而別的，連白素的弟弟，也不知道他到了甚麼地方。

又過了三天，郵差來叩門，送來了一隻大木箱，約有兩尺長，一尺厚，半尺寬，說得難聽一點，簡直像是一口小棺材。

當我們打開那隻木箱之際，箱中所放的，赫然是那頭大黑貓！

當然，那頭大黑貓已經死了，牠的毛色看來也不再發光，眼珠是灰白色的，我們將牠取了出來，那不是標本，簡直已是一塊化石！

我望著白素，白素吁了一口氣，道：「成功了，他走了，只留下了一個軀殼，你看，這具臭皮囊多活了三千年，可是生命的意義並不在軀體上。」

我點了點頭：「這倒很有點超脫的味道，留下了軀殼，走了。」

白素道：「其實，我們每一個人都是那樣，不知自何而來，忽然來了，有了生命，但是沒有一個人能例外，每一個人，都要離開相伴幾十年的軀殼而去，也不知道到甚麼地方去了！」

我望了白素半晌，白素說得很正經，而他所說的話，也很難反駁。

我只好道：「別再想下去了，再想下去，只怕你也要入魔了。」

白素勉強笑了一下，將那隻化石貓，放在一個架子上。我道：「張老頭這人，很不是東西，他怎麼不再來看我一下？」

白素嘆了一聲：「你對於張老頭，難道一點也沒有懷疑。」

我吃了一驚：「懷疑？甚麼意思？」

白素仍然背對我：「我總覺得張老頭的情形，和這隻大黑貓是相似的。」

我直跳了起來：「你詳細說說。」

白素說：「我曾注意到，張老頭在說及他和那頭貓的時候，有幾次不由自主，說出了『我們』的字眼，但隨即亟亟更正。而且，爲甚麼我們不能明白那頭貓的思想，他能明白？」

我道：「那是因爲他和貓相處久了！」

白素轉過身來：「多久？」

我呆住了，白素又道：「他出賣的宋瓷，送給我們的宋書和宋畫，那決計不是普通人所有的東西，他怎麼會有，你沒有好好想一想？」

我給白素的一連串問題，問得張口結舌。

過了片刻，我才道：「那麼，你的結論是甚麼？」

白素緩緩地道：「張老頭活在地球上，至少有八百多年，他是宋朝末年來的，是來找那頭貓，你明白了麼？」

我只感到全身都起了寒慄，像是氣溫忽然低了四十多度一樣！

現在，我也明白爲甚麼張老頭他所變賣的東西，「原來並不值錢，後來才漸漸値錢」的了，宋版書在宋朝，當然不值甚麼錢，宋瓷的情形，也是一樣！

我呆望著白素，白素緩緩地道：「我們再也見不到他，他也回去了！」

我沒有話好說，一句話也說不出來，隔了好久好久，我才道：「你是甚麼時候發現這一點的？」

白素道：「有一次見到張老頭和那隻貓，我就發現了，女人對於和感情有關的事，一定比男人敏感，我發覺他和那頭貓之間的感情，決不是一個人和一隻貓之間的關係，你難道一點未曾想到過？」

我苦笑了一下，我想到過的，但是我卻沒有進一步地去想。

白素道：「或者，我的猜想並不可靠，但是，這至少是一種猜測！」

我嘆了一聲，沒有再說甚麼，在這一天中，我只是發怔，甚麼話也不想說。

第二天，我們又接到了一封信，拆開那封信，看完，我們又足足有幾小時沒有說話。

信是張老頭寄來的。

以下就是張老頭的信：

「衛先生、衛夫人：

很感謝你們的幫助，我們都回去了。他先回去，他就是那頭貓，是我最親密的人，關係類似你們的夫妻，我是來找他的，以你們的時間來說，已經八百多年了，他誤投貓身，我則投進了人體，我的情形比較好，可以自由來去，那是因為人的腦組織進步的緣故。我在他走了之後，寄出他留下的貓的軀殼，再寫信的，我找了一個很隱蔽的地方，放下我寄居了很久的軀殼——如果被人發現，那將是一具不可思議的乾屍。衛先生可記得我的保證，我們不會再來？那是因為，我曾投進人身，不客氣地說，地球人太落後了，在我們看來，和貓沒有甚麼分別，我們沒有理由，放棄自己的地方到地球來，就像地球人沒有理由放棄現在的生活，回到穴居時代一樣。再見，再三多謝你們。」

這就是張老頭的信！

在看完了張老頭的信之後，心中一直不舒服了好幾天，他們——張老頭和老黑貓，那種來到地球的方式，很令人吃驚。

我可以斷定，張老頭和那老貓，他們的天性，還算是很和平的，這一點，從張老頭來到了地球，並沒有作出甚麼破壞行動可以得到證明，或許他們那個星體上的高級生物生性十分和平。

但是在整個宇宙中有生物的星體一定有很多，其它星體上的生物，是不是也會以同樣的方式來到地球？如果他們來了，而他們的天性又不是那麼和平的話，那又會怎樣呢？

這是一個無法繼續想下去的問題。

（完）

大廈

序言

「大廈」這個故事，有一個十分著名的情節，就是一個人進了電梯，想到二十二樓去，可是電梯卻不斷往上而升，向上升，升到了一個不可測的空間，讀來很是可怖，所以給讀友的印象也就特別深刻。

幻想小說中的情節，和現實生活中常見的行動結合在一起，給以新的設想，特別能使看小說的人感到震撼。像乘搭電梯，生活在大都市的人，幾乎人人，天天，都在進行，誰也未曾想到過那種平凡的行為，有時也可以變得十分恐怖！

「大廈」中的這一情節，寫在二十年前，後來又好多年，西方的幻想小說家才發現這種情節的討好，才有了大量這種情節的小說。

當然，這並不說明什麼。

倪匡

第一部：不停上升的電梯

這個故事，發生在一個正在迅速發展，人口極度擁擠的大城市之中。

凡是這樣的大城市，都有一個特點：由於人越來越多，所以房屋的建築便向高空發展，以便容納更多的人，這種高房子，就是大廈。

凡是這樣的城市，商業必然極度發達，各種各樣的生意，都有人做，有許多形成大集團，在這些機構中服務的人，有穩定的職業，相當的收入，形成一種階層，可以稱之爲中產階層。

凡是這樣的大都市，寸金尺土，房租一定貴，貴到了中產階層就算有固定穩當的收入，也不想負擔的程度。

於是，買一個居住單位，便成了許多有穩定職業的人的理想。

羅定就是這樣的人，他是一個大機構中主任級的職員，家庭人口簡單，收入不錯，已經積蓄了相當數目的一筆錢，他閒暇時間的最大樂趣，就是研究各幢分層出售大廈的建築圖樣，和根據報章上的廣告，去察看那些正在建築中，或已經造好了的大廈，想從中選購一個單位。

星期六，羅定駕著車，天氣很熱，可是他興致十分高，因爲他在報上，看到有一幢才落成的大廈，有幾個單位，售價很相宜。

那幢大廈所在的位置，可以俯瞰整個城市，又有很大的陽臺，這一切，都符合他的理想，他駕著車，駛上了一條斜路，不多久，就看到了那幢巍峨的大廈。大廈高二十七層，老遠望過去，就像是一座聳立著的山峰，羅定望著筆直的大廈，心中暗暗佩服建築工程師的本領，二十多層高的房子，怎麼可能起得那樣整齊，那樣直，連一吋的偏斜也沒有！

大廈剛落成，還沒有人住，羅定在大廈門前停下車，才一下車，就聞到了一股新房子獨有的氣味。那種氣味並不好聞，可是對於已經打算在這幢大廈中選上一個單位，作爲自己居住之所的羅定來講，這種氣味，聞來使他有一種興奮之感。

他走進了大廈的入口處，大堂前的兩扇大玻璃門，已經鑲上了玻璃，不過還沒有抹乾淨，玻璃上有許多白粉畫出的莫名其妙的圖畫。

大堂的地臺，是人造大理石的，一邊牆壁上，用彩色的瓷磚，砌成一幅圖案。另一邊牆上，是好幾排不銹鋼的信箱。

羅定的心裏在想：那可以說是第一流的大廈，等到有人住的時候，大堂中當然會放上幾盆花草，那就格外顯得有氣派。羅定在大堂中站了一會，好像他已經付了錢，買下了其中的一層一樣，仔細地察看著一塊碎裂了的瓷磚，直到過了幾分鐘，他才陡地感到，這幢大廈中，好像一個人也沒有，當然，他知道沒有住客，但管理員呢？

他四面張望著，伸手拍著信箱，發出巨大的聲響。

過了片刻，才看到有一個瘦削的中年人，從樓梯上走了下來，那人身子很高，瞪著眼，眼珠小得和上下眼瞼完全碰不到，小眼珠轉動著，用並不友善的態度道：「甚麼事？」

羅定挺了挺胸：「我來看房子！」

小眼珠仍然轉動著，不過態度好像友善了許多，他自腰際解下一串鑰匙來：「你想看哪一個單位？」

羅定是早已有了主意的，他立即道：「高層的，二十樓以上，不過不要頂層，熱！」

小眼珠轉動著，取出了兩柄鑰匙來，交給羅定：「這是二十二樓的兩個單位，請你自己上去看！」

羅定在這半年來，看過不少房子，大多數，不是由經紀陪著，就是由管理人員陪著，像今天那樣，管理人員將鑰匙交給他，由得他自己去看的情形，倒還是第一次。不過，羅定很高興這樣，他一個人去看的話，可以看得更仔細一些。買一個單位，要化去畢生的儲蓄，不能不小心，有人陪著，似乎不好意思怎麼挑剔，一個人看，就可以看到滿意爲止。

他接過了鑰匙，眼看那個小眼珠、瘦削的中年人，又走上了樓梯，他來到了電梯門口，按了按鈕，電梯門打開，羅定走了進去。

電梯很寬敞，四壁鑲鋁，羅定按了鈕，電梯開始向上升去。

當電梯向上升去的時候，羅定已經開始在想，如果自己買了房子，那麼，至少該添一些新的傢俬，或者，索性豪華一點，委託一間裝修公司，好好地裝修一下，住得舒舒服服，從此之後，不必每個月交租，而且，這幢大廈的環境那麼好，在陽臺上坐著，弄一杯威士忌，欣賞風景，真是賞心樂事！

如果他自己看了認爲滿意，那麼還可以帶家人一起來看，他太太一定也會喜歡！

羅定越想越是高興，當他開始覺得，自己在電梯中太久了的時候，他也不知道究竟進了電梯已有多久。電梯中本來是有一排數字，到達哪一層，就亮起哪一個數字的。可是，當羅定抬頭，向那排數字望去的時候，那排數字，卻一個也沒有亮著。

羅定皺了皺眉，心裏想，一定是有一條電線鬆了，不能連接到那些數字後的小電燈，所以才會那樣，等一會下去的時候，一定得和那個管理員說一說。

在感覺上，羅定可以肯定，電梯還在向上升著，上升得很穩定。他心裏又想，究竟是二十二樓，電梯上升雖然快，也需要時間。他的心情很輕鬆，吹著口哨，可是當他吹完了一闋流行歌曲之後，電梯還沒有停下來，在感覺上，他可以知道，電梯還在向上升。

羅定呆了半晌，接著，他伸手拍打著電梯的門，他明知電梯在上升中，拍門也拍不開來，可是，他在電梯中，實在太久了！

就算是二十二樓，在電梯中那麼久，也應該到了。他又接連按下了幾個掣，可是沒有用，電梯還是在向上升著，這一點，他可以肯定！

羅定開始著急起來，但是他立即感到好笑，電梯如果停止不動了，也沒有甚麼大問題，何況在繼續向上升，電梯會升到甚麼地方去？至多升到頂樓，一定會停止的，難道會冒出大廈的屋頂，飛上天去？

當羅定一想到這一點的時候，他笑了起來，笑自己可能太緊張了，所以感到時間過得慢。他將鑰匙繞在手中，轉動著，抬頭看看那一排數字，最討厭是電燈不亮，不然，他就可以知道自己現在在哪一層。

電梯還在向上升著，羅定本來一直是在笑著的，可是漸漸地，他卻有點笑不出來了！從他警覺到自己在電梯中已經太久了之後，到現在，至少又過去了五分鐘。絕無可能電梯上升了那麼久，而仍然不停下來的！

羅定開始冒汗，他又連續地按下了好幾個鈕掣，希望能使電梯停下來，可是卻一點用處也沒有，電梯仍然繼續在向上升。

當羅定真正開始焦急的時候，是在又過了三分鐘之後，電梯中其實並不熱，但是羅定卻渾身都被汗濕透了，他用力敲打著電梯的門，按著電梯上的「警鐘」和「停止」鈕，想使電梯停下來。

可是一點用處也沒有，不論他怎麼樣，電梯一直在向上升著，照時間計算起來，電梯可能已上升了幾千呎，但是，任何人都知道，世界上決沒有那麼高的大廈。

羅定靜了下來，不由自主地喘著氣，這是不可能的，大廈只有二十七層，在大廈中的電梯，當然不可能上升幾千呎，那麼，多半是自己感覺上，電梯在上升，而實際上，電梯早已停了。

羅定竭力想使自己接受這種想法：電梯中途壞了，那只不過是一個小小的意外，沒有甚麼大不了，就算連警鐘也壞了，那個小眼珠的管理員，一定也會久等他不見而找他，自然很容易發現電梯在中途停了，會召人來救，他就可以安然無事。

可是，羅定雖然竭力向這方面想，但是事實上，他更知道，電梯是在向上升著。

羅定不是沒有搭過電梯，電梯的上升，雖然很穩定，但總可以覺得出來。

又過了兩分鐘，羅定的心中，越來越是恐懼，他像是進入了一個噩夢之中：不斷上升的電梯，會將他帶到甚麼地方去呢？

羅定實在無法遏止心中的恐懼，他陡地大叫了起來，連他自己也料不到，原來他心中的恐懼如此之甚，以致他的叫聲，是那樣淒厲。他開始大叫不久，電梯輕微地震動了一下，停了下來，而且，電梯的門，打了開來。

羅定幾乎是跌出電梯去的，他直向前衝出了幾步，伸手扶住了牆，看清楚了那是一個穿堂，兩面有相對的兩扇大門，他才定過神來。

電梯的門打開著，他還在這幢大廈之中。

他伸手抹了抹汗，並沒有甚麼異樣，剛才的一切的確像是一場噩夢，羅定無法明白那究竟是怎麼一回事，他只好這樣設想：剛才電梯曾在中途停頓了一段時間，要不然，他決不會在電梯中那麼久！

他揚起手來，手中的鑰匙還在，當然不是在做夢，他可以立即憑他手中的鑰匙，打開那兩扇門。

而打開門之後，他就可以進入他想購買的居住單位，那一定很理想，雖然剛才在電梯中，他感到如此恐懼。那一定是神經過敏，工作是不是太辛苦了呢？

羅定一面思想混亂地想著，一面向前走去，大門很夠氣派，他隨便揀了一條鑰匙，插進門孔，轉動了一下，門打了開來，新房子的氣味更強烈，一進門，是一條短短的走廊，然後，是一個相當寬敞的連著陽臺的客廳。

一看到那寬敞的客廳，羅定不禁心花怒放，他向前走去，門已自動關上，便直來到玻璃門之前，移開了玻璃門，踏上了陽臺。

就在那一剎間，他呆住了。

他來的時候，陽光猛烈，曬得馬路上映起一片灼熱的閃光，但是現在到了陽臺上，向下望去，只是灰濛濛的一片，甚麼也看不見！

天是甚麼時候開始變壞的呢？

羅定略呆了一呆，又向前走出了兩步，靠住了陽臺的扶欄，向下看去，就在那時，他第二次發出驚怖之極的呼叫聲來！

他向下看去，並不是看到下一層的陽臺，而是甚麼都沒有！他在一個居住單位之中，不錯，可是，那個居住單位，卻像是孤零零地浮在半空之中，上不著天，下不著地，看出去只是灰濛濛一片，也不知是雲是霧！

羅定一面驚叫著，一面向後退去，「碰」地一聲，撞在玻璃門上，跌進了客廳。他還想繼續呼叫，可是過度的驚怖，令得他雖然張大了口，卻發不出任何聲音。他奔到門口，拉開了門，回到了穿堂。電梯門還開著，他衝進了電梯，但是又立時退了出來。不住喘著氣，他在一幢大廈之中，可是，爲甚麼會這樣子？他不願自己再一個人關在電梯中，他寧願走樓梯下去，他可以一面向樓下奔去，一面高聲呼叫，總有人會聽到他的呼叫聲的。

然而，當他找尋樓梯的時後，他雙腿不由自主發起抖來——沒有樓梯！這幢大廈，沒有樓梯！

剛才，他明明看到有樓梯，那小眼珠管理員，就是從樓梯上走下來的，但是現在，羅定卻找不到樓梯！沒有樓梯的大廈！

羅定腳步踉蹌，在穿堂中來回奔著，可是沒有樓梯，樓梯口不是一枚針，如果在那裡的話，他絕對不會找不到！然而，沒有樓梯，只有電梯，還開著門，在等他走進去，那情形，就像是甚麼怪物，張大了口，等著他投進去一樣！羅定沒有別的選擇，沒有樓梯，他只好由電梯下去，他必須離開這裏，這幢可怖的大廈。羅定急速地喘著氣，走進了電梯，按了鈕，當電梯的門關上，而且在感覺上，電梯在開始下降之際，他竟至於雙手掩著臉，哭了起來。

他是一個成年人，不如已有多少年沒有哭了，可是這時後，剛才的遭遇，實在已超過了他對恐懼所能忍受的範圍，他之所以哭，完全是一種自然而然的生理反應。

他覺得雙腿發軟，在電梯裏幾乎站立不定，他雙手扶著電梯的門，電梯在向下降，他開始大叫，陡然之間，電梯震動了一下，門打了開來。

羅定直衝出去，他衝得實在太急，是以「碰」地一聲，身子撞在對面的那一排信箱上。

他扶住了信箱，喘著氣，看到自己是在大廈的大堂中，和他進來的時候一樣，他可以透過玻璃門，看到外面的地，外面的車。

羅定慢慢站直身子，突然，他覺得有人伸手搭在他肩上，他實在不能再忍受任何的驚嚇，是以他陡地跳了起來，轉過身去。

他看到了那管理員，管理員白多黑少的眼睛，看來如此詭異，管理員的笑容，看來也不懷好意，管理員問道：「先生，看過了，你滿意麼？」

羅定大叫了一聲，伸手推開了管理員，他推的力道很大，那管理員可能一下子給他推得跌在地上，可是他卻也不理會，立時向外奔去。他依稀聽得管理員在身後大叫大嚷，可是他卻不理會，只是向前奔著，奔到了他的車旁，打開了車門，發動引擎，駕著車，轉到了斜路口，向下直衝了下去。而就在他駕車向下直衝下去之際，有一輛車，正向上駛來，羅定聽到對面的車子，在按著喇叭，汽車喇叭聲聽來震耳欲聾。

可是，羅定還是沒有法子控制他的車子，他只看到對方的車頭，迅速接近，接著，是一個女人的尖叫聲，和隆然的一聲巨響。

羅定的車子，撞上了駛上斜路來的車子，他身子陡地向前一衝，昏了過去。

羅定因爲撞車而受傷，被送進了醫院，以上的一切，是他在清醒過來之後講出來的。

那幢大廈的管理員，叫陳毛。

陳毛是一個很有經驗的大廈管理員，這幢大廈才落成不久，還沒有人居住，可是不斷有人來看房子，他的工作也不算很清閒。關於羅定的事，他怎麼說呢？

他說：「那天是星期六，天很熱，我聽到有人在問有沒有人，就從二樓走下來，看到了那位先生。」

「你看到他的時候，是不是覺得他有點不正常？」問話的是一位警官，他負責調查撞車案子，當然，他也知道了羅定自述的遭遇。

陳毛的回答是：「沒有，看來他很喜歡這幢大廈，他要看高層，我將鑰匙給了他，他就進了電梯，等到他進去了之後，我才想起，忘了告訴他，電梯裏面的小燈壞了，不知道在哪一層停，不過那也不要緊的，按哪一層的鈕，當然在哪一層停。」

警官問：「後來怎麼樣？」

陳毛道：「我沒有陪他上去，很多人來看房子，都不喜歡有人陪，而且，我還要接待其他看房子的人，他上去了很久——」警官打斷了陳毛的話頭：「有多久？」

陳毛想了一想，道：「多久？好像半小時，又好像更久一點，我記不起來了，他下來的時候，我看到他扶著信箱站著，我走過去，拍他的肩，問他是不是喜歡，他忽然大叫起來，用力推我，向外奔去，鑰匙還在他手裡，我叫他還給我，他也不聽！」

警官問：「你沒有追他？」陳毛道：「當然追，可是等我追出去，他已經上了車，車子向斜路衝下去，我才來到路口，就看到他的車子，和另一輛車子撞上了！」

警官沒有再問下去，因為事情顯然和陳毛無關。

和羅定車子撞了個正著的那輛車中，是一男一女，這兩個無緣無故，飽受了虛驚的人，倒是大家的熟人。小郭和他的太太。小郭，就是轉業成為私家偵探之後，業務上極有成就的郭大偵探，他的太太，就是那位旅遊社的女職員，嚇得一個曾參加過南京大屠殺的日本鬼子，幾乎以為見了鬼的那位小姐。

他們婚後，生活得很好，也想買那幢大廈的一個單位，所以一起來看房子，誰知道才駛近大廈，一輛汽車，就像瘋牛一樣地衝了下來。小郭的駕駛術，算得上一流，立時響號、扭向、踏煞車，可是對方衝下來的速度太快，所以還是撞上了，幸而，他們沒有受傷，立時從車中走了出來。

看到羅定昏了過去，他報警，召來救傷車，將羅定送進了醫院。小郭後來也到過警局，將當時的情形，講了出來，有陳毛作證，錯全不在他，而在於羅定，可是羅定卻講出了他那個稀奇古怪的遭遇。

第二部：再次發生怪事

我不認識羅定，也不認識陳毛，和小郭是多年老朋友，這件事，小郭也沒有和我特別提起，只是有一次偶然相遇，說了起來。

我不假思索：「有一些人，不能處在一個狹窄的空間內，在狹窄的空間中，像在電梯裏面，他就會感到莫名的恐懼，生出許多幻想來。」

小郭道：「我也是這樣想，這個姓羅的，一定是一個極神經質的人，所以才會那樣，不過，他的遭遇好像是真的！」

我又道：「有一種人，他們將幻想的事當成真的，這一種人，我們也時常可以見到，這是一種相當嚴重的心理毛病！」

小郭笑了起來：「你倒可以做心理醫生了，不過最倒霉的是我，我那輛車子，是才從意大利運來的，特別設計，手工製造，給他撞了一下，本地無法修補，要有好幾個月沒車子用！」

我拍了拍他的肩頭：「你排場越來越大了！」

小郭高興地道：「有那麼多人願意花大價錢來請我，我有甚麼辦法！」

我們又談了些別的，我又順口問了他一句：「那麼，你究竟買了那房子沒有？」

小郭道：「我倒想買，不過太太說，看房子撞車，兆頭不好，所以打消了原意。」

我又問道：「那麼，你甚至沒有上去看過？」

小郭搖頭道：「當然沒有！」

我打著哈哈：「要是你也上去看過，可能也會和那位羅先生同樣的遭遇！」

小郭高興地道：「我倒希望這樣——」

他講到這裡，忽然現出興奮的神情來：「反正我有空，你也不會有事，我們去看看，怎麼樣？」

我搖頭道：「那有甚麼好看？」

小郭堅持道：「去看看有甚麼關係，那大廈的環境，實在不錯。」

那個姓羅的遭遇很有趣，或者說是很刺激，我想那是這位羅先生的幻覺，不過，反正沒有事情，去走一遭，又有甚麼關係？

我點頭答應，和小郭一起去看那幢大廈。

駛向那幢大廈門口的那條路，的確相當斜，所以，當車子駛上去的時候，整幢大廈，可以看得十分清楚。我們到的時候，天已開始黑，在暮色朦朧中看來，二十多層高的大廈，聳立著，十分壯觀。

將車停在大廈的門口，和小郭一起下了車，大廈還沒有人住，大堂有燈亮著，我們推開玻璃門走進去，小郭大聲叫道：「陳伯，陳伯！」

不一會，一個人從樓梯上走了下來。這個人，自然就是大廈的管理員陳毛。

我第一眼對陳毛的印象，就覺得他的神情很詭異。那是一種很難形容的感覺，或許眼珠太小的人，容易給人家這種印象。

陳毛滿面笑容，他自然認識小郭，叫道：「郭先生！」

小郭道：「我上次想來看房子，不過後來撞了車，所以沒有再來看，高層的單位，賣出去了沒有？」

陳毛皺著眉：「沒有，奇怪得很，這幢大廈，一個單位也沒有賣出去！」

我聽了之後，不禁呆了一呆。因爲無論從環境來看，從建築來看，這幢大廈，應該在它還未曾建造完成之際，早已銷售一空，而竟然一個單位都未曾賣出，實在有點不可思議。

不但我在發愣，小郭也感到意外，他奇怪道：「那怎麼會？」

陳毛道：「我也不明白，來看房子的人多得很，可是看完之後，沒有人買。」

我笑道：「那麼，大廈業主不是倒楣了？」

陳毛攤著手：「我們老闆倒不在乎，他錢多得數不清，本來，人家起大廈，總是一有了圖樣，就開始登廣告發售，可是他卻不那樣做，一定要等到房子造好了再賣，現在弄得一層也賣不出去，要是早肯登廣告的話，只怕已經賣完了。」

小郭道：「請你給我高層的鑰匙，我上去看看！」

陳毛道：「天快黑了，我借一個電筒給你！」

他一面將電筒交給小郭，又給了小郭兩柄鑰匙，小郭特地要二十二樓的。

陳毛沒有陪我們一起上去，我和小郭進了電梯，在電梯門快關上的時候，我大聲問道：「電梯中的那一排小燈修好了沒有？」

電梯門雖然立時關上，可是陳毛的回答，我也是聽得到的，他在大聲道：「早已修好了！」

小郭按了「二十二」這個字的掣鈕，電梯開始上升。

我和小郭，當然不會是神經質的人，可是當這架電梯，開始上升的時候，我和他互望了一眼，從神色上，可以看出他多少有點緊張，我想我一定也是。

我們互望了一眼之後，心中所想的，自然都是羅定在這架電梯中的遭遇，是以又不約而同地笑了一下。

我抬頭看那一排小燈，數字在迅速地跳動，一下子就到了十五樓，接著，是十六、十七、十八，到了二十樓，二十一樓、二十二樓。

總共不到一分鐘，電梯到了二十二樓，略為震動一下，門就打開。

我和小郭又互望了一眼，各自聳了聳肩，羅定是一個有著不自覺的神經病患者，毫無疑問了。我們走出了電梯，小郭用鑰匙打開了一道門走進去，已經很黑了，所以小郭著亮了電筒，那大廈設計得相當好，打開了玻璃門，來到陽臺上，暮色漸濃中的城市，燈光閃爍，極其美麗。

小郭看得十分滿意，一共有四間相當大的睡房，他也一一看過，然後，他在一間浴室中，洗了洗手，雙手抖著，將水珠抖出，走了出來。

他對我道：「很好，我決定買。」

我笑著道：「一幢大廈，要是完全沒有人光顧，一定是有問題的！」

小郭攤著手：「問題？甚麼問題？我一點也不覺得有甚麼不好！」

我打起道：「要是你搬進來之後，只有你一家人住，這不是太冷清了麼？」

小郭笑了起來：「那更好，我就是喜歡清靜。」

我們說笑著，又到了同一層的另一個居住單位，去看了一下，除了方向不同之外，格局完全一樣。

我們又進了電梯，下到大堂，陳毛在下面等我們，小郭道：「很好，我決定做第一個買主，這樣好的房子，沒有人買，真不識貨！」

小郭將鑰匙還給了陳毛，和我一起出去，我先上車，他打開車門，也準備上車，忽然，他「啊」地一聲：「糟糕，剛才我洗手的時候，脫下手錶，忘了戴上！」

我笑道：「你的又是甚麼好錶！」

小郭道：「值得一輛第二流的跑車，你等一等我，我去拿回來。」

我點了點頭，我全然沒有想到要陪他一起上去，也可以肯定，他一定會很快就會拿了忘記戴的手錶回來的。

我看到他又走進大廈，問陳毛取了電筒、鑰匙，也看到他進了電梯。

我在車中等著，打了一個呵欠，和小郭在一起，有過不少驚險刺激的事，只怕以這次，最乏味了。

我竟陪著他一起來看新房子！我聳了聳肩，使自己坐得更舒服一些，塞進了一隻音樂盒，欣賞著一曲「月亮河」。

等到「月亮河」播完，我直了直身子，這首曲子，算它四分鐘，那麼，小郭進去，應該有五分鐘了。五分鐘，他應該回來了！

我按停了錄音盒，向大廈看去，大廈的大堂中仍然亮著燈，管理員陳毛不知道到甚麼地方去了。我抬頭，看那幢大廈。

整幢大廈，一點燈光也沒有，在黑暗中看來，實在是一個怪物，給人以很可怕的感覺。

我在這時候，不由自主，想起羅定的遭遇來，但是我隨即自己笑了起來。

小郭去了不過五分鐘多一點，我擔心甚麼？

我燃著了一支煙，可是等到這支煙吸了一大半的時候，我有點沉不住氣了，我打開車門，走了出去，來到大廈的玻璃門前，隔著玻璃門，可以看到電梯。

任何電梯，在最下的一層，都可以看到電梯是停在哪一層的，有一排燈，顯示出這一點來，我就是想看看，小郭是不是已經開始下來了。

可是，那一排燈，全熄著，沒有一個是亮的。

那也就是說，我無法知道小郭在哪一層。

我又呆了一呆，推開了玻璃門，大聲叫道：「陳伯，陳伯！」

陳毛又從二樓走了下來，看到了我，奇怪地道：「郭先生還沒有下來？」

我道：「是啊，他上去已經很久了，爲甚麼這電梯的燈不著？」

陳毛向電梯看了一眼，皺著眉道：「又壞了，唉，經常壞，真討厭！」

我在大堂中來回走著，直到第二支煙又快吸完了，我才道：「不對，陳伯，只有一架電梯？」

陳毛道：「是的，整幢大廈，只有一座電梯！」

我忙道：「後電梯呢？」

很多大廈，尤其像這樣華貴的大廈，通常是設有後電梯的，所以我這樣問。

陳毛卻搖著頭：「沒有，或許這就是賣不出去的原因，很多人都問起過，沒有後電梯，顧客不喜歡！」

我又看著電梯，用力按著鈕，同時，將耳朵貼在電梯門上，我彷彿聽到一點聲響，那像是電梯的鋼纜在移動的聲音，如果我的判斷不錯，電梯不是在上升，就是已經開始在下降。

當然，電梯下降來的可能性大，因爲小郭已經上去了那麼久，自然應該下來了。我耐著性子等著，可是，三分鐘又過去了，小郭還沒有下來。

我向陳毛望去，只見陳毛睜大眼睛望著我，他的臉色很蒼白，看來，神情也格外詭異。

我大聲叫了他一聲，他怔了一怔，我道：「我現在由樓梯上去找郭先生，要是郭先生下來，你千萬記得，要他等我，別再上來找我！」

陳毛瞪著我：「先生，二十幾樓，你走上去？」

我沒有理會他，已經奔向樓梯口，我急速地向樓梯上奔上去。

普通人，用我這樣的速度上樓梯，我相信到了十樓，一定已經氣喘腳軟，但是我是受過嚴格中國武術訓練的人，可以堅持更久，我一層一層奔向上，每奔上一層，我就走出去，看著電梯在哪一層。

倉皇間沒有帶電筒，所以我只好用打火機去照看，每一層的電梯數字電燈，全都不亮。

當我奔到了二十樓的時候，開始氣喘，這真是極長的旅程，但我只剩下最後兩層了，我又奔上一層，大叫道：「小郭！」

沒有人住的大廈中，響起了我的回聲。

我再奔上一層，已經到了二十二樓了，我再大叫道：「小郭！」

仍然沒有回音，我用力推那扇門，門鎖著，我用力打著門，一點回音也沒有，我大聲叫著，又拍打著電梯門，因爲我想小郭可能被困在電梯內，但是仍然一點回音都沒有，在這時候，我只感到全身發涼，我再奔上一層，又大聲叫著。

仍然一點回音也沒有，我親眼看到小郭走進電梯，而且一直注視著大廈的大門口。絕無可能小郭出來而我看不到，但是，小郭卻不知道到甚麼地方去了，他當然最可能還在電梯中，我感到自己太笨了，我應該打電話叫電梯公司的人來。我一想到這裏，立時又返身奔下樓去。

音。

連續奔上二十幾層樓，那滋味，和一萬公尺賽跑，也不會差得太遠，當我奔到大約是第四五層的時候，我已經聽到下面，傳來陳毛的聲音，他在叫道：「郭先生，你怎麼了？」

我又聽到小郭發出了一下極不正常的叫嚷聲，接著，是好像有人撞中了甚麼發出來的聲音。

當我聽到了這些聲音之際，我連跳帶跑下樓。

到了大堂，看到陳毛倒在靠信箱的那一邊牆上，正在掙扎著想站起來。

我連忙過去，將他扶了起來，同時，我也看到，電梯到了底層，門打開著。

我忙道：「郭先生呢？」

陳毛指著外面，一時之間，說不出話來，我立時抬頭向外看去，只見小郭正拉開了車門，進車子去。在那一剎間，我看不清他臉上的神情，不過從他的動作來看，就像是剛殺了人，有上百警察在追趕他！

我大聲叫道：「小郭！」

我一面叫，一面向外奔去，我奔得太急，一時之間，忘了推開玻璃門，以致「碰」地一聲響，一頭撞在玻璃門上。

那一撞，使我感到了一陣昏眩！

這一耽擱，已經遲了，當我推開玻璃門時，小郭已經發動了車子，車子發出極其難聽的吱吱聲，急轉了一個彎，向下直衝了下去！

我追出了幾步，小郭的車子已經看不見了。

有一件事，我是可以肯定的，那便是，小郭的心情，一定是緊張、驚慌到了極點，因爲他在開車向斜路直衝下去的時候，根本沒有著亮車頭燈！

其實，不必有這一件事，他的驚惶，也是可以肯定的了。因爲他似乎根本忘記了是和我一起來的，就那樣一個人走了！

當時，我呆立著，一時之間，不知道該如何才好，直到陳毛也走了出來，我才轉過身來。

陳毛的神色也很驚惶，他不等我開口，就道：「郭先生怎麼了？」

我道：「我正要問你，他怎麼了？」

陳毛哭喪著臉：「我在下面等著，等到電梯門打開，他走了出來，我就想告訴他，你上去找他了，可是我話還沒有說出口，他就一下推開了我，我叫他，他大聲叫著，又推了我一下，將我推倒，就奔了出去，那時，你也下來了。」

我道：「他甚麼也沒有說？」

陳毛搖著頭。

我又問道：「當時他的神情怎麼樣？」

陳毛翻著眼：「很可怕，就好像……就好像……」

他遲疑著沒有講下去，但是我卻立時接上了口：「就像上次那位羅先生一樣？」

陳毛聽得我那樣說，連連點頭，我不禁由心底升起了一股寒意！和羅定一樣，那也就是說，當他一個人上電梯的時候，電梯一直向上升去，從時間上算來，電梯上升了幾千呎而不停止！

我迅速地吸了一口氣：「陳毛，你搭過這架電梯沒有？」

陳毛也現出了駭然的神色來：「先生，別嚇我，我一天上上下下，不知要搭多少次！」

我望著他，明知這一問是多餘的，可是還是問道：「可曾遇到過甚麼怪事？」

陳毛不住地搖著頭。

我又向大廈的大堂走了過去，陳毛跟在我的後面，推開了玻璃門，來到電梯門口，我跨了進去，陳毛想跟來，我揮手令他出去。

我按了「二十二」這個掣，電梯的門關上，電梯開始向上升，電梯的速度相當快，一下子就到了十樓，接著，繼續向上升。

在升過了「二十」這個字之際，我的心情變得緊張起來。

可是，我緊張的心情，只不過維持了幾秒鐘，一到亮著了「二十二」字，電梯略爲震動了一下，就停了下來，門自動打開。

我走出去，那是一個穿堂，我剛才曾經奔上來過，剛才是那樣子，現在還是那樣子。

我略呆了一會，再進了電梯，使電梯升到頂樓，又使電梯下降，到了大堂。

當電梯門打開的時候，陳毛就站在電梯的門前，他駭然地望著我，然後才道：「先生，沒甚麼吧？」

我沒有回答他這個問題，因爲我的心中，充滿了疑惑。電梯很正常，根本沒有甚麼。

可是，一個叫羅定的人，曾在這電梯裏遇到過怪事，小郭顯然也遇到過甚麼，那是爲甚麼呢？

我低著頭，向外走去，快到玻璃門，我才陡地想起一件事，轉過身來，向仍然呆立著的陳毛問道：「剛才我上去的時候，這一排小燈著不著？」

陳毛點頭道：「著的。」

我推開門，走出去，這一帶很冷僻，我要走下一條相當長的斜路，又等了足有十分鐘，才截到了一輛街車。

當我在等車子的時候，我才知道剛才我在玻璃門上的那一撞，真撞得不輕，額上腫起了一大塊，而且還像針刺一樣地痛。

上了車，我對司機說小郭的住址。

十來分鐘之後，我一手按著額，一手按門鈴，來開門的正是郭太太。

郭太太一看到我，就高興地叫了起來：「太歡迎了，好久不見！」

一聽得她那樣說，我心就一沉，因爲這證明小郭還沒有回來。

我忙道：「小郭呢。」

郭太太笑道：「請進來坐，他這個人，是無定向風，說不定甚麼時候回家！」

我站在門口，並沒有進去，郭太太可能也看出了我神情有異，她神情變得驚訝，望定了我，我吸了一口氣：「剛才，我和他在一起。」

郭太太更驚訝了，我又道：「我和他一起到那幢大廈去看房子，你記得，就是上次，有一個冒失鬼從斜路上衝下來，撞了你們車子的那幢大廈！」

郭太太點頭道：「當然記得，他怎麼了！」

我苦笑著，我沒有時間對郭太太多解釋甚麼，因爲我怕小郭會有甚麼意外，我還要去找他，我只是道：「我們是一起去的，可能發生了一點意外，他獨自駕著車，急急地走了，我現在去找他！」

郭太太急叫著：「究竟發生了甚麼事？」

我已奔到了樓梯口，轉過頭來：「我沒有時間向你多作解釋，因為他駕車衝向斜路的速度，比那個冒失鬼更快！」

我奔下樓梯，還聽到郭太太在叫我，我抬頭大聲叫道：「隨時聯絡！」

我下了樓，又截停了一輛街車。這一整晚，我就指揮著那街車司機，在街上兜著，當然，主要經過的道路，都在那幢大廈和小郭的住所之間。

每逢有電話亭，我就下來打電話，問郭太太，小郭回來了沒有，可是總是郭太太惶急而帶有哭音的回答：「沒有！」

街車司機幾乎將我當成神經病，我又不斷打電話向警方詢問，是不是有車禍。大城市中，每一晚上，都有車禍，這晚也有幾宗，但卻不是小郭。

我又希望能在街上看到小郭的車撞在電燈柱上，可是卻也一直沒有發現。

一直到天快亮，那街車司機道：「對不起，先生，我要休息了！」

我付給他車錢，下了車。

小郭到哪裏去了呢？現在，我已不關心他在那幢大廈的電梯中，究竟遇到了甚麼事，我只是關心他究竟到甚麼地方去了！

他應該立即回家，要不然，就該回事務所去，然而這兩處地方，我都曾不斷地打電話，一處的回答，是郭太太越來越焦急的哭泣聲，另一處，根本沒有人聽。

在我和郭太太通了最後一個電話時，已經是早上八點鐘，我建議郭太太去報警，我實在已很疲倦了，但是我還是再到郭家，陪著神情憔悴的郭太太，一起到警局去報案，報告小郭的失蹤。

警局裏我的熟人不少，幾個高級警官都和我打招呼，我沒有心情回應他們，等到問完了所有的話，一個警官走過來，道：「有一輛汽車，浮在海邊，我們正在打撈，車牌號碼是——」

他說出了車牌號碼，我陡地呆住，而郭太太張大口想叫，可是未曾叫出聲來，已經昏了過去。

接下來的忙亂，真叫人頭昏腦脹，郭太太被送進醫院，我趕到海邊，海邊擁滿了看熱鬧的人，一艘水警輪停在海面上，一艘有起重機的躉船，正將一輛汽車，在海中慢慢吊起來，海水從車身中湧出來。

我也覺得眼前一陣發黑，要是小郭在慌亂中開車，直衝進海中，就此淹死，那實在是太可惜了！

由警方安排，到了躉船上，汽車已經移到了甲板上，裏面沒有人，車子的門，關得好好的。

那位警官透著奇怪的神色，伸手去開車門，車門竟全鎖著，看來，好像是小郭將車子駛進了車房，鎖好了所有的門，然後才離去一樣，但是事實上，車子卻是在海中被撈起來的。

我也覺得很奇怪，同時，心中也不禁一陣慶欣，因爲從這樣的情形來看，車子墮海的時候，小郭不在車子中！

因爲決不會有可能，連人帶車，一起跌進海中之後，人有辦法離開車子，再回頭將車門一一鎖上的。

第三部：離奇的失蹤

那警官回頭，吩咐他的手下，立即通知在醫院中的郭太太，郭先生在車子墮海的時候，不可能在車上，我走向前去，看那輛車子。

這輛車子，就是由小郭駕著，和我一起去到那幢大廈的那一輛，車中全是水，車匙也不在車內。

我無法想像車子怎麼墮海，而且，這也不是我所關心的事，我所關心的是，小郭究竟到哪裏去了？

我所關心的這一個問題，三天之後，成了報上的頭條新聞，也成爲許多人所關心的事。因爲小郭自那天晚上，駕車衝下了斜路之後，一直沒有再出現。

警方傾力在找他，他本身是一個成功的偵探，主持著一個龐大的偵探事務所，手下有許多極其能幹的助手，也傾全力在找他。

在那麼多人尋找之下，不是誇張，就算走失了一頭洋鼠，都可以找回來的，可是，小郭卻連影子都不見。

小郭的那隻名貴手錶，在那幢大廈二十二樓一個單位的浴室中被發現，他本來是爲了要取回這隻手錶，才又單獨搭電梯上樓去的，這隻手錶仍然留在浴室中，說明他再上去之後，根本沒有進過那個單位，不然，手錶就不會留在那裏了！

陳毛沒有嫌疑，因爲我親眼看到小郭衝出去，駕車駛走。看來，最有嫌疑的人是我，但是傷心焦急欲絕的郭太太，卻力證我和小郭之間的友誼，絕不可能是我害了小郭。

紛亂地過了五天，當我有機會一個人靜下來的時候，我才再次想起羅定的遭遇來。

需要補充一下的是，當時，久候小郭不下，以及看到小郭用如此倉皇的神情衝出大廈去的時候，我就想到了羅定的遭遇。

但是，在接下來幾天的調查之中，我卻始終沒有將我的想法，告訴過任何人。

因爲羅定的遭遇，在撞車之後，警方也知道，不用我提起，而且，這種荒誕的事，也根本不能作爲正式查案的根據。

更而且，在事情發生之後，我又在那幢大廈之中，乘搭這架電梯，上上下下好幾次，一點也沒有甚麼異樣。

但是，我終於還是想起了羅定的遭遇來，因爲小郭的失蹤，實在太離奇，離奇到了使我想到，不能循正常的途徑去找他，而其中，一定有著我們做夢也想不到的古怪變化在內！

於是，我決定去拜訪羅定。

我到他服務的那家公司，那是一個很大的商業機構，職員在工作時間，不能接見私人關係的客人，好在我有一家出入口行，通過了安排，我以商量業務爲名，在那個大機構的會客室中，看到了羅定。

在表面上看來，他很正常，約莫四十多歲，大機構中的高級職員，受過一定的教育，有一定的生活方式，他是這一類人中的典型，除了他臉頰上的那兩道初癒的疤痕——那是他和小郭撞車之後留下來的。

羅定也不知道我的真正來意，我和他先討論了一下業務上的問題，他很爽快地告訴我，他們不可能給我任何幫助，於是我話鋒一轉：「羅先生，聽說你有一次，在一幢大廈的電梯中，有過很可怕的經驗？」

羅定的臉色一下子變了，站了起來，若不是他的教養，止著他發脾氣，我相信他一定暴跳如雷。

他臉色煞白地站著，過了好一會，才道：「衞先生，再見了！」

我立時又道：「羅先生，還記得你撞了他車子的那位郭先生嗎？」

羅定又陡地震動了一下：「是的，他失蹤了！」

郭大偵探失蹤的新聞，十分轟動，他自然知道。

我又道：「他失蹤的經過，你自然也知道了？當時，我和他在一起，有一件事我沒對人提過，提了也不會有人相信，那就是，郭先生從進電梯到出來，至少有十五分鐘之久！」

羅定的神色變得更加慘白，他喃喃地道：「不止十五分鐘，真的不止！」

我趁機問道：「情形怎麼樣？在這十五分鐘，或者更長的時間內，電梯一直在上升？」

羅定的神情，是如此之恐懼，他的面肉在抽搐著，眼睜得老大，甚至瞳孔也擴張著，上下唇在一起發著顫，他那種神情，使我有不忍心再問下去之感，但是我卻必須明白真相。

他過了好久，才道：「是的，電梯一直在上升，一直在上升。」

我站了起來，來到他的面前，直視著他，我希望他表現得鎮定一點，因為我確確實實有許多問題想和他好好談一談。

我道：「羅先生，我們全是成年人，而且，全是神經正常，而又受過教育的人，你認為有這個可能嗎？近二十分鐘，電梯可以上升幾千呎了！」

羅定失神地喃喃道：「我不知道，我不知道。」

我又問道：「那麼，羅先生，在電梯終於停下來之後，又發生了一些甚麼事呢？」

我以為，我這一問，勾起羅定回憶起他的遭遇來，他一定會更驚惶恐懼，甚至會支持不住的了。可是，出乎我的意料之外，他反倒立時鎮定了下來，他道：「沒有發生甚麼！」

他在講了這一句之後，好像覺得自己那樣講，有一點不妥當，所以又道：「那以後發生的事，我在醫院對很多人講過，郭先生也知道，我不想再說了！」

他在電梯終於停下來之後，我是聽小郭講起過的，那便是：他進了一個居住單位，到了陽臺上，望出去，上不著天，下不接地，只是灰濛濛的一片。

本來，我是絕沒有理由不相信小郭的轉述的。而這時，我也不是不相信小郭的轉述，我只是對羅定的原述，起了懷疑。

我有一種強烈的感覺，感到羅定一定隱瞞了甚麼，而且，我可以推測得到，他所隱瞞的事，是電梯終於停下，他出了電梯之後發生的！

這一點，從我一問起他以後發生了一些甚麼事，他忽然變得鎮定，以及他先說「沒有甚麼」，後來又作了補充，但仍然言詞閃爍，說不出所以然這一點上，可以看得出來。

這時，我自然不便直接指出這一點，我只好問道：「羅先生，你能不能對我再講一遍呢？」

可是，羅定卻已然下了逐客令，他道：「對不起，我很忙，你的公事已經談完了！」

我仍然道：「那麼，在私人的時間之中，是不是可以和我談談這件事！因爲小郭是我最好的朋友，我要知道在他身上發生了甚麼事！」

羅定很不自然地笑了起來：「我的事，醫生已經對我解釋過，那是因爲繁忙緊張的都市生活，使我神經過度緊張而產生的一種精神恍惚現象，我同意這個說法，郭先生失蹤的事，不會有甚麼關連，請你以後別再來麻煩我了！」

他是在推搪，而他推搪的目的，顯然是爲了掩飾他所隱瞞的一些真相。

那些真相，對小郭的失蹤，一定是有著很大的關連，我自然不肯就此停止。

不過這時候，我已無法再和他交談下去，因爲他已經大踏步向門外，走了出去。

我看著他走了出去，也只好走出去，可是我有耐心，我在那商業機構的樓下，停車場中，我的車中等著，等到了下班的時間。

很多高級職員下班之後，到停車場來取車子，我看到了羅定，他看來和別人，並沒有甚麼不同，而且，看他的樣子，決沒有注意我。

我看著他上了車子，駕著車子離去，然後，我便跟著他也駛出了停車場。

老實說，這時我跟蹤他，可以說沒有甚麼目的。我想找尋小郭，那和羅定可能完全沒有關係。

但是我覺得，如果我對羅定的確實遭遇，有進一步了解的話，可能在毫無頭緒之中，會找到一絲線索。

車輛很擁擠，我有時離羅定的車子較遠，有時離得他很近。

車向東駛，不多久，路上較疏了一些，我仍然跟著他，我看到他在一家麵包店前，停了停車，麵包店中人，拿著一個紙盒給他，他接過紙盒，又繼續駕車向前。

這自然不值懷疑，紙盒中不是蛋糕，就是麵包，可能是他自己吃，也可能是他每天順道買回去，給孩子當早點，這是一個正常家庭父親的正常行動。

羅定的車，停在一條橫街上，他下車，有幾個人和他打招呼，他一定住在這條街上。

我也停下車，看著他，他走進一幢三層高的房子，這種房子，是沒有電梯的。

他走進屋子的時候，看來絕對正常，一點也沒有可疑之處，這使我不想下車繼續跟蹤他，因為他說過，叫我別再找他的痲煩。

可是，除了在他身上，可以找到一點小郭失蹤的線索之外，沒有別的辦法了。

在車中，我想了很久，才決定下車，也走進了那房子，我知道他住在三樓，我一直走上去，到了三樓，那裏一共有兩個居住單位，其中有一個，門口釘著一塊銅牌，銅牌上刻著「羅宅」兩個字。

我按鈴，來應門的，正是羅定。

羅定一看到了我，立時沉下了臉：「衛先生，你這算是甚麼意思？」

我自然知道自己的行動很不對頭，是以我只好低聲下氣：「羅先生，我是來求你幫助我！」

羅定的臉拉得更長：「我不能幫助你甚麼，我警告你，千萬別再來騷擾我！」

我聽得屋子裏有女人的聲音在大聲問：「甚麼人啊？」

羅定回答道：「我也不知道，一個討厭的傢伙！」

他一面說，一面用力關上了門。

在門快要碰然關上之際的一剎那間，我一時衝動，真想撞門衝進去！

但是我沒有那麼做，我只是在門前，又默默站了一會，便轉身走下樓梯。

第二天，一早，一位警官就將我吵醒，那位警官以很嚴肅的神情警告我：「我們接到投訴，說你在騷擾一位羅先生。」

我呆了一呆，苦笑了一下：「我只不過向他問一些問題，希望能夠找到線索，尋找失蹤的郭……」

我講到這裏，那警官已揮了揮手，打斷了我的話題：「那位羅先生接受了醫生的勸告，然後來向我們投訴，他來投訴的時候，帶來了一張醫生的證明書，證明他極度神經衰弱，任何騷擾，對他都會產生極其不利的影響，所以請你停止一切對他的行動！」

我又呆了片刻，才冷笑著：「事實上，這位羅先生的神經早有毛病了，並不是我使他神經衰弱的，我想你也知道他在那大廈，電梯裏的故事？」

警官攤了攤手：「那是他的事，總之，他不希望有人麻煩他！」

我只好答應：「好的，不過我希望你回去，對傑克先生提一提，我認爲這位羅先生，他心中蘊藏著一項秘密，而這項秘密，對小郭的失蹤有幫助。」

警方的傑克上校，是專門負責處理性質極其特殊的案件的，我知道小郭的失蹤案已經交到了他的手中。

我和傑克上校，可以說是再熟也沒有了，可是一直以來，自從我第一次和他見面起，直到現在，都維持著這樣的一種關係——除非是在某一種場合之下，大家見了面，不然，我不會去找他，他也不會來找我。這自然是由於我和他兩個人，都是主觀極強的人，一見面，除了爭執，幾乎沒有別的事。

那警官聽我提到了傑克上校，他立時道：「對了，我來找你之前，上校曾召見我，交代我幾句話。」

我揚了揚眉。

那警官道：「上校請我轉告，他知道你和郭先生手下的職員，正在努力，不過，他說，你們不必白費心機了，要是警方找不到郭先生，你們也找不到！」

我笑了起來，我沒有想到，我和傑克上校之間的關係，會發展到不必見面，也可以起爭執的地步，然而我又沒有法子不作回答。

我立時道：「謝謝他，也請你轉告上校，要是我們找不到郭先生，警方也找不到！」

那警官帶著一種無可奈何的神情離去，我在他離去之後，幾分鐘也出了門，到了小郭的偵探事務所之中。

在小郭失蹤之後，我幾乎每天都來，而且在無形之中，成為這間偵探事務所的主持人。當然，我主持這間偵探事務所，和小郭在主持的時候不同，我們拒絕接受任何案子，而集中力量，專門偵查小郭的下落。

我才坐下來，兩個能幹的職員就來向我報告，他們是我派去，在小郭住宅外，日夜二十四小時，不停守護郭太太的八名職員中的兩個。

我之所以那樣做，是因為我想到，如果小郭的失蹤，是因為他在某一件案子的偵查中，和甚麼有勢力的犯罪組織結下冤而種下的因，那麼，小郭有麻煩，郭太太也可能有麻煩。

我甚至於期望著，會有人去找郭太太的麻煩。因為那樣，我就可以在毫無頭緒的情形下，獲得線索。

可是，那八個職員的每一次報告，都是令我失望的，郭太太在家裏靜養，除了不斷有人去探望她，慰問她之外，她沒有任何麻煩。

我深信，這一段日子之中，最難過的是郭太太，但是我想不出甚麼話去安慰她，我所能做的是，盡我的一切努力，將小郭找出來——如果他還在世上的話。

小郭的失蹤，實在太離奇和不可思議，最不可能的是，在海中撈起來的汽車，車門上著鎖，我推斷，小郭是在半途中遭了意外，然後又有人將他的車子鎖上門，推進海中去。

那麼，遭受的是甚麼意外呢？

傑克上校託那警官帶口訊給我，叫我不必瞎忙，但是我相信，我們所努力的，和警方所努力的，完全不同，警方絕不會花功夫在我們所做的這些事上。

我吩咐了那兩個職員，繼續進行保護郭太太的工作，然後，另外一個職員，拿著一大疊文件進來：「我們很花了一些功夫，才找到這幢大廈的原設計圖樣，全部資料都在這裏了。」

我向他們點了點頭：「暫時不要來麻煩我！」

我打開那疊文件的第一頁之際，我心中自己也不禁懷疑，從研究這幢大廈入手，是不是可以使失蹤的小郭出現？

我開始研究建築圖樣，看來，這是很普通的設計圖樣，沒有甚麼特別，最特別的一點，或許就是這幢大廈，只有一部電梯。

我在眾多的文件中，找到了一張小紙，紙上寫著一行字，使我呆了半晌。

那一行字是：「原有三部電梯設計取消，遵業主意見，改為一部。」

那一張紙，是複印機所使用的那種，當然，字跡也是複印出來的。我呆了一呆，忙又將全部文件翻抄了一遍，這張字條令人起疑。

在這張字條上，有一個簽名，可是卻無法從潦草的簽名式中，辨認出簽名者的姓名。

我儘量鎮定，就字條上簡單的語句，作一個設想。

我的設想是：字條上的所謂「業主」，自然是這幢大廈的業權所有人。普通的程序是先有了一幅地，然後成立一個置業公司，然後，請建築師設計建築圖樣，然後再招商承建，再通過一連串的活動，將建成的大廈，一個單位一個單位賣出去。

這種程序是不變的，我在字條上的那兩行字中，可以推測得到，原來的大廈設計，有三部電梯，可能是兩部在大堂中，一部在後門，是後電梯，這樣的設計，是正常的。

可是，業主卻否定了正常的設計，而一定要改為整幢大廈，只有一部電梯。

那不正常，任何建築師都可以知道，那不正常！但是如果業主一定堅持的話，建築師只好照做。我現在看到的那一大疊圖樣，自然是照業主的意思，重新設計的。

它直到造好，一個單位都賣不出去，這一點，可能就是因爲它只有一部電梯，房子賣不出去，業主蒙受損失。

問題是：爲甚麼這幢大廈的業主，堅持整幢大廈，只要一部電梯？

這實在不是用常理所能講得通的事，其中一定有著某些特別的原因，尤其，羅定曾自述，在這部電梯中，曾發生過那樣的怪事，而且我相信，在小郭一個人上去，想取回他的手錶之際，可能也有過和羅定相同的怪異遭遇，不然，以他的爲人，決計不會如此慌張、失常地離去，而且從此一去不知所終。

這一張字條的發現，太重要了。

當我想到了這一些之後，我先在圖樣的角落上，看了看設計者的名字，那上面印著「陳圖強設計師事務所」，和它的電話、地址。

我按下對講機掣，請那兩個職員進來，吩咐他們：「你們盡快去查一查，這幢大廈的大業主是甚麼人，我現在出去，我會打電話回來問你們！」

那兩個職員聽著，等我講完，他們互望著，臉上現出不以爲然的神情來，一個口唇動了動，沒有說甚麼，另一個則道：「衛先生，這幢大廈的業主是誰，好像和郭先生的失蹤，沒有——」

我揮手，打斷他的話頭：「沒有直接的聯繫，是不是？」

那兩個職員點了點頭，一起望著我，顯然，他們急於要聽我的解釋。

我略停了一停，這件事，真有點不知如何解釋才好的感覺，但是我終於道：「郭先生的失蹤，不是一件普通的事，其間一定有著極其神秘的、不可知的因素在，我們要從每一個線索去追尋——」

我講到這裏，站了起來，走向他們，在他們的肩頭上，各拍了一下：「照我的話去做，我希望我第一次打電話回來，就有結果！」

我一面說，一面走向門口，當我來到門口之際，我才轉過身來：「你們不必去問陳圖強建築師事務所，我現在就去見這位建築師，如果他知道業主是誰的話，那當然最好不過了！」

我走了出去，雖然那兩個職員答應著，但是從他們的神情上，我可以看得出來，他們仍舊不以為然。

我步行過擁擠的街道，走進一幢大廈，擠進了電梯，又擠出電梯，推開了陳圖強建築師事務所的門，走了進去。

這間建築師事務所的規模相當大，工作人員很多，當我向其中一個工作人員表明來意之後，他將我帶到一位女秘書面前。

那位秘書小姐戴著玻璃極厚的近視鏡，又瘦又乾，她先抬頭望了我一眼，然後，立時低下頭去，繼續看她的小說：「甚麼事？」

我道：「我想見陳圖強建築師。」

秘書小姐道：「事先有約定沒有？」

我搖了搖頭，但是我立即想到，她低著頭在看小說，是看不到我搖頭的，所以我道：「沒有！」

她老大不耐煩地放下小說，取出一本簿子來，翻了一下，問道：「姓名。」

我只好報上名字：「衛斯理。」

她在其中一行，寫上了我的名字，又道：「求見事由？」

我皺了皺眉：「是一件很複雜的事，不是一兩句話能講得清楚的！」

秘書小姐連頭也不抬：「行了！」

我不知道她說「行了」是甚麼意思，但是我卻看到，她在簿子上，又寫了「不明」兩字，這真有點令我啼笑皆非，然後她又問道：「電話？」

我道：「小姐，我要見陳圖強設計師，他在不在，如果他在，請你通知他！」

秘書小姐總算又瞪了我一眼，不過語音仍然是冰冷的：「陳先生很忙，來見他的人，都要預約時間，你的時間是後天上午十時，給你二十分鐘，遲到是你自己的事情，行了！」

她合上了簿子，我不禁笑了起來，大聲道：「嗨，他只不過是建築師，不是皇帝，是不是？」

秘書小姐冷若冰霜：「這是我們這裏的規矩。」

我剛才的大聲說話，已然引起了很多職員的注意，我攤了攤手：「好，可是我有急事，我要問他一件很重要的事！」

秘書小姐像是絕無商量的餘地，冷冰冰地道：「後天上午早點來。」

我不再和她多說下去，挺直了身子，在她的身旁走過，直向鑲有「建築師陳圖強」的那扇門走去，秘書小姐大聲叫道：「喂，你做甚麼？」

我在門前站定：「或許你要去配一副助聽器，我講過三次了，我要見陳先生！」

我的話引起了哄堂大笑，秘書小姐的臉漲得通紅，而我已經推開門，走了進去。門內是一間相當華麗的辦公室，我立時看到，一個頭髮已然斑白的中年人，正在一張辦公桌之後，在審閱著一大批文件。

當我出現在門口的時候，他抬起頭來看我，臉上現出十分驚訝的神情，我聽到秘書小姐的叫聲，在我身後傳來，我立時道：「對不起，陳先生，我沒有得到你秘書的同意，但是我有重要的事，必須見你。」

那中年人站了起來，帶著笑容：「請進來。」

當我走進去的時候，秘書小姐也出現在門口，滿面怒容，那中年人立時道：「施小姐，請將門關上，這位先生說有重要的事和我談！」

那位小姐，一臉的悻然之色，略停了一停，但還是將辦公室的門關上了。

這種僱主和僱員之間的關係，相當少見，當然，我也沒有興趣去多作追究，我只是趨前，和對方握手，自我介紹，對方就是陳圖強建築師。我在他的對面，坐了下來，他望著我，我已經想好了怎樣開始，是以我沒有說甚麼廢話，立即就道：「陳先生，我知道你設計過許多大廈，但其中有一幢，你對它一定有極深刻的印象。」

陳圖強以疑惑的眼光望著我，我是連續說下去的，我道：「這幢大廈，原來設計三部電梯，後來，業主堅持要改爲只有一部電梯，於是，你只好遵照了業主的意見，更改了你原來的設計！」

陳圖強用心聽我講著，我的話才一出口，他就接上了口：「不錯，我記得這幢大廈，已經完成好久了？」

我點頭道：「是，完成很久了，但是一層也沒有賣出去，全部空著。」

陳圖強搖著頭：「當日，我就警告過他，改變設計沒有問題，唯一的後果就是，這幢大廈會沒有人要，但是他不肯聽我的話。」

陳圖強口中的「他」，自然是指那幢大廈的業主而言，看來，我進行得還算是順利，因爲陳圖強對那幢大廈的印象，十分深刻。

第四部：享清福的老人

我又道：「業主堅持要更改設計，是不是有甚麼特殊的理由？」

陳圖強搖著頭：「沒有，或者他有特殊的理由，但是他卻沒有告訴我！」

他講到這裏，略頓了一頓，才又道：「怎麼，這幢大廈，有甚麼問題？如果因爲電梯不足而賣不出去，那是很難補救的了！」

我笑了笑，道：「我並不是代表業主而來的，我只是想知道這位業主是誰！」

建築師略呆了一呆，並沒有立即回答我。

我忙道：「是不是因爲業務秘密，所以不能告訴我，他是誰？」

我心中在準備著，如果他的回答是肯定的話，那麼，我就將羅定的事，小郭的事，源源本本，講給他聽，看來他對這件事，一定也會感到興極，那麼，他一定肯告訴我的了。

誰知道我料錯了，陳圖強在略呆了一呆之後：「這件事，現在回想起來，我還覺得奇怪，因爲自始至終，我都不知道他叫甚麼名字，只知道他姓王，每次都是他來找我，我也不知道他住在甚麼地方，所以，實在無法回答你這個問題！」

我略愣了一愣，道：「那麼，你記得他的樣子？」

建築師點頭道：「記得，一個又瘦又乾的老頭子，看樣子很有錢，錢多得可以由得他的性子去固執！」

我站了起來：「謝謝你的接見，陳先生！」

陳圖強又和我握手，我一面想著，一面打開門，走了出去，那位秘書小姐，還惡狠狠地瞪著我。

我特地向她作了一個鬼臉，然後，向一個職員示意，借用一下電話。

我打電話回小郭的事務所，找到了職員，道：「你們問了業主的姓名地址沒有？」

我得到的回答是：「找到了土地所有者的姓名，業主則是以建築公司的名義登記的。」

我道：「好，土地業主是不是姓王？」

「是的，王直義，住址是在郊外，七號公路，第九八三地段，一處叫『覺非園』的地方，大概是一所別墅。」

我點頭道：「很好，我現在就去見那位王先生！」

我放下電話，離開了建築師事務所，我覺得自己的收穫著實不小，在見到了那位業主之後，我至少可以知道，他爲甚麼堅持要更改三部電梯的設計了！

我駕車直赴郊區，七號公路是郊區主要的一條支線，直通向一座霧很濃的山上，山上零零落落，有幾間屋子，車子越駛越高，太陽光從雲層中射下來，形成一道又一道的光柱，景象很是雄偉。

在駛上了山路之後二十分鐘，我看到了一列磚牆，牆上覆著綠色琉璃瓦的簷，然後，我看到了氣派十分雄偉的正門，在門口，有著「覺非園」三個字。

我停下了車，這一座「覺非園」很大，佔據了整個山谷，圍牆一直向四周伸延著，在門外，我也無法看到牆內的情形。

我來到門前，門是古銅的，看來沉重、穩固，給人一種古舊之感。

單從這一扇門來看，也可以想到，住在這裏面的老人，一定是固執而又守舊的一個人了！

我略想了想，就尋找門鈴，可是找了片刻，這夠氣派的大門，竟沒有門鈴，我只好抓起門上的銅環，用力在銅門上碰著。

山中十分靜，碰門的聲音，聽來也很震耳。

大約在兩分鐘之後，我才聽到門內，響起了「喀」地一聲，接著，大門上出現了一個小方洞，一張滿是皺紋的臉，從方洞中現出來，向我打量著，問道：「甚麼事？」

我道：「我要見王直義王老先生。」

那張臉上，現出了疑惑的神色來，又望了我片刻，才道：「甚麼事？」

法。

我早已想好了的，我道：「我是一個建築商人，有意購買他建造的那幢大廈。我姓衛。」

那張臉仍然貼在小洞口，然後道：「請等一等。」

接著小洞就關上，在這樣的情形下，我除了遵從吩咐，在門外等著之外，實在沒有別的辦法。

我退開了兩步，來回踱著，時間慢慢過去，至少已過了二十分鐘，大門內外，仍然是靜得一點聲音都沒有，我有點不耐煩了。

我來到門前，正當我再想抓起銅環來敲門之際，大門忽然打了開來。

門一開，我看到站在門內的，仍然是那個人，他穿著一身灰布短衣，看來像是僕人，他道：「請進來，老爺在客廳等你！」

我點了點頭，抬頭向前望去，不禁深深地吸了一口氣。我所看到的，是一個經過精心佈置的，極得中國庭院佈置之趣的大花園。在我的經歷之中，一望之下，能與之相比的，大約只有蘇州的「拙政園」了。

首先看到的，是數十株盤虯蒼老的紫藤，造成的一個小小的有蓋的走廊，到處是樹、花、碎石鋪成的路，甚至看到了幾對仙鶴。

一直經過了許多曲折的路，才看到了屋子，那位老僕，跟在我的身邊，不論我問他甚麼，他總是不開口，以致後一段路，我也不再出聲。

直到看到了屋子之後，我才不由自主，發出了一下讚嘆聲來，突然之間，我覺得時間彷彿倒退了幾百年，那種真正屬於古代的建築，現在早看不到了！

真正古代的建築，和看來古色古香，實際上只是要來取悅西方遊客的假古董，絕不相同，走進了大廳，那種寬敞、舒適的感覺，叫人心曠神怡。

這個大客廳中的一切陳設，全是古代的，那位老僕請我在一張鑲有天然山水紋路的大理石的椅子上坐下來，然後他離去，不一會，又端出了一杯碧青的茶來：「請你等一會，老爺就出來了！」

他講完這句話之後，就退了出去，整座屋子，靜得幾乎一點聲音也沒有，只有有時一陣風過，前面的幾叢翠竹，發出了一些沙沙聲，聽來極其悅耳。

我大約等了二十分鐘，這二十分鐘，我倒一點也不心急，因爲掛在廳堂上的書、畫，再化十倍時間來欣賞，都欣賞不完。

我聽到了腳步聲，轉過身來，看見一個身形中等，滿面紅光，精神極好，但是手中卻拄著一根拐杖的老者，走了進來。

我望著那老者，他也打量著我。

當我望著那老者的時候，我心中不禁在想，這位老先生，要是穿上古代的寬袍大袖的服裝，那麼，看來就更適宜這裏的環境了！自然，這位老先生，穿的是長衫，看來頗有出塵之態。

他看了我一會，走向前來：「我是王直義！」

我向他恭敬地行了一禮，同時心中，也暗暗感到，陳圖強形容一個人的本領，實在差得很，至少根據他的形容，我絕對無法想像出這位王直義先生，竟是如今出現在我眼前的這個樣子。

我道：「王先生，打擾你了，你住在這裏，真可以說是神仙生活！」

在過慣了囂鬧的城市生活的人而言，我的這句話，倒絕不是過度的恭維。

王直義淡然笑著，請我坐下來。

那位老僕又出來，端茶給他的主人。

我們先說了一些不著邊際的話，然後，還是王直義先開口：「衛先生，你對我的那幢大廈有興極？」

我忙道：「是的，這幢大廈的地段相當好，不應該造好了那麼久，連一層也賣不出去的。」

王直義聽得我那樣說，只是淡然地笑了一下：「反正我現在的生活，還不成問題，既然沒有人買，就讓它空著好了！」

我聽得他那樣講，不禁呆了一呆，同時也知道，如果我不是很快地就切入主題的話，只怕這一次要白來了！是以我直了直身子，道：「王先生，我來見你之前，曾見過這幢大廈的設計師，陳圖強先生。」

王直義點頭道：「是，我記得他。」

我直視著對方：「這幢大廈原來的設計有三部電梯，可是在你的堅持之下，改為一部！」

我講到這裏，故意停頓了一下，來觀察對方的反應，但是，王直義神情平淡，好像這件事，根本不值得大驚小怪提出來一樣。

我只好直接問道：「王先生，你要改變原來的設計，可有甚麼特別的原因？」

王直義仍然只是淡然笑著：「我不喜歡現代的東西——」

他一面說著，一面攤手向四周圍指了一指，又道：「電梯太現代，將人關在一個籠子裏吊上樓去，人為甚麼自己不走呢？人有兩條腿，是要來走路的！」

他這樣回答我，倒令我難以接得上口。從他居住的環境、生活的方式而論，他的回答很合理，找不出甚麼話來反駁他。

然而，我總覺得，關於這幢大廈，一定還有點甚麼奇特古怪的事，是我所不知道的，我總應該在對方的口中，獲得些甚麼才是。

我勉強笑了笑：「王先生，你這幢大廈，有二十幾層高，總不見得希望住客走上走下吧！」

王直義微笑著：「那算甚麼，古人住在山上，哪一個不是每天要花上很多時間去登山的？而且，現在我也還保留了一架電梯！」

我又道：「大廈落成之後，你去看過沒有？」

王直義道：「去看過一次，只有一次，我不喜歡城市，所以不怎麼出去！」

我立時道：「可是，你卻和陳圖強建築師，見了幾次面，這好像——」

我本來想說：「這好像和你剛才所講的話，有點自相矛盾。」他的話，前後自相矛盾，是很明顯的，如果他真的那麼厭惡城市的現代生活，那麼根本上，他就不應該想到要在市區起一幢大廈。

如果他想到了要起大廈，能夠幾次去見建築師，那麼，也決不會爲了厭惡城市的理由，而在大廈落成之後，只去看過一次！

可是，我那句話卻並沒有講出口，因爲我的話還未講完，就發現他的目光閃爍，那是一種隱藏的憤怒的表示，在剎那之間，被人窺破了甚麼秘密，就會那樣。

雖然他這種神情一閃即逝，但是也足以使我想到，我的話可能太過分了。

而他，仍是淡然地道：「房子造好了，有人替我管理，我自然沒有必要再去多看，衛先生，如果你有興趣的話，可以將它買下來。」

我望著他：「王先生，老實說，你那幢大廈，我去過好多次，雖然我自己沒遇到甚麼，可是有兩個人，卻相繼在電梯中，遇到了怪異的事，其中一個，已經因此失蹤了好幾天，是我的好朋友！」

王直義用奇怪的神色望定了我：「怪事？在電梯中，甚麼怪事？」

我道：「他們進了電梯之後，電梯一再不停地上升，升到了不知甚麼地方！」

王直義先生呆了一呆，接著，「呵呵」笑了起來：「我不明白你說的是甚麼，電梯要是不上升，要它來有甚麼用？」

我做著手勢：「電梯當然是上升的，可是，它上升的時間太久，我的意思是——」

講到這裏，我又停了一停，因爲我發覺，這件事，實在很難解釋得明白，我只好問道：「王先生，你當然是搭過電梯的，是不是？」

我想，我是一定可以得到肯定的答案，那麼，再往下說，也就容易得多了。

誰知道王直義搖著頭：「對不起，我從來也沒有乘過電梯！」

我陡地一呆，一個現代人，沒有乘過電梯，那簡直不可能，我忙道：「你說曾經去看過你自己的大廈，也曾經幾次去見建築師——」我的話還未曾說完，王直義就點著頭：「是，不過我全是走上去的。」

一時之間，我不知怎麼說才好，而王直義接下去的話，像是在解釋我心中的疑問，他又道：「我不搭電梯，還有一個原因，是我很有點怕那種東西，人走進去，門關上，人就被關在一個鐵籠子裏面，不知道會被送到甚麼地方去，那是很可怕的事！」

我只好苦笑了起來。

對一個從來也未曾乘過電梯的人，你要向他解釋如同羅定那樣，在電梯中發生的怪事，那是不可能的，因為他對電梯毫無認識。

看來，我這次又是一點收穫都沒有了！

我神情沮喪，暗自嘆著氣，站了起來：「真對不起，打擾了你隱居的生活，我告辭了！」

王直義望著我：「等一等，你剛才提及你的一個朋友失蹤，那是怎麼一回事？」

我只好隨口道：「不知道他在電梯中見到了甚麼，他一個人上去，我在下面等他，好久未見他下來，後來，他衝了下來，駕車離去，就此失了蹤。」

我知道講也沒有用，是以只是順口說著，而看來王直義也只是因為禮貌，所以才聽我說著，這一點，從他那種漫不經心的神態上，可以看得出來。

我講完了之後，他也是不過「哦！」地一聲，表示明白了我的話，接著，他也站了起來。

當他站起來之後，他叫道：「阿成，送衛先生出去！」

那老僕應聲走了進來，在那一剎間，我的心中，陡地又升起了一絲疑惑，我問道：「王先生，你的家人呢？也住在這裏？」

王直義淡然地微笑著：「我沒有家人，只有我和阿成，住在這裏。」

我沒有作聲，向外走去，到了快要跨出客廳的時候，我才轉過身來：「王先生，在最近幾天之內，我或者還會來打擾你一次！」

王直義皺著眉，態度很勉強，然後才道：「可以，隨時歡迎你來！」

我向他道謝，向外走去，那位叫阿成的老僕，仍然跟在我的身後，直將我送出大門，大門在我身後關上，我向車子走去，適才在我心中升起的那一絲疑惑，這時變得更甚了。

我所疑惑的是，這屋子的花園如此之大，那個老僕，一定有很多事要做，如果屋中只有他們兩個人的話，除非剛才我來的時候，老僕阿成，恰好是在離大門不遠處，不然，他怎聽得到有人敲門？

雖然，銅環打在門上的聲音很響亮，然而我也可以肯定，如果他們兩人，都是在屋子中的話，那麼，是決無法聽到敲門聲的。

我的疑惑，又繼續擴展，擴展到認為王直義一定也有甚麼事瞞著我！

當我坐上車子之後，我不禁長長嘆了一口氣，心中在忖，為甚麼所有的人，看來都像有事瞞著人呢？羅定給人這樣的感覺，王直義也給人這樣的感覺。

雖然那只不過是我的感覺而已，我沒有任何證據，可以證明他們有事瞞著，但是我的感覺，卻又如此之強烈！

心不在焉地駕著車，不一會，回過頭去，「覺非園」已經看不見了。我心中又在想，王直義一定是一個大富翁，他也不失為一個懂得享清福的人，可是，像他那樣的人，為甚麼忽然又會想去建造一幢大廈呢？

我又嘆了一聲，疑問實在太多，而我的當務之急，是尋找失蹤的小郭。或許，那兩個職員的態度是對的，我走錯路了，我拚命在虛無飄渺的想像中，想找到答案，那對小郭的失蹤，一點幫助也沒有。

進了市區之後，車子、行人，全部擠了起來，好不容易，回到了小郭的偵探事務所，我才推開門，幾個職員便一起道：「衛先生，你回來了！」

從他們的語氣和神情來著，他們一定有極要緊的事在等我，我忙道：「甚麼事？」

一個職員道：「警方的傑克上校，打了十七八個電話來找你，要你去見他。」

我揚了揚眉，道：「他沒說甚麼？」

另一個職員道：「他沒說，不過我們已經查到了，那幢大廈的管理人陳毛死了！」

我震動了一下，那職員又道：「上校帶著人，就在那幢大廈，請你立時就去！」

我連半秒鐘都沒有耽擱，轉過身就走。

事情好像越來越嚴重，開始，只不過有人受了驚嚇，接著，有人失蹤，而現在，死亡！

我心急得一路上按著喇叭，左穿右插，找尋可以快一秒鐘抵達的方法，我在衝上通向那幢大廈的斜路時，車速高得我自己也吃驚。

第五部：管理員怪異死亡

我車子停下，看到大廈門口，停著幾輛警車、救傷車、黑箱車。

我下了車，一個警官，提著無線電對講機，向我走來，他一面向我走來，一面對著無線電對講機：「上校，衛斯理來了！」

他按下一個掣，我立時聽到上校的聲音，傳了過來：「請他快上來！」

我略呆了一呆：「上校在甚麼地方？」

警官向上一指道：「在天臺上。」

我後退了幾步，抬頭向上看去，這才發現，大廈的天臺上，也有很多人，我依稀可以辨出上校來，雖然在二十多層高的天臺上，他看來很小，在向我揮著手，我立時走進大廈的大堂。

那警官和我一起，進了電梯，我道：「屍體是在天臺上發現的？」

那警官道：「是，陳毛的一個朋友來找他，發現陳毛不在，他上樓去，一直到天臺，發現了屍體，他立時下來報警。」

我皺著眉：「上校爲甚麼要找我？」

警官聳了聳肩，表示不知道爲了甚麼。我抬頭，看電梯上面的那一排燈，數字在不斷地跳動著，不一會，就到了頂樓。

我和那警官，出了電梯，已經聽到了上校的吼叫聲，道：「衛斯理，你到哪裏去了？有正經事要找你，沒有一次找得到。」

我一面上樓梯，一面道：「你最好去修煉一下傳心術，那麼，隨便你要找甚麼人，都可以找得到了！」

我跳上了天臺，傑克上校向我迎來，和我大力地握著手。

每當他那樣大力和我握手之際，我總會想到，在那一剎間，上校心中所想的，一定是想如何出其不意地捽我一下，然後他捧腹大笑！

不管我想的對與不對，上校這時，臉上的確帶著一種挑戰的神色。

我看到天臺上有很多人，傑克上校鬆開了我的手，轉過身去，走向天臺的邊緣，我看到一幅白布，覆蓋著一具屍體，傑克俯身，將白布揭開，我忍住噁心的感覺，注意著那具屍體。

剎那之間，我心中只感覺到怪異莫名，陳毛的屍體，使我遍體生寒，我立時又抬頭看傑克。

傑克手鬆開，白布又覆在屍體之上。

我張大了口，說不出話來。上校先吸了一口氣，然後問道：「你看，他是怎麼死的？」

我仍然說不出話來，抬頭看了看天。

天臺上面，當然沒有別的，只是天，傑克好像知道我爲甚麼會在這時候抬頭向上看一樣，他又問道：「你看他是怎麼死的？」

我也深深吸了一口氣，定了定神，反問道：「屍體被移動過？」

傑克上校搔頭道：「沒有，根據所有的跡象來看，他一死就死在這裏，死了之後，絕對沒有被移動過的跡象，絕對沒有！」

我也可以相信這一點，因爲一具屍體，是不是曾被移動過，很容易看得出來。

然而，那怎麼可能呢？

我終於叫了出來：「然而，那不可能，他是從高處摔下來跌死的！」

我一面說，一面指著陳毛的屍體。

剛才我只看了一眼，就遍體生寒，就是爲了這個緣故。因爲，陳毛那種斷臂折足的死狀，一眼就可以看得出，他是從高處跌下來跌死的！

不可能和怪異，也就在這裏，因爲這裏已經是二十多層高的大廈的天臺。

陳毛的屍體沒有被移動過，他又是從高處跌下來跌死的，那麼，他是從甚麼地方跌下來的呢？是在半空中？

我思緒繚亂，一面想著，一面不由自主在搖著頭。

傑克上校苦笑了一下：「我爲甚麼叫你來？不幸得很，我們兩人對他的死因，看法一致！」

我大聲道：「任何人都可以看得出他是跌死的，而且是從很高的地方！」

上校又點頭道：「是的，法醫說，就算從天臺往下跳，跌在地上，也不會傷成那樣，他是從很高的地方跌下來的！」

我又不由自主，抬頭向上望去，然後道：「他從甚麼地方跌下來？」

上校伸手，按住了我的肩膀：「唯一的可能，自然是一架飛機，或是直升機，飛臨大廈的上空，陳毛是從那上面跌出來的！」

我搖著頭：「你不必說笑話了，我知道，你和我都笑不出來。」

上校果然笑不出來，他非但笑不出來，而且深深嘆了一口氣：「這就是我爲甚麼急於找你的原因，事情太怪！」

我望著上校，突然之間，我想起了羅定的話，他曾說電梯不斷向上升去，終於停了下來之後，他還曾打開一個單位的門，直到到了陽臺上，他看到上下全是灰濛濛的一片，才真正感到吃驚，如果那時，他忽然跌出了陽臺，他會跌到甚麼地方去呢？我緩慢地，將我所想到的，對上校講了出來，上校苦笑著：「你是要我相信，這幢大廈的電梯冒出大廈的頂，再不斷向上升？」

我道：「至少羅定有這樣的遭遇。」

上校道：「你錯了，羅定來來去去，仍然是在這幢大廈之內！」

我也苦笑著：「那麼，你是要我相信，電梯一直向上升，大廈就會跟著長高？」

上校大聲道：「電梯沒有問題，或許是電梯中途停頓了若干時間，身在電梯中的人，卻不知道，以爲電梯是一直在向上升！」

我搖著頭：「上校，我不和你吵架，但是，陳毛是從甚麼地方跌下來的呢？」

我們說到這裡，法醫和一位警官走過來，和上校低語著，上校點著頭，擔架抬了過來，將陳毛的屍體移上去，抬走了。

的確，陳毛的屍體未被移動過，因爲屍體抬走之後，天臺的灰磚面上，留下了一大灘血。如果屍體曾被移動過，就不應該別的地方，一點血也沒有，由此可知，陳毛是從空中跌下來，落到天臺上死去的！

我將手指用力按在額上，可是那樣並不能令得我清醒些，反倒令我思緒更亂。

上校轉過身來：「衛，這件事，我看警方不便進行虛幻的調查——」

他停了一停，我已經明白了他的意思：「我知道，和以前若干次一樣，由我來作私人的調查，警方給我一切便利。」

上校點了點頭，我陡地衝口而出：「那麼，我第一件要做的事，就是再盤問羅定！」

上校皺起了眉：「有這個必要？」

我道：「當然有，到現在為止，在這幢大廈的電梯中，有過怪異遭遇的人，假定有三個，我的假定是羅定、小郭和陳毛——」

傑克點著頭：「我明白，陳毛死了，小郭下落不明，只有羅定一個人，可以提供資料。」

我也點頭道：「所以，我要盤問他！」

傑克道：「不過，他好像已將他的遭遇，全說出來了，你認為他還有隱瞞？」

我肯定地道：「是的，我覺得他還有隱瞞，而且我可以具體地說，他隱瞞之處，是在他終於出了電梯之後，他還曾遇到了一些事，他沒有說出來！」

傑克上校來回踱了幾步：「可是他卻說你在騷擾他——這樣吧，由警方出面，安排一次會面，希望你別逼他太甚，因為我們對他的盤問，究竟沒有證據！」

我略想了一想，道：「那樣也好，不過，我恐怕不會有甚麼用處！」

傑克上校嘆了一聲，抬頭向天空望著。

我知道他在望向天空的時候，心中在想甚麼，他一定是在想，陳毛是從甚麼地方掉下來的呢？

我沒有再在這幢大廈的天臺上多逗留，我向上校告辭，也沒有再到小郭的偵探事務所去，只是找了一個十分僻靜的地方，我需要寂靜。

我所到的那個僻靜的地方，叫作「沉默者俱樂部」，參加這個俱樂部的最重要條件，就是沉默。

在佈置幽雅的俱樂部中，我去的時候，已經有不少人在，可是每一個人，都將其餘的人當著木頭人一樣，連看都不看一眼，別說交談了。

我在一個角落處，一張舒適的沙發上，坐了下來，雙手托著頭，開始沉思。

事實上，我的思緒亂得可以，根本沒有甚麼事可以想的，我試圖將整件事歸納一下——那是我遇到了疑難不決的事情後的一種習慣。

但是我立即發現，連這一點我也無法做得到，因爲事情的本身，絕不合理，這幢大廈的電梯，決無可能冒出大廈，繼續不斷地向上升去！

如果這一點沒有可能，那麼，羅定的話，是不是要全部加以否定呢？

當我一想到這一點的時候，腦際閃電也似亮了一亮，身子也不由自主，陡地一震。

直到現在爲止，我所做的一切，全是根據「電梯中有了怪事——電梯不斷向上升」這一點而進行的，而如果根本沒有所謂「電梯中的怪事」的話，那麼，我不是一直在一條錯誤的道路上前進麼？

而「電梯中的怪事」之所以給我如此深刻的印象，自然是由於羅定的敘述。但如果羅定根本是在說謊，一切全是他編造出來的呢？

我感到我已抓到了一些甚麼，我身子挺得很直，雙眼也睜得很大。要是在別的地方，一定會有人上來，問我有甚麼不妥了，但是在這裡，卻不會有人來打擾我的思路。

如果一切根本全是羅定編造出來的——這是極有可能的事，因爲他在電梯中究竟遇到了甚麼事，完全沒有第二個人知道——那麼，羅定的目的何在？

羅定的目的，只有一個：那便是，他在電梯中，真的曾遇到了一些甚麼事，但是他卻將這件事的真相，遮瞞了起來，而代之以「電梯不斷上升」的謊話。

編造「電梯不斷上升」的謊話，有一個好處，就是人人都知道那是不可能的事，於是，各種各樣的專家，就會來解釋，這是屬於心理上的錯覺，於是，再也不會有人去深究他在電梯中，究竟遇到甚麼事了！

當我有了這個初步結論之後，我感到極其興奮。

但是，接下來，我又自問：小郭在電梯中，又遇到了甚麼事故？

小郭遇到的事，是不是和羅定一樣？

爲甚麼兩人的遭遇一樣，小郭會失蹤，而羅定卻甚麼事也沒有？

這樣一想，好像我剛才的想法又不成立了。我的思緒十分亂，翻來覆去地想著，一直呆坐了將近兩個小時，我才離開。

在離開之後，才和傑克上校通了一個電話，上校告訴我，已約好了羅定，下午七時，在他的辦公室中見面。

我用閒蕩來消磨了剩餘的時間，準七點，我到了傑克的辦公室。

傑克上校和我握手，羅定還沒有來。上校向我道：「衛，我看羅定，對你有了一定的反感，你問他的話，一定問不出甚麼來。」

我呆了一呆：「但是我非問他不可，因爲我已經有了一個新的設想，我覺得他不是隱瞞了甚麼，而是他所說的一切，根本就是謊話。」

傑克望著我，我在他的臉上，可以看出他對我很是不滿。

他勉強笑了一下：「無論如何，你的態度，要溫和一些！」

我不禁有點冒火，大聲道：「怎樣？我現在看來像是一個海盜？」

傑克剛想回答我，一個警官，已帶著羅定，走了進來，於是他轉而去招呼羅定。

羅定一進辦公室就著到了我，我看到他愣了一愣，現出很不自然的神色，雖然他和上校一直在口中敷衍著，不過他雙眼一直望住了我，而且，在他的眼神之中，充滿了敵意。

傑克上校在向羅定解釋著，為甚麼要約他來和我見面的原因，可是我懷疑羅定是不是聽到了，所以，在上校略一住口之際，我立時發問：「羅先生，你可還記得那幢大廈的管理人陳毛？」

羅定半轉過身來，他的身子，看來有點僵硬，他道：「記得的！」

我立時道：「陳毛死了，被人謀殺的！」

我這句話一出口，羅定現出了一個公式化的驚愕神情，而上校卻有點憤怒地向我瞪了一眼。

我明白上校為甚麼要瞪我，他是一個警務人員，在一個警務人員的心目中，「謀殺」這種字眼，不能隨便亂用，必須要有一定的證據。

而事實上，陳毛的死，只不過是充滿了神秘，並不能證明他被人謀殺。

而我故意這樣說，也有目的，我要羅定感到事態嚴重，好告誡他別再胡言亂語！

我不理會上校怎樣瞪我，將一張放大了的照片，用力放在羅定的面前。

那張照片，是陳毛伏屍天臺上的情形，照片拍得很清楚，羅定只垂下眼皮，向照片看了一眼，立時又抬起頭來：「太可怕了！」

我又道：「陳毛是從高處跌下來跌死的！」

羅定聽得我那樣說，又呆了一呆，低頭去看照片：「高處跌下來跌死的？他好像是死在天臺上！」

我故意大笑了起來：「不錯，他死在天臺上，而且屍體沒有被移動過的跡象，這種方式的謀殺，有一個好處，就是可以使人相信，你所說的鬼話：電梯不斷上升，真有其事！」

羅定的面色，在剎那之間，變得極其難看，他口唇掀動著，想說甚麼，但是卻又發不出聲，而我則毫不放鬆，繼續向他進攻。

我又道：「所以，我認爲，陳毛的死，羅先生，和你有很大的關係！」

羅定霍地站了起來，向著傑克：「這個人這樣說是甚麼意思？是不是警方有意控告我？如果是的話，我要通知律師！」

傑克上校連忙安慰著羅定，一面又狠狠瞪著我，等到羅定又坐了下來，上校皺著眉：「衛斯理，你的話太過分了！」

我冷笑了一下：「我絕沒有指控羅先生是謀殺陳毛的兇手，我只不過說，陳毛的死，和羅先生有關係，何必緊張！」

羅定厲聲道：「有甚麼關係？」

我不為所動，仍然冷冷地道：「有甚麼關係，那很難說，要看你那天，在這幢大廈的電梯之中，究竟遇到了甚麼事而定。」

羅定的神態越來越憤怒：「我遇到了甚麼？我早已說過了！」

我道：「是的，你說，電梯在將近二十分鐘的時間內，一直向上升，然而，羅先生，世上不會有這樣的事！」

羅定的臉漲得通紅：「或許那是我的錯覺，電梯曾在中途停頓，我怎麼知道？」

我伸手直指著他：「你當然知道，因為你未曾將你真正的遭遇說出來！」

羅定又站了起來，憤怒地拍開了我的手，吼叫道：「荒謬！太荒謬無稽了，警方為甚麼要做這種無聊的事？對不起，我走了！」

他一面說，一面轉身向門外就走。

我並不去追趕他，只是冷笑道：「羅先生，陳毛死了，郭先生失了蹤，下落不明，我希望你為自己，著想一下！」

我這樣講，其實也毫無目的，只不過我感到，種種不可思議的事件中，任何人都可以嗅得出，其間有著濃重的犯罪氣味，而且，我斷定羅定曾說謊，或是隱瞞了一部分事實，他那樣做，可能是由於對某一種力量的屈服，所以我才如此說。

我想不到，羅定對我的這句話的反應，竟是如此之強烈！

那時，他已快來到門口了，並沒有停下，可是我的話才一出口，便聽得「碰」地一聲響，羅定竟整個人，撞在門上！

一個人若不是震驚之極，是決不會有這樣張皇失措的行動的，我心中陡地一動，又加了一句：「還是和我們說實話的好！」

上校用怪異的眼光望著我，羅定已轉過身來。

羅定的神色蒼白，是以他額上撞起的那一塊紅色，看來也格外奪目。

他轉過身來之後，直視著我，眼皮不斷跳動，看來像是在不停地眨著眼，這種動作，顯然是由於他受了過度的震動，不能控制自己所致。

我也只是冷冷地望著他，一句話也不說，上校揚著眉，我知道，上校當然不喜歡我用這樣的態度對付羅定，但是，他卻也希望我能在羅定的身上，問出一點甚麼來。

沉默維持了足足有兩分鐘之久，羅定才用一種聽來十分乾澀的聲音道：「你以爲我會有甚麼意外？」

我的回答來得很快，因為如何應付羅定，是我早已想好了的！

我立時道：「那要看你的遭遇究竟如何而定！」

看樣子，羅定已經鎮定了下來，他冷笑了一聲：「我不明白你在說些甚麼！」

他講了這一句話之後，又頓了一頓，伸手在臉上，抹了一下，才又道：「你實在是一個無事生非的人！」

我並不發怒，只是道：「我不算是無事生非了，要知道，有一個人失了蹤，一個人死了！」

羅定的神情，看來更鎮定了，他冷冷地道：「每天都有人失蹤，每天都有人死！」

我冷笑道：「但不是每一個人，都和那幢大廈有關，都和那座電梯有關！」

羅定並沒有再說甚麼，而且我可以看得出來，他在故意躲避我的目光，他略略偏過頭去，望著傑克：「我可以走了？」

傑克上校握著手：「羅先生，我們請你來，只不過是為了請你幫忙，如果你能提供當日的真實情形，那麼，對我們會有很大的幫助！」

羅定淡然道：「對不起得很，我已經將當日的情形，說過許多遍了！」

傑克上校向我望來，我也只好苦笑了一下，攤了攤手，上校無可奈何地一笑：「你可以走了，羅先生，不過我們仍希望可以得到你的合作！」

羅定悶哼了一聲，再轉身，這一次，他並沒有撞在門上，而且順利地打開門，走了出去。

羅定才一走，傑克上校就開始埋怨我：「你這樣問，問得出甚麼來？」

我大聲道：「至少，我現在可以更進一步肯定，他心中有鬼！」

我這樣的判斷，傑克上校無法不同意，因爲一個人，若不是心中有鬼，決不會在聽了我的一句虛言恫嚇之後，會驚惶失措，一致於此！

我又道：「上校，你別心急，這件事交給我，我還是要在他的身上著手，找出整件事的答案來！」

傑克上校有點無可奈何，他呆了片刻，才道：「好的，不過，你不要再去騷擾他，看來，他很不容易對付，真的要法律解決時，他佔上風！」

我吸了一口氣，上校的話雖然不中聽，可是講的卻是實情。

我想了片刻：「你放心，我會注意的。」

我也離開了上校的辦公室，而且，有了新的決定。

從第二天開始，我在小郭的偵探事務所之中，挑選了五個最機靈能幹的職員，和我在一起，一共是六個人，我們一天二十四小時，分成六班，每一班四小時，日夜不停地監視羅定。

我們六個人，都佩有傑克上校供給的無線電對講機，隨時可以通消息，我也隨時可以通過無線電對講機，向跟蹤、監視羅定的人，詢問羅定的行蹤。

一連監視了四天。

在這四天之中，一點進展也沒有。

小郭依然如石沉大海，不知所終，所有能夠動員來尋找他的力量，都已動員了，像這樣傾全力的尋找，照說，連一頭走失的老鼠，都可以找回來了，可是小郭依然音訊全無。

我不敢去見郭太太，因為一個人，失蹤了那麼久，而又音訊全無，最大的可能，自然是已經凶多吉少，這種話，怎能對郭太太講得出？

那幢大廈，因為出了命案，所以一再由警方派人看守著，警方也和業主聯絡過，王直義的回答很大方，他這幢大廈，反正沒有買主，出了兇案，只怕更有一個時期，無人問津，警方派人看管，他絕不反對。

第六部：出了兩次錯

跟蹤羅定更是一點發展也沒有。他的生活正常，早上上班，中午在辦公室的附近午膳，下午放工回來，或者在家裏不出去，或者有應酬，或者自己出去散散步，看看電影，這種有規律的，刻板式的生活，寫出來，仔細想一想，實在很恐怖，但幾乎每一個人都這樣生活著。

第五天是星期日，我幾乎想放棄跟蹤了，可是除了在羅定身上著手之外，實在沒有第二條路可走，所以仍然繼續跟蹤。那一天，我早上才起來，白素就開門迎進了一位訪客，郭太太。

郭太太的神情很匆忙、緊張，可是卻和小郭失蹤之後，我見過她幾次的神情，有點不同，她一見我，就立時道：「衛先生，我接到了他的一個電話！」

我幾乎直跳了起來，郭太太所說的「他的電話」，自然是小郭的電話。小郭失蹤已有那麼多天，事情是如此之離奇而又毫無頭緒，如今忽然他有電話來，這太令人興奮了！

我忙問道：「他在哪裏？」

郭太太卻搖了搖頭：「我不知道，他在電話中所說的話很怪，不過我認得出，那的確是他的聲音。」

我忙又問：「他說了些甚麼？」

郭太太取出了一具小型的錄音機來：「自從他出了事之後，我恐怕他是被壞人綁了票，所以每一個電話，我都錄音，請聽錄音帶，這電話，我是二十分鐘前接到的，他一講完，我就來了！」

我連忙接過錄音機來，按下了一個掣，錄音帶盤轉動，立時聽到了小郭的聲音。

毫無疑問，那是小郭的聲音，以我和他過十年的交情來說，可以肯定。

聲音很微弱，聽來像是他在講話的時候，有甚麼東西隔著，而且很慢，聲音拖得很長，音有點變，那情形，就像是聲音傳播的速度拉慢了，就像將七十八轉的唱片，用十六轉的速度放出來一樣。

但是有一點可以肯定的，那便是，就算是聲音有點變，那是小郭的聲音。

而且，他的話，聽來很清晰，他在拖長著聲音問：「你聽到我的聲音麼？你聽得到我的話？」

接著便是郭太太急促的聲音：「聽到，你在哪裏，你為甚麼講得那麼慢？」

接著又是小郭的聲音，小郭像是全然未曾聽到他太太的話，只是道：「你聽到我的聲音麼？我很好，你不用記掛我，我會回來的，我正在設法回來。」

郭太太的聲音帶著哭音：「你究竟在哪裏，說啊！」

小郭完全自顧自地說話，但是他繼續所說的話，倒和郭太太的問話相吻合，他道：「現在我不知道在甚麼地方，太怪了，一切都太奇怪了，請你放心，我會回來，一定會回來！」

小郭的聲音，講到這裏爲止，接著便是郭太太一連串急促的「喂喂」聲，然後，錄音帶上的聲音就完了。

我雙眉緊鎖著，一聲不出，又重聽了一片，郭太太含著淚：「他在甚麼地方？」

我苦笑道：「連他自己也不知道，我們當然更無法知道。」

白素也皺著眉：「我看，郭先生不是直接在講電話，好像是有人將他的話，先錄了音，然後，特地以慢一倍的速度對著電話播放！」

我也有這樣的感覺，我將錄音機上，播送的速度調整，又再接下掣。

這一次，聽到的內容相同，小郭仍是在講那些話，不過，他聲音，聽來已經正常了，而郭太太的聲音則尖銳急促，可知白素的推斷很有理。

我又接連聽了兩遍，郭太太又問道：「他究竟在哪裏，爲甚麼他不說！」

我心中也亂到了極點，但是總得安慰一下郭太太，所以我道：「不論他在甚麼地方，既然他一再說自己平安無事，你也別太記掛了！」

郭太太嘆了一聲：「要是那只是有人放錄音帶，而不是他親自說的——」

我明白她的意思，所以立時打斷了她的話頭：「現在，事情有兩個可能，一是有人脅制著他，如果是那樣，一定還有聯絡電話來；二是他真的有了奇怪的遭遇，那麼，我想他也會再一次和你聯絡——」

我講到這裏，向妻子望了一眼：「你陪郭太太回去，陪著她。」

白素點了點頭，和郭太太一起離去，我又聽了幾遍，立時出門，和傑克見了面。

我們兩人，一次又一次聽著那電話的內容，我心中的疑問，也在這時，提了出來，我道：「如果那是事先的錄音，爲甚麼要用慢速度播出來？」

傑克道：「如果不是錄音，那麼，一個人很難將自己的聲音改變，放慢來講，和將音波的速度改變，是全然不同的兩回事！」

我心中隱隱感到，這件事，是一個十分重要的關鍵，可是我卻甚麼也捉摸不到。

上校苦笑著：「希望他多打點電話回家去！」

我也只好苦笑著，這自然是調侃的說法，不過，這個電話雖然使我困惑，至少小郭沒有死，這令我高興。

我又和上校談了一會，突然，我身邊的無線電對講機，響起了「滋滋」聲，我取了出來，拉長天線，就聽得聲音，那是跟蹤羅定的人報告：「羅定全家出門，上了車，好像準備郊遊。」

我不假思索：「跟著他！」

傑克上校搖了搖頭：「你還想在羅定的身上，找到線索？」

我攤了攤手：「除此以外，難道還有別的辦法？」

傑克嘆了一口氣：「羅定當日出事之後，被送到醫院，醒轉來之後，他那種恐怖之極的神情，和他立時說出了他在電梯中的遭遇，這一切，都不可能是他在說謊了！」

我皺著眉，不出聲。

上校又道：「還有小郭，照你形容的來看，他當時竟慌亂得一個人駕車離去，要不是他真有極其恐怖的遭遇，怎會那樣？」

我徐徐地道：「是的，我並不是否定這一點，我只是認爲，羅定未說實話，羅定在那座大廈的電梯中，有著極其可怕的遭遇，或者，他完全改變了他的遭遇，而另編了一套謊話，又或者，他不盡不實，隱瞞了一部分事實！」

上校無可奈何地道：「好的，只好由你去決定了，現在，至少知道郭先生還在人間！」

我喃喃地道：「是的，可是他在甚麼地方？爲甚麼他在電話中不說出來？還是被人囚禁著，連他自己也不知道身在何處？」

上校搖頭道：「我否定你後一個說法，他絕未提到被囚禁，只是說，他處於一個十分奇怪的境地中！」

我沒有再說甚麼，實在是因爲沒有甚麼可說的，根據目前我們所知的一切，甚至於無法作任何假設！

我離開了上校的辦公室，在接下來的一小時之中，我不斷接到有關羅定行蹤的報告。

羅定全家到郊區去，這是一個像羅定這樣的家庭，假日的例常消遣，所以我只是聽著，一點也未曾加以特別的注意。

直到一小時之後，我開始覺得羅定此行，有點不尋常，我接到的報告是，羅定的車子駛進了一條十分荒僻的小路，他們好像是準備野餐！

使我突然覺得事情不尋常的是：這一條山路，是通往「覺非園」去的。

我立時請跟蹤的人，加倍注意，二十分鐘之後，我又接到了報告，羅定一家大小，就在覺非園附近的一個空地野餐，看來仍無異樣，也未發現有人在注意他們。

而五分鐘之後，我接到的報告，令我心頭狂跳，報告說，羅定像是若無其事地走開去，但是在一離開了他家人的視線之後，他就以極快的速度，奔到覺非園的門口。

負責跟蹤羅定的人，說得很清楚，羅定一到了覺非園的門口，立時有人打開門讓他進去。

我在聽到了這樣的報告之後，心中的興奮，實在難以形容，這種情形，只表示一個事實：羅定和覺非園主人王直義之間有聯繫！不但有聯繫，而且，還十分秘密！要不然，他就不必以全家郊遊來掩飾他和王直義的見面！

我在接到這報告後的第一個決定是：趕到覺非園去！

但是我隨即改變了這個決定，因爲怕這樣做，反而會打草驚蛇。

我只是吩咐跟蹤者，將羅定離開覺非園的情形，偷拍下來。

跟蹤者的答覆，很令我滿意，他說在羅定進去的時候，他已將情形偷拍下來了。

我緊張地等待進一步的報告，羅定在覺非園中，只停留了十分鐘之後，我就接到了他離開覺非園的報告。

十分鐘可以做很多事情了，但是，從走進覺非園的大門起，十分鐘的時間，卻實在做不了甚麼，我去過覺非園，我知道，從大門口，走到建築物，也差不多要這些時間了，唯一的可能是，羅定要見的人，就在大門後等著他！

傍晚時分，跟蹤人員替換，羅定也回到了市區，照片很快洗了出來，照拍得極好，是連續性的，有六張是表示羅定進覺非園的情形，有六張是他離開覺非園時候所攝下來的。

從連續動作的照片來看，羅定簡直是「衝」進覺非園去的，他奔跑向覺非園的大門，在他推門的一剎那，門好像是虛掩著在等著他。

我猜想羅定的行動之所以如此急促的原因，是因為他瞞著他的家人，他不可能無緣無故離開他正在野餐的家人太久，但如果只是十幾分鐘的話，就無關緊要。

看羅定出來的情形，低著頭，好像有著十分重大的心事，一連幾張，皆是如此。

我的心中，升起了一連串的疑問，羅定和王直義，為甚麼要秘密會晤呢！（我假定他到覺非園去，是為了要見王直義。）

羅定和王直義之間，可以說毫無聯繫——唯一的關係是：羅定在那幢大廈之中，有著奇異恐怖的遭遇，而這幢大廈，是王直義造的。

我無法想像羅定何以要與王直義見面，當然，最好的辦法，是去找羅定。

可是，羅定對我極之反感，而且，看來他有決心要將秘密繼續隱瞞下去，就算我將這些照片，放在他的面前，證明他曾去過覺非園，他如果又編一套謊言來敷衍我，我還是毫無辦法。

我考慮了很久，小郭的偵探事務所中，職員全下班了，我先用無線電對講機問了問，羅定回來之後，一直在家中沒有出去。

我拿起了電話，撥了羅定家的號碼。

我決定作一個大膽的行動，只要我的假設不錯，羅定有可能會上當，我也就能知道很多事實。

我假定的事實是：羅定是去見王直義的。

電話響了片刻，有人接聽了，我從那一聲「喂」之中，就聽出來接聽電話的，正是羅定。

我壓低聲音，使自己的聲音聽來很蒼老、低沉，我道：「羅先生，你下午見過王先生，現在，王先生叫我打電話給你！」

羅定不出聲，我想他一定是在發怔，我也不催他，過了好一會，他才道：「又有甚麼事？我見他的時候，已經講好的了！」

我的假定被他的話證實了！

我連忙又道：「很重要的事，不會耽擱你太久，我要見你，他有很重要的話，要我轉達，不方便在電話裏說，請在半小時後，在九月咖啡室等我，你沒有見過我，我手中拿著一本書。」

我不容他有懷疑或是否定的機會，立時放下了電話。

我的估計不錯，他下午去見王直義，那麼，我也可以肯定，他一定會來！

我打開小郭的化裝用品櫃，在十分鐘之內，將自己化裝成一個老人，然後，我到了九月咖啡室。

我之所以選擇這間咖啡室，是因爲那是著名的情侶的去處，燈光黝暗，椅背極高，一則不會有別人注意，二則羅定也難以識穿是我。

因爲我所知幾乎還是空白，我需要儘量運用說話的技巧，模稜兩可的話，來使羅定在無意中，透露出事實，羅定不是蠢人，燈光黑暗，有助於我的掩飾。

我坐下之後，不到五分鐘，就看到羅定走了進來，我連忙舉著書，向他揚手，羅定看到了我，他逕直向我走來，在我對面坐下。

我望著他，他也望著我，在那一剎間，我實在不知道該如何打破僵局才好，幸而羅定先開了口：「你們究竟還要控制我多久？」

我心中打了一個突，羅定用到了「控制」這樣的字眼，可見得事情很嚴重！

我立時決定這樣說：「羅先生，事實上，你沒有受到甚麼損害！」

羅定像是忍不住要發作，他的聲音雖然壓得很低，但是也可以聽得出他的憤怒，他道：「在你們這些人看來，我沒有損失，可是已經煩夠了，現在，我究竟是甚麼，是你們的白老鼠？」

他又用了「白老鼠」這樣的字眼，這更叫我莫名其妙，幾乎接不上口。

我略呆了一呆，仍然保持著鎮定：「比較起來，你比姓郭的好多了！」

我這樣說，實在是很冒險的，因爲要是小郭的遭遇和羅定不同，那麼，我假冒的身份，就立時會被揭穿。所以在那片刻間，我極其緊張。

羅定憤然地瞪著我：「我已經接受了王先生的解釋，他已經犯了兩次錯誤，我不想作爲他第三次錯誤的犧牲者，算了吧！」

他這句話，我倒明白「兩次錯誤」，可能是指陳毛和小郭，而犯這兩次錯誤的人，是「王先生」，那就是說，一切事情，都和王直義有關，這實在是一大收穫。

我立即想到，我現在假冒的身份，是王直義的代表，那麼，我應該對他的指責，表示尷尬。

所以，我發出了一連串的乾笑聲。

羅定的樣子顯得很氣憤，繼續道：「他在做甚麼，我管不著，也不想管！」

我略想了一想，就冷冷地道：「那麼，你又何必跑到鄉下去見他？」

我注視著羅定，看到他的臉色，變得十分難看，他好一會不說話，然後才喃喃地道：「是我不好，我不該接受他的錢！」

當我聽到這一句話的時候，我不禁心劇烈地跳動了起來！王直義曾付錢，而羅定接受了他的錢！

王直義為甚麼要給錢呢，自然是要收買羅定，王直義想羅定做甚麼呢？

當我在發呆的時候，我就算想講幾句話敷衍著他，也無從說起，幸而這時，羅定自己可能心中也十分亂，他並沒有注意我有甚麼異樣，又道：「錢誰都要，而且他給那麼多！」

我吸了一口氣，順著他的口氣：「所以，羅先生，你該照王先生的話去做，得人錢財，與人消災啊！」

羅定的神色，變得十分難看：「我照他的話去做？要是他再出一次錯誤，就錯在我的身上，那麼，我要錢又有甚麼用？」

我聽到這裏，心中不禁暗自吃驚。

我一面聽羅定說著話，一面猜測著他話中的意思，同時在歸納著，試圖明白事實的情形。

我歸納出來的結果，令我吃驚，我從羅定所講的那些話中，多少已經得到了一點事實。第一，王直義曾給羅定大量錢，而王直義給錢的目的，不單是要求羅定保守甚麼秘密，而且，還要求羅定繼續做一種事，而這種事，有危險性。

這種事的危險性相當高，我可以知道，如果一旦出錯，那麼就像陳毛和小郭一樣，就算有再多的錢，也沒有用了。

我也可以推論得出，今天王直義和羅定的會面，一定很不愉快，羅定可能拒絕王直義的要求，所以，我假冒是王直義的代表，約見羅定，倒是一件十分湊巧的事，可以探聽到許多事實。

我一面迅速地想到了這幾點，一面冷冷地道：「那麼，你寧願還錢？」

羅定直視著我，樣子十分吃驚、憤怒，提高了聲音：「你這樣說是甚麼意思，是王先生示意你的麼？別忘了，他的秘密還在我的手裏！」

我心又狂跳了起來，王直義有秘密在他手裏，我的料斷不錯，我早就料到，羅定一定隱瞞著甚麼，現在，我的推測已得到證實，他的確有事情隱瞞著，他知道王直義的某種秘密，但是未曾對任何人說過！

我心中興奮得難以言喻，正在想著，我該用甚麼方法，將羅定所知的王直義的秘密逼出來。

然而就在這時候，在我的身後，忽然響起了一個深沉的聲音：「羅先生，就算我有秘密在你手中，你也不必逢人就說！」

我一聽，立時站了起來，那是王直義的聲音！

我才站起來，已有手按住我的肩頭，我立時決定，應該當機立斷了，我右臂向上疾揚了起來，拍開了按在我肩頭的手，同時疾轉過身來。

我一轉身，就看到了王直義。

雖然我知道，就算讓王直義看到了我，也不要緊，但是，我還是不讓他有看到我的機會，我在轉身之際，已然揮起了拳頭，就在我剛一看到他之際，拳已經擊中了他的面門。

那一拳的力道，說輕不輕，說重不重，但是也足夠令得王直義直向下倒下去。

而我連半秒鐘都不停，立時向外衝出去，當我出了門口之際，才聽得咖啡室中，起了一陣騷動，我疾步向前奔出，我想，當有人追出咖啡室的時候，我早已轉過街角了。

我之所以決定立即離去，因爲這樣，我仍然可以保持我的身份秘密。而只要他們不知道我是甚麼人，明天我就可以用本來面目去見羅定，再聽羅定撒謊，然後，當面戳穿他的謊話。

我相信在這樣的情形下，羅定一定會將實情吐露出來。這是我當時擊倒王直義，迅速離去時的想法。

我認爲這樣想，並沒有錯，至於後來事情又有意料之外的發展，那實在是我想不到的事。

我回到了家中，心情很興奮，因爲事情已經漸有頭緒了。

任何疑難的事情，開頭的頭緒最重要。有的事，可以困擾人一年半載，但是一旦有了頭緒，很可能在一兩天之內，就水落石出，真相大白！

這一晚，我很夜才睡著，第二天早上，打開報紙，我本來只想看看，是不是有咖啡室那打架的消息，當然沒有，這種小事，報上不會登。

然後，我看了看時間，羅定這時候，應該已經在他的辦公室中了。

我打電話到羅定的公司去，可是，回答卻是：「羅主任今天沒有來上班！」

我呆了一呆：「他請假？」

公司那邊的回答是：「不是，我們曾打電話到他家裏去，他太太說他昨晚沒有回來。」

我呆了一呆，忙道：「昨晚沒有回來？那是甚麼意思，他到哪裏去了？」

公司職員好像有點不耐煩：「不知道，他家裏也不知道，所以已經報了警。」

我還想問甚麼，對方已然掛斷了電話。

我放下電話，將手按在電話上，愣愣地發著呆。羅定昨天晚上，沒有回家！

經過連日來的跟蹤，我知道羅定是一個生活十分有規律的人，他一晚不回家，那簡直是無法想像的事。

第七部：真相快將大白

我立時取過了無線電對講機，昨天晚上，我化了裝，冒充是王直義的代表，和羅定約晤，這件事，我未曾和任何人講起過。

那就是說，輪班跟蹤羅定的人，一定會知道羅定失蹤，因爲我和羅定的會面，也在監視之中。

我按下了對講機的掣，急不及待地問道：「現在是誰在跟蹤羅定？」

可是我連問兩遍，都沒有回答，而就在這時候，電話鈴突然響了起來，我一拿起電話來，就聽到了傑克上校的聲音，他道：「衛，羅定失蹤了！」

我吸了一口氣：「我知道，我剛想去找他，他一晚沒回家。」

上校道：「一夜沒回家是小事，我相信他一定已經遭到了意外。」

我聽了一驚：「你何以如此肯定？」

上校「哼」地一聲：「你不是和幾個人，日夜不停，跟蹤監視著羅定麼？」

我道：「是的，我剛才想和他們聯絡，但是卻聯絡不上，你知道他們的消息？」

上校又「哼」地一聲：「昨晚負責跟蹤羅定的人，在午夜時分，被人打穿了頭，昏倒在路上，由途人召救護車送到醫院，現在還在留醫，我現在就在醫院，你要不要來？」

我疾聲道：「十分鐘就到，哪間醫院？」

上校告訴了我醫院的名稱，我衝出門口，直駛向醫院，又急急奔上樓，在一條走廊中，我看到了傑克和幾個高級警官，正和一個醫生在談論著，我走了去的時候，聽得那醫生道：「他還十分虛弱，流血過多，你們不要麻煩他太久！」

上校點著頭，轉過頭來，望了我一眼，又是「哼」地一聲，我怒道：「你哼甚麼？又不是我的錯！」

傑克大聲道：「跟蹤和監視羅定，可是你想出來的主意，不怪你？」

我又是好氣，又是好笑：「混帳，在監視和跟蹤之下，他也失了蹤，要是不跟蹤，他還不是一樣失蹤，而且連一點線索都沒有？」

傑克翻著眼，一時之間，答不上來，我道：「算了，聽聽有甚麼線索！」

我一面說，一面已推開了病房的門。

小郭事務所的那職員，躺在床上，頭上纏滿了紗布，面色蒼白得可怕，一看到了我，抖著口唇，發出了一下微弱的聲音來。

他可能是在叫我，也可能是在說別的甚麼，總之我完全聽不清楚。傑克將其餘人留在門外，就是我和他兩人在病房中，我先開口：「慢慢說，別心急！」

那職員嘆了一聲：「昨天晚上，我和經常一樣，監視著羅定，我看到他在九時左右，匆匆出門，我就一直跟著他。」

我的面肉，不由自主，抽搐了一下。

那職員又道：「我一直跟著他，到了一家燈光黝黯的咖啡室中，原來在那間咖啡室中，早就有一個人，在等著他。」

傑克插言道：「那人是甚麼模樣？」

那職員苦笑了一下：「當時，我曾用小型攝影機，偷拍下他們兩人交談的情形，可是在我被襲擊之後，相機也不見了。」

我揮著手：「不必去研究那個人是誰，以後事情怎樣，你說下去！」

自然，在我來說，完全不必去研究在咖啡室中和羅定會面的是甚麼人，那個人就是我！那職員喘了一陣氣：「羅定和那神秘人物，一直在談話，羅定的神情好像很激動，但是我始終聽不到他們在講些甚麼！」

我催道：「後來又怎樣？」

那職員像是在奇怪我爲甚麼那樣心急，他望著我，過了一會，才又道：「後來，來了一個人——」

傑克上校打斷了他的話頭：「等一等，你還未曾說，第一個和羅定見面的人，是甚麼模樣的！」

那職員道：「很黑，我看不清楚，只記得他的神情很陰森，個子和衛先生差不多高！」這職員的觀察力倒不錯，記得我的高度。

上校又問：「後來的那個人呢？」

那職員道：「後來的那個人，年紀相當老，中等身形，他一進來，在那神秘人物的後面一站，伸手按住了那神秘人物的肩頭，講了一句，那神秘人物卻突然站起來，轉身向後來的人，就是一拳，打得後來的人，仰天跌倒在地，他就逃了出去。」那職員說得一點不錯，這就是昨晚在那咖啡室中，所發生的事。

但是，在我逃了出去之後，又發生了一些甚麼事，我卻不知道了。

那職員又道：「當時，我立即追了出去——」

上校沉聲道：「你不應該追出去，你的責任，是監視羅定！」

那職員眨著眼：「是，我追到門口，不見那神秘人物，立時回來，咖啡室中，亂成一團，伙計要報警，可是後來的人，卻塞了一張鈔票給伙計，拉著羅定，一起走了出去！」

我和傑克上校一起吸了一口氣，上校道：「你繼續跟蹤著他？」

那職員道：「是的，我繼續跟蹤他們，誰知道他們走了一條街，又到了另一間咖啡室中，兩人講著話，講了一小時左右，羅定先走，樣子很無可奈何，那老先生不久也走了——」

我揮著手：「等一等，你不是在羅定走的時候，立即跟著他走的？」

那職員現出十分難過的神色來：「是，當時我想，跟蹤羅定已經有好幾天了，一點沒有甚麼新的發展，倒不如跟蹤一下和羅定會晤的人還好，所以我等那老先生走了，才和他一起走！」

我苦笑了一下，那職員繼續道：「我跟著老先生出了餐室，和他先後走在一條很冷僻的街道上，我全神貫注在前面，所以未曾防到，突然有人，在我的後腦上，重重地擊了一下，當我醒來的時候，已經在醫院中了！」

上校瞪了我一眼，冷冷地道：「有甚麼線索？」

我知道上校那樣說的意思，他的意思是在譏嘲我，勞師動眾，結果仍然一點線索也沒有。

我先不回答他，只是對那職員道：「你好好休息，我相信事情快水落石出了！」

那職員苦笑著，和我們講了那些時候的話，神情疲憊不堪！

我和傑克上校，一起離開了病房，才一到病房門口，上校就冷然道：「你剛才的話倒很動聽，用來安慰一個傷者，很不錯。」

傑克上校不會放棄任何一個攻擊我的機會，我已經完全習慣了。

我只是冷冷地道：「上校，你憑甚麼，說我的話，只是用來安慰傷者的？」

上校冷笑了一聲：「可不是麼？事實上，甚麼線索也沒有，但是你卻說，事情快了結了！」

我直視著他：「上校，你對於昨天晚上，所發生的事，究竟知道多少？」

上校冷笑著：「我知道的，就是職員所說的，我想，你也不會比我多知道多少！」

我聽得上校那麼說法，不禁「哈哈」笑了起來，上校用疑惑的眼光望著我，我伸手在他的肩頭上，重重拍了一下：「我知道的，比你多不知多少，你可知道，在九月咖啡室中，和羅定約晤的那個神秘客是誰？」

上校翻著眼，答不上來。他當然答不上來，但是他卻不服氣，「哼」地一聲：「你知道？」

我老實不客氣地道：「我當然知道，因爲那神秘怪客，就是我！」

上校在那一剎間，雙眼睜得比銅鈴還大，高聲叫了起來：「你在搗甚麼鬼？」

我笑了笑：「低聲些，在醫院中，不適宜高聲大叫，騷擾病人！」

上校受了我的調侃，神色變得異常難看，他狠狠地瞪著我，我把約晤羅定的動機，和他說了一遍。

傑克上校雖然好勝而魯莽，但是他畢竟很有頭腦，他立時想到了問題的癥結所在：「後來的那人是誰？」

我望著他：「你猜一猜？」

傑克上校思索了約莫半分鐘，才用不十分肯定的語氣道：「王直義？」

我點頭道：「一點不錯，是王直義，整件事情，都與這位看來是隱居在覺非園中，不問世事的王先生有關，完全是在他一個人身上而起的！」

傑克上校的神情，還有點疑惑，但是，當我詳詳細細，將昨晚我冒充王直義的代表，和羅定見了面，羅定對我講的那些話，向傑克上校覆述了出來之後，他臉上最後一絲的疑惑神情也消失了。

他顯得十分興奮，雖然，羅定和小郭的失蹤、陳毛的死，還是一個謎，但是關鍵人物是王直義，那是毫無疑問的事情了！

只要找到王直義，向他逼問，事情就可以水落石出，真相大白！

傑克上校揮著手：「還等甚麼，簽拘捕令，拘捕王直義！」

我道：「我們好像也沒有他犯罪的證據，你不必拘捕他，只要去請他來，或是去拜訪他就可以了！」

上校高興地搓著手：「你一起去？」

我略想了一想：「如果你認爲有此必要，我可以一起去，至少，他要是抵賴的話，有我在場，立時可以揭穿他的謊言！」

傑克上校連連點頭，他就在醫院中，打了好幾個電話，然後，我上了他的車，直駛郊區。

等到來到了郊區的公路上時，我才知道，傑克上校的這次「拜訪」，陣仗之大，實在空前，他至少出動了兩百名以上的警員，公路上，警車來往不絕，不時有報告傳來，報告已經包圍了覺非園，但沒有驚動任何人，覺非園看來很平靜。

等到我和傑克上校，在覺非園前下了車，由我去敲門時，有五六個高級警官，從埋伏的地方，走了出來，向上校報告他們早已到達，採取重重包圍的經過。

我望著上校，上校立時知道了我的用意：「別以爲我小題大做，這個人是整件事的關鍵，不能讓他有逃走的機會！」

我繼續不斷地敲門，憑上次的經驗，我知道可能要等相當久。

過了三分鐘左右，門口的小方格打開，露面的仍然是那位老僕人，他顯然還記得我，叫了我一聲，道：「衛先生，你好！」

我點了點頭：「我要見你老爺，請開門！」

那僕人「哦」地一聲：「衛先生，你來得不巧，老爺出了門！」

傑克上校一聽，就發了急，伸手將我推開，大聲道：「他甚麼時候走的？到哪裏去了？」

僕人望著我，他自然也看到了門外的眾多警察，是以他駭然地問我：「衛先生，發生了甚麼事？」

我根本沒有機會出聲，因爲傑克上校又立時吼叫了起來：「回答我的問題！」

傑克上校的氣勢很夠威風，那老僕神情駭然，忙道：「是，是，他到檳城去了，前天走的！」

這一次，輪到我大聲叫了起來：「甚麼？他前天到檳城去的？你別胡說，我昨晚還見過他！」

老僕現出困惑的神色來，搖著頭，像是不知道該說甚麼好。

傑克上校已然喝道：「快開門，我們有要緊的事找他，他要是躲起來了，我們有本事將他找出來！」

老僕道：「他真的出門去了，真的——」

可是他一面說，一面還是開了門。

在法律手續上，入屋搜查，應該有搜查令，但是傑克上校分明欺負那老僕不懂手續，門一開，他揮了揮手，大隊警察，就開了進去。這時候，我倒一點也不覺得上校小題大做，因爲覺非園相當大，要在裏面找一個人，沒有一百以上的警員，是難以奏功的。

老僕的神情意驚惶，我輕拍著他的肩：「別怕，你們老爺也沒有甚麼事，不過要問他幾個問題，你說老實話，他在哪裏？」

老僕哭喪著臉：「前天上飛機，是我送他到飛機場去的！」

我冷笑著：「那麼，昨天有一位羅先生來過，想來你也不知道了？」

老僕睜大了眼睛：「羅先生？甚麼羅先生，我根本不認識他！」

我不再問下去，和傑克一起來到屋子之中，我也無心欣賞屋中的佈置，在搜查了一小時左右，而仍然沒有結果，上校在客廳中來回踱步之際，我不禁伸手，在自己腦門上，重重拍了一下：「我們實在太笨了，問航空公司，問機場出入境人員，就可以知道王直義是不是離境了！」

傑克瞪著眼：「你以爲我想不到這一點？不過我相信你，你說昨晚見過他！」

我苦笑了一下：「那也不矛盾，他可以假裝離境，然後又溜回來！」

傑克上校不出聲，走了出去，我知道他是用無線電話，去和總部聯絡了。

在覺非園中，一點現代化的東西都沒有，門口沒有電鈴，屋中沒有電話，甚至根本沒有電燈。

傑克離開了大約半小時，又走了回來，神色很難看，我忙問道：「怎麼了？」

傑克道：「不錯，王直義是前天下午，上飛機走的，目的地是檳城！」

我肯定地道：「他一定是一到之後，立時又回來的！」

傑克上校冷笑道：「我的大偵探，你可曾算一算，時間上是不是來得及？」

我立時道：「有甚麼來不及？小型噴射機，在幾小時之間，就可以將他帶回來！」

傑克上校冷笑道：「你的推論不錯，不過，我已經叫人，和檳城方面，通過了電話！」

我不禁呆了一呆，道：「那邊的答覆怎樣？」

上校道：「王直義是當地的富豪世家，他一到，就有人盛大歡迎，一直到今天，他不斷公開露面，幾乎每小時都有他露面的記錄，衛斯理，我看你昨天晚上，一定眼睛有毛病！」

可惡的傑克，在如今這樣的情形下，還只管奚落我，而不去探討事實的真相！

昨天晚上我的眼睛有毛病？那絕不可能，我可以百分之百肯定，捱了我一拳的那個人，是王直義。不但我一眼就認出是他，當時，羅定也認出是他，那一定是王直義，這是不容懷疑的事實！

但是，另一宗不容懷疑的事實，卻證明王直義在前天就離開了本市，一直在好幾千哩之外！

我伸手在臉上重重撫著，心緒極亂，傑克上校已下令收隊，並且在威脅那老僕，對老僕說，在王直義回來之後，切不可提起今天之事！

我知道上校爲甚麼要那樣做，因爲王直義如果知道了他今天的行動，而要和他法律解決的話，那麼，上校就麻煩了！

傑克上校遷怒於我，大聲吩咐收隊，自己離去，竟然連叫也不叫我一聲。而我在那時，思緒又亂到了極點，只是愣愣坐著，也沒有注意所有的人已經全走了！

等到我發覺這一點時，我猜想，上校和所有的警員，至少已離去半小時以上了。只有我一個人坐在覺非園古色古香的大廳中，那老僕，在大廳的門口，用疑惑的神色望著我，四周圍極靜。我苦笑了一下，站了起來，老僕連忙走了進來。

我無話可說，只好道：「這麼大的地方，只有你一個人住著？」

老僕道：「我也習慣了，老爺在的時候，他也不喜歡講話，和只有我一個人一樣！」

我嘆了一聲，低著頭向外走去，老僕跟在我的後面，由於四周圍實在靜，我可以聽到他的腳步聲，我一直向前走著，心情煩亂得幾乎甚麼也不能想，終於又嘆了一聲，轉過身來。

我那一下轉身的動作，是突如其來的，在半秒鐘之前，連我自己也想不到，而且，如果有人問我，爲甚麼忽然要轉身，我也一定說不上來，或許我想向老僕問幾句話，可是究竟要問甚麼，我自己也不知道。

也正是由於我的轉身，是如此之突然，所以我發現跟在我身後的老僕，正在作一個十分古怪的舉動，雖然他一發現我轉身，立即停止了行動，但是在那一剎間，我已看到他在幹甚麼了！

那實在叫人莫名其妙，我看到他的手中，握著一個如同普通墨水筆一般大小粗細的管子，那管子顯然是金屬做的。

那金屬管子向外的一端，一定是玻璃，因爲我看到了閃光。

他用那管子，對準著我的背部，就在我突然轉身的一剎間，他以極快的手法，將那根管子，滑進了衣袖之中，時間至多不過十分之一秒！

但是我卻看到了！

我立時呆立不動，老僕也呆立不動，不出聲，可是他臉上的神情，已然明白地告訴人家，他有一件重大的秘密，被人發現了！

而這時候，他雖然兀立著，一動也不動，但是那絕不表示他夠鎮定，而是他實在太驚駭，以致僵立在那裡，不知如何才好！

而在這時，我也有不知如何才好的感覺，我心念電轉間，已經想到，未曾懷疑這個老僕，那實在是我的疏忽，因爲已經證明，一切和王直義有關，而這老僕，又和王直義一起生活，王直義要是有甚麼秘密，瞞不過老僕！

這時我也不知道該怎麼好，事情來得太突然了，在這樣的情形下，要是我採取激烈的行動，對方在僵凝之後所來的反應，可能更加激烈，我就可能一點收穫也沒有！我必須用柔和的方法，以免他在驚駭之餘，有失常的反應，我要好像喚醒一個睡在懸崖旁的人一樣，絕不能驚動他，以免他「掉下去」！

我們就這樣面對面地僵持著，足足有半分鐘之久，我才用十分平常的聲音：「那是甚麼玩意兒？」

果然，我才一開口，老僕就像被利刀刺了一下一樣，直跳了起來，轉身向前便奔，我早已料到他會有這樣的反應，是以我的動作比他更快，在他的身邊掠過，疾轉過身來。老僕收不住勢子，一下子撞在我的身上，而我也立時伸手，緊緊抓住了他的手臂。

當我抓住他的時候，他神色之驚惶，已然到了極點，我反倒有點不忍心起來，安慰他道：

「別緊張，不論甚麼事，都可以商量。」

他口唇發顫，發不出聲音來，而且，汗水自他的額上，大顆大顆，沁了出來。

當汗珠自他的額上沁出來之際，我更加駭異莫名，這時，我離他極近，我可以清楚地看到，他額上的汗珠，只從皺紋中沁出來，而且，他的皮膚，全然不沾汗，汗珠一沁出，就直淌了下來。這只說明一件事，在他整個臉上，塗滿了某種塗料！

他經過精心化裝！

而且，這時，我緊緊抓住了他的手臂，他手臂上的肌肉，十分結實，一個老年人，決不可能還保持著如此結實的肌肉！

他不但經過精心的化裝，而且，毫無疑問，是一個年輕人所扮！

第八部：遇襲喪失視力

當明白了這一點之後，我深深地吸了一口氣：「別緊張，年輕人，別緊張！」「老」僕張大了口，急速地喘起氣來，我知道，在我識穿了他這一點之後，他決不會再有反抗的能力，所以我鬆開了手。

果然，我鬆開了手，他呆呆地站在我的面前，一動也不動，我又道：「怎麼樣，我想我們應該好好地談一談！」

他口唇又動了片刻，才道：「衛先生，我實在很佩服你，我……我知道很多……你的事，我……也知道你的爲人……」

他顯然仍然在極度驚駭的狀態之中，所以講話，有點語無倫次，我將手按在他的肩上：「別驚慌，不會有甚麼大問題的！」

他語帶哭音：「可是，死了一個人！」

我直視著他：「是你殺死他的？」

他駭然之極地搖著頭，又搖著手，我道：「既然不是你殺他的，那你怕甚麼？」

他道：「我……實在害怕，我求求你，你先離去，我會和你見面，讓我先靜一靜，好不好？求求你。今天天黑之前，我一定會和你聯絡！」

我不禁躊躇起來，他的這個要求，實在很難令人接受。

他說要我離去，他會和我聯絡，如果他不遵守諾言呢？現在，他是我唯一的線索，最重要的線索，我怎麼可以讓他離去？

他哀求我時的聲音和神態，都叫人同情，但是，我硬著心腸，搖了搖頭：「不行，現在就談，或者，隨你高興，我們一起到警局去。」

他一聽到「到警局去」這四個字，「騰」地後退了一步，喃喃地道：「何必要這樣？何必要這樣？」

我不理會他在說甚麼，用相當嚴厲的聲音逼問道：「王直義是甚麼人？你是甚麼人？」

他不同答。

我又道：「你們在這裏幹甚麼？」

他仍然不同答。

我提高了聲音：「你剛才手中拿的是甚麼？」

他仍然不回答，但是這一個問題，是不需要他回答我才能得到答案的，他不出聲，我疾伸出手來，抓向他的手臂。

他的手臂向後一縮，但是我還是抓住了他的衣袖，雙方的力道都很大，他的衣袖，「嗤」地一聲，扯了開來，那支金屬管落了下來。

我連忙俯身去拾這支金屬管，可是我絕沒有料到，已經震駭到如此程度，一面流著汗，一面向我哀鳴的人，竟然會向我反擊！

這自然是我的錯誤，我沒有想到，將任何人逼得太急了，逼得他除了反抗之外，甚麼也沒有法子的時候，他就只好反抗了！

就在我彎身下去撿拾那金屬管的時候，我的後腦上，陡地受了重重的一擊。

我不知道他用甚麼東西打我，但是那一擊的力道是如此之重，可以肯定決不是徒手。

我立時仆倒，天旋地轉，我在向下倒地的時候，還來得及伸手向他的足踝拉了一下，我好像感到，我那一拉，也令得他仆倒在地，但是我卻無法再有甚麼進一步的行動，因爲那一擊實在太沉重，以致我在倒地之後，立時昏了過去。

當我醒來的時候，後腦之上，好像有一塊燒紅了的鐵在炙著，睜開眼來，眼前一片漆黑。睜開眼來而眼前一片漆黑，那種漆黑，和身在黑暗之中，全然不同，那是一種極其可怕的。前所未有的感覺，我變得看不見東西了，我瞎了！

我忍不住大叫起來，一面叫，一面直坐起來。

我立時感到，有人按住了我的肩，我拚命掙扎，那人用力按住我。

同時，我也聽到了傑克上校的聲音：「鎮定點，鎮定點！」

我急速地喘著氣：「我怎樣了？我看不見，甚麼也看不見，甚麼也看不見！」

傑克上校仍然按著我的肩，可是他卻沒有立時回答我，他在我叫了幾聲之後，才道：「是的，醫生已預測你會看不見東西，你後腦受傷，影響到了視覺神經，不過，那可能是暫時性的！」

我尖聲叫了起來：「要是長期失明呢？」

傑克上校又沒有出聲，我突然變得狂亂起來，不由分說，一拳就揮了出來。

我不知道我這一拳擊中了上校的何處，但是這一拳，是我用足了力道揮擊出去的，從中拳的聲音，上校後退的腳步聲，以及一連串東西被撞的聲音聽來，上校中了拳之後，一定跌得相當遠。

也就在這時，我覺得突然有人抱住了我，同時，聽到了白素的聲音：「你怎麼可以打人？」

我立時緊握住白素的手，顫聲道：「你……來了，你看看，我是不是睜著眼？」

我聽得出，白素在竭力抑制著激動，她道：「是的，你雙眼睜得很大！」

我叫起來：「那麼，我為甚麼看不見東西？」

白素道：「醫生說，你有很大的復原機會！」

我將她的手握得更緊：「多少？」

白素道：「你腦後受了重擊，傷得很重，發現得又遲，有一小塊瘀血團，壓住了視覺總神經。有兩個方法，可以消除這個瘀血塊，一是動腦部手術，一是利用雷射光束消除它，有辦法的！」

經過白素這樣一解釋，我安心了許多，又躺了下來：「上校！」

傑克上校的聲音很古怪，他立時回答：「算了，不必道歉，我不怪你就是！」

我道：「我應該怪你，為甚麼你自顧自離去，將我一個人留在覺非園？」

我等了很久，沒有聽到上校的回答，想來傑克上校對他當時的盛怒，理也不理我就走，多少感到內疚。我只聽到白素輕輕的嘆息聲：「算了，事情已經發生，怪誰都沒有用了！」

在白素安慰我之外，我才又聽到了上校的聲音，他道：「你在覺非園中，究竟遇到了甚麼了？是誰襲擊你？我們曾找過那老僕，可是他卻失了蹤，我們也和在檳城的王直義聯絡過，他說，他會設法盡快趕回來，告訴我，究竟發生了甚麼事？」

傑克不停地說著，他一定未曾發覺，我越聽越是惱怒，不然，他一定不會再繼續不斷地說下去的，我好不容易，耐著性子等他說完，我還想再忍耐的，但是，我卻實在無法再忍受下去，我的怒意突然發作，我用盡氣力吼叫起來，叫道：「你關心的究竟是甚麼，是案情的發展，還是我盲了雙目？」

上校的聲音有點尷尬：「你不必發怒——」

這一次，我沒有再容他講完，就又叫了起來，我大喝道：「滾出去，滾出去，走！」

我一面叫，一面伸手指向前直指著，我覺察著我的手指在劇烈地發著抖，我喘著氣，只聽得上校苦笑著：「好，我走，你冷靜些！」

他略頓了一頓，接著，又自以爲幽默地道：「不過，我無法照你所指的方向走出去，那裡是牆！」

若不是白素用力按著我，我一定跳起來，向他直撲過去，接著，我聽得一陣腳步聲，想來，離開病房的人相當多，而我的後腦，也在這時，感到一陣難以名狀的刺痛，使我頹然睡倒在床上。

我還是睜大著眼，希望能見到一絲光芒，然而，我甚麼也看不見，一片黑暗。

白素輕柔的聲音，又在我耳際響起，她道：「你不能發怒，必須靜養，要等你腦後的傷勢有了轉機，醫生才能替你動進一步的手術，要是你再這樣暴躁下去，你永遠沒有復明的希望！」

我苦笑著，緊握著她的手，她餵我服藥，大概是由於藥物的作用，我睡著了。在沉睡中，我做了許多古怪、紛亂的夢。在夢中，我居然可以看到許多東西，當我又朦朧醒來時，我不禁懷疑，一個生來就看不見東西的人，是不是也會有夢？如果也有夢的話，那麼，出現在他夢境中的東西，又是甚麼形狀的？

接下來兩天，我一直昏睡，白素二十四小時在我身邊，當我醒來的時候，她告訴我，傑克上校來過好幾次，看來他很急於想和我交談，但是又不敢啓齒。

白素又告訴我，警方正傾全力在找尋那個「老僕」，可是卻一點結果也沒有。

那自然不會有結果，在擊倒了我之後，那「老僕」一定早已洗去了化裝，不知道躲到什麼地方去了！

我在想，我應該將我發現那「老僕」的秘密的經過向上校說一說。可是，即使我說了，又有甚麼用呢？

我記得，我發現那「老僕」的秘密，是由於我突然的轉身，而看到他手中握著一根奇異的金屬管。

直到現在，我還可以肯定，那金屬管，是高度機械文明的產品，和連電燈也沒有的覺非園，完全不相稱。雖然，我不知道那究竟是甚麼東西，以及爲甚麼那「老僕」要用這東西對準了我，但是有一點可以肯定的，便是：覺非園古色古香到了連電燈也沒有，那完全是一種掩飾，一種僞裝！

需要掩飾的是甚麼呢？這一點，我不知道，而且，除了王直義之外，只怕也沒有甚麼人可以解答，而王直義卻離開了本地，雖然那天晚上，我明明在九月咖啡室，曾經見到他！

而那根小金屬管呢？到甚麼地方去了？我記得很清楚，當我倒下去昏過去之前，還曾將那「老僕」拉跌，接著，我也仆倒在地，將那金屬管，壓在身體之下，而那「老僕」倉皇逃走。那金屬管是壓在我身子下面的，如果不是那「老僕」去而復轉，那麼，警方發現我時應該發現那個金屬管。

可是，爲甚麼傑克上校未曾向我提及呢？

我伸手向床邊摸索著，白素立時問：「你要甚麼？」

我道：「我的東西呢？我是說，我被送到醫院來之前，不是穿這衣服的，我的衣服，我的東西呢？」

白素道：「全在，我已經整理過了，我發現有一樣東西，不屬於你。」

我吸了一口氣，同時點頭：「一根圓形的金屬管？」

白素道：「對，我不知道這是甚麼，但是我知道那東西一定很重要，所以我一發現它，就收了起來，而且，這兩天我詳細研究過這東西。」

我的呼吸有點急促：「那是甚麼？」

白素的回答令我失望：「不知道，我不知道那是甚麼，它的構造很複雜。」

我又道：「至少，看來像甚麼？當時，持著這金屬管的人，正將它有玻璃的那一部分，對準了我的背部，那是甚麼秘密武器？」

白素道：「不是，它看來好像是攝影機，或者類似的東西！」

我沉默了一會，才道：「將它藏好，別讓任何人知道你有這東西，等我恢復了視力再說。」

白素答應著，這時，傳來叩門聲，白素走過去開門，我立時道：「上校，你好。」

我自然看不見進來的是誰，但是上校的那種皮鞋谷谷聲，是很容易辨認出來的。

我叫了他一聲之後，上校呆了片刻，才道：「我才同醫生談過，他說你的情形，大有好轉！」

我苦笑著：「這情形，只怕就像你應付新聞記者的問題一樣，是例行公事。」

上校來到了我床邊，又停了片刻，才道：「王直義從檳城回來了！」

我覺得有點緊張，這種情形，當我失去我的視力之際，是從來也未曾發生過的！

我之所以覺得緊張，是因為我已經可以肯定，王直義是一切不可思議的事的幕後主持人，也就是說，他是最主要的敵人。

我喜歡有他這樣的勁敵，如果我像往常一樣，我自信有足夠的能力，可以和他周旋到底。

可是，現在我是一個瞎子，而王直義又是掩飾得如此之好，隱藏得如此周密的勁敵！

傑克上校接下來所說的話，令得我更加緊張，使我手心隱隱在冒著汗。

他道：「王直義和我會見之後，提出的第一個要求，就是他要見你！」

心裡越是緊張，表面上就越要裝得平淡無事，這本來就是處世的不二法門，尤其在我這種情形之下，更加應該如此。

我裝著若無其事地道：「他要見我作甚麼？表示歉意？」

上校的聲音，有點無可奈何：「我不知道，他從機場直接來，現在就等在病房之外，我想他一定有極其重要的事！」

我又吃了一驚，上校道：「你見不見他？」

我心念電轉，是不是見他？我還有甚麼法子，可以避免在失明的時候，再對勁敵？我考慮的結果是，我沒有別的法子！

所以我道：「好的，請他進來！」

上校的腳步聲傳開去，接著是開門聲，又是腳步聲，然後，我可以感到我全身的每一根神經都在緊張，因爲我覺出王直義已來到了我的身邊，王直義的聲音，聽來很平靜，和我上次去見他的時候，完全一樣，也和在九月咖啡室中，他說話的聲音，完全一樣。

他道：「我聽得上校提及了你的不幸，心裏很難過，希望你很快就能復原！」

我也竭力使我的聲音鎮定：「謝謝你來探望我。」

王直義靜了下來，病房中也靜了下來，像是在那一剎間，人人都不知道這應該如何開口才好。

過了好一會，傑克上校才道：「王先生希望和你單獨談話，不想有任何人在旁，你肯答應麼？」

我早已料到，王直義來見我，大有目的，也料到他會提出這一點來。

白素立時道：「不行，他需要我的照顧，不論在甚麼情形之下，我都不會離開他半步！」

我點了點頭：「是的，而且，我和我的妻子之間，根本沒有任何秘密，如果有人需要離開的話，只有上校，或者，王先生。」

我的意思再明白也沒有了，只有白素在，我才肯和王直義談論，不然，王直義大可離去！

病房中又靜了下來，我猜想在那一剎間，傑克上校一定是在望向王直義，在徵詢他的同意。

而在那一剎間，我自己心中在想：上校和王直義之間，究竟有著甚麼默契？他們兩人，一定是不可能有甚麼合作的，上校之所以代王直義提出這一點來，無非是爲了尊重王直義是一個大財主而已！

病房中的沉靜，又持續了一會，才聽得王直義道：「好的，上校，請你暫時離開一會。」

我又猜想，上校的神情一定相當尷尬，但他的腳步，立時傳開去，接著，便是房門關上的聲音。

我判斷病房之中，已經只有我們三個人，我首先發動「攻勢」：「王先生，你有甚麼話說，可以放心說，因爲凡是我知道的事，我太太也全都知道！」

我本來是不想這樣說的，而且，事實上，我也未曾將一切的經過，全告訴白素，白素也沒有問過我。

而我決定了那樣說，也有道理，我不知道王直義在做些甚麼，但至少知道，他在做的一切，絕不想被外人知道。

而我，對他來說，已經成爲「知道得太多的人」，如果他不想被別人知道的話，他就會設法將我除去。

而我這樣說，也並不是想拖白素落水，而是給王直義知道，他要對付的話，必須同時對付我們兩個人，他應該知道，那並不是容易的事。

本來，我在外面一切古怪的遭遇，是我獨立應付的多，中間也有和白素合作的。但是現在，我需要白素的幫助，因爲我看不見任何東西。

白素一定也明白這一點，所以她才堅持要留在我的身邊。我的話出口之後，聽到了王直義深深的吸氣聲，接著，他道：「衛先生，原來你第一次來見我，就是爲了郭先生失蹤的事。」

我也立時道：「不錯，所謂房屋經紀，只不過是一個藉口而已！」

王直義乾笑了兩聲，從他那種乾笑聲判斷，他並不是感到甚麼，而只是感到無可奈何。

接著，他又道：「衛先生，現在，你已經知道得不少了？」

我冷笑著，道：「那要看以甚麼標準來定，在我自己的標準而言，我應該說，知道得太少了！」

王直義道：「你至少知道，所有的事情，和我有關！」

我故意笑起來：「若是連這一點也不知道，那麼，我不是知道得太少，而是甚麼也不知道了！」

王直義跟著笑了幾聲，他果然不是一個容易對付的人，因爲他竟立時開門見山地問我：「要甚麼條件，你才肯完全罷手，讓我維持原狀？」

這是一個很簡單的問題，但是也是一個咄咄逼人，很厲害的問題，這是一個逼著人立時攤牌，毫無轉圜餘地的一個問題！

我的回答來得十分快，我猜想，王直義一定也感到我很難應付。

我立時道：「讓我知道一切情形，然後，我再作判斷，是不是應該罷手！」

我自然看不到王直義的神情，但是從聽覺上，我可以辨出，他的呼吸突然急促起來了，那表示他十分憤怒，幾乎不能控制自己了！

我不出聲，等著他的反應，過了好一會，他才道：「你所知道的一切，其實並不構成任何證據，要知道，我根本不在本市！」

我道：「是的，我也無意將一切事告訴上校，你也決不會上法庭，不過，我不會罷手，你要明白這一點，我不會罷手，即使我現在瞎得像一頭蝙蝠！」

王直義又急速地喘了一回氣，才道：「衛先生！」

他先叫了我一聲，然後，顯然斂去了怒意，聲音變得平靜了許多：「你不會明白我在做甚麼的，你不會明白，沒有人會明白——」

他講到這裡，又頓了一頓，然後，從他的語調聽來，他像是感到了深切的悲哀：「郭先生的失蹤，完全是一個意外。」

我立時道：「那麼，陳毛的死呢？」

王直義苦笑著：「更是意外！」

我再問道：「羅定的失蹤呢？」

王直義沒出聲，我再道：「我的受狙擊呢？」

王直義仍然不出聲，我的聲音提高：「王先生，你是一個犯罪者，雖然法律不能將你怎樣，但是我不會放過你！」

我聽到王直義指節骨發出「格格」的聲響，我想他一定是因爲受了我的指責，在憤怒地捏著手指。

過了好一會，白素才道：「對不起，王先生，如果你的話說完了，他需要休息！」

我沒有再聽到王直義講任何的話，只聽到了他代表憤怒的腳步聲，走了出去。

接著，便是傑克上校走了進來，向我提出了許多無聊幼稚的問題，好不容易，我用極不耐煩的語氣，將他打發走了，白素才在我的耳際道：「既然你剛才那麼說了，我想知道一切事情的經過！」

我點著頭，將我所經歷的一切，和我所猜想的一切，全都告訴了她。

白素一聲不響地聽著，直到我講完，才道：「剛才，王直義一度神情非常無可奈何，像是想取得你的同情和諒解，但是終於又憤怒地走了！」

我道：「要看他是不是我所指責的那樣，是一個犯罪者，只要看是不是有人來對付我們就行了，我想，得加倍小心！」

白素有點憂慮，因爲我究竟是一個失明的人，她道：「是不是要通知傑克，叫他多派點人來保護？」

我搖頭道：「不要，與其應付他查根問底的追問，不如應付暗中的襲擊者了！」

白素沒有再說甚麼，只是握緊我的手。

可能是我的估計錯誤了，接下來的三天，平靜得出奇，傑克來看我的次數減少，我在醫院中，未曾受到任何騷擾。

醫生說我的傷勢很有好轉，快可以消除瘀血團，恢復我的視力。

而事實上，這幾天之中，我雖然身在病房，一樣做了許多事，小郭事務所中的職員，不斷來探望我，我也對他們作了不少指示，小郭仍然蹤影全無，也未曾再有不可思議的電話打回來，而羅定的情形也一樣。

我仍然不放棄對王直義的監視，但是那幾位負責監視的職員說，自從進了覺非園之後，王直義根本沒有再出來過，他們簡直無法想像，他一個人在覺非園之中，如何生活。

一直到了我要進行雷射消除瘀血團的那一天，事情仍然沒有變化，而我的心情，仍然很緊張，我不知道手術是不是會成功，要是成功的話，自然最好，要不然，我還會有希望麼？

我被抬上手術檯，固定頭部，我聽得在我的身邊，有許多醫生，在低聲交談，這種手術的例子並不多見，我這時，頗有身爲白老鼠的感覺。

我被局部麻醉，事實上，也和完全麻醉差不多，我不知道手術的過程，經過了多久，但是突然間，我見到光亮了！真的，那是切切實實，由我雙眼所見到的光亮，而不是夢境中的光亮。

然後，我辨別得出，那是一個圓形的光，就在我的頭前，接著，這團圓形的光亮，在漸漸升高，而在我的眼前，出現了不少人影。

我聽到醫生的聲音：「如果你現在已能看到一點東西，請你閉上眼睛一會！」

我聽得出，醫生在這樣說的時候，語調緊張得出奇。自然，他們無法知道我已經可以看到東西，我行動如何，便是手術是否成功的回答！

我本來是應該立時閉上眼睛的，如果我那樣做的話，我想我一定會聽到一陣歡呼聲。

然而，就在我快要閉上眼睛的那一剎間，我腦中突然電光石火也似，興起了一個念頭！我的視力已經恢復了，但是，如果王直義不知道這一點呢？

第九部：同謀者來訪

如果他一直以為我是個瞎子，那麼，我就可以佔莫大的便宜。當然，我可以要求醫院方面保密，但是有甚麼比我這時，根本不閉上眼睛好呢？

我仍然睜著雙眼，我聽到了一陣無可奈何的低嘆聲，事實上，這時我已經可以看到，圍在我身邊的那幾位醫生那種極度失望的神情，在那一剎間，我真對他們有說不出來的抱歉之感。

我聽得一位醫生道：「可以再使用一次！」

但是主治醫生在搖頭道：「至少在三個月之後，不然對他的腦神經，可能起不良影響！」

我覺得我應該說話了，我用微弱的聲音道：「我寧願三個月之後，再試一試！」

主治醫生嘆了一聲，低身下來，我可以清楚地看見他面上的皺紋，老實說，我未曾見過比這次更成功的手術，但是我必須隱瞞。

他用一具儀器，照視著我的瞳孔，我知道他檢查不出我是偽裝的，因為我的失明，是視覺神經的被遏制，並非是眼球的構造有了任何毛病。

一出手術室，白素已經迎了上來，她顯然已經得到了「壞消息」，是以她神情悲戚，不知如何安慰我才好，她憔悴得很，我在她扶持下，回到了病房。

一直到夜深人靜，肯定不會有人偷聽之後，我才將實情告訴她。

白素聽了之後，呆了半晌，才道：「我一向不批評你的行為，但是這一次，你卻做錯了，你沒有想到，這對於盡心盡意醫你的醫生來說，太殘酷了！」

我苦笑道：「我知道，但是必須這樣做，因為要應付王直義，明天我就出院回家，讓王直義以為我還是一個瞎子！」

白素嘆了一聲，搖了搖頭，顯然她仍然不同意我那麼做，但是又知道我已經決定了，勸也勸不回頭，所以只好搖頭。

第二天，在醫生的同意下，搬回家中，一切行動，仍需人扶持，傑克上校也趕來看我，古語說冷眼觀人生，我這時的情形，庶幾近似，我明明看得見，他們以為我甚麼也看不到，如果不是我心中有著一份內疚的話，那倒是一件十分有趣的事。

回到了家中之後，不到半小時，就有電話來找我，白素接聽的，她聽了一句，就伸手按住了電話筒：「一個陌生的聲音！」

我接過電話來，首先，聽到一陣喘息聲，接著，一個人急促地道：「衛先生，原諒我，我不是故意的，當時我實在太焦急了！」

我一聽，就聽出那正是「老僕」的聲音，我心中不禁狂喜。我立時厲聲道：「你最好躲起來，不然，我會將你扼死！」

那「老僕」喘著氣：「不，我要來見你！」這真出乎我的意料之外！

在如今這樣的情形之下，那個曾經襲擊我，令得我幾乎終生失明的「老僕」，竟然會主動地來要和我見面，實在有點不可思議。

其中，是不是有陰謀？

一時之間，我難以決定如何回答對方，而在電話中，我聽到了他急速的喘息聲，我覺得這種表示內心焦急的喘息，不像假裝。

在我還未曾出聲前，那「老僕」又以十分急促的聲音道：「我知道，我曾令你受傷，但是你一定要見我！」

我想到話來回答他了，我徐徐地道：「你說錯了，我不能見你，我甚麼也看不到！」

我在電話之中，聽到了一陣抽搐也似的聲響，接著，他又道：「我真不知怎樣後悔才好，不過，我有很重要的話對你說！」

我又保持了片刻的沉默，才道：「好吧，如果你一定要來，我在家裏等你，因爲我不能到任何地方去，而且，我也不想到任何地方去！」

那「老僕」連忙道：「好，好，我就來！」

我放下了電話，白素向我望來，我道：「是那個曾在覺非園中襲擊我的人，我知道他在一連串神秘事件之中，他的地位，和王直義同樣重要！」

白素面有憂色：「是不是有甚麼陰謀？」

我道：「不管他是爲甚麼而來，對我都有利，因爲，就算他不來找我，我也要去找他！」

白素點了點頭，我道：「由我一個人來應付他！」

白素現出疑惑的神色來。

我笑了起來：「別擔心，我不是真的看不見東西，假裝的，如果這傢伙懷有甚麼目的而來，只要他真的相信我看不到東西，他就不會掩飾，我也容易洞察他的陰謀，如果有你在一旁，那就不同了！」

白素道：「說得對。」

我笑了笑：「也好！」

白素在一扇屏風之後，躲了起來，而我則坐著，儘量將自己的神情，控制得看來像一個瞎子。

約莫十五分鐘之後，門鈴響了，我大聲道：「推門進來，門並沒有鎖！」

門推開，有人走了進來，可是，我卻並沒有抬頭向他看去，我並不急於看他是甚麼模樣，我總有機會看到他是甚麼樣子的，我這時，最主要的一點，就是要他相信，我不能看到東西！

我看到一雙腳，停在門口，好像在遲疑，我揚起頭來：「爲甚麼不進來？」

那「老僕」走了進來，順手將門關上，來到了我的對面，我道：「本來，我不應該再和你會面的，你令得我嘗到人生最痛苦的事！」

我在那樣說的時候，故意對錯了方向，但這時我已經抬起了頭來，可以看得淸他的模樣了。

在我的意料之中，他是一個年輕人！

可是他的年紀是如此之輕，這卻又是我所想不到的，他大約只有二十三四歲，面色很蒼白，而且在不停搓著手，當我那樣說的時候，他伸出雙手在衣服上抹著手心中的汗：「我……我……」

看他的樣子，像是想對我表示歉意，但是卻又不知道如何說才好。

我嘆了一聲：「不過，你既然來了，那就請坐吧，如果你需要喝酒，請自己斟，我對黑暗，還是不十分習慣，而家中又沒有別人。」

他在我的面前坐了下來，我發覺他的手，在微微發抖，他向我伸出手來，在那一刹間，我不禁陡地緊張了起來，因爲我不知道他要做甚麼！

不過，我儘量保持著鎮定，我一動也不動地坐著，當他微顫的手，快要伸到我面前之際，我仍然一動也不動，而且，臉上一點警惕的神情也沒有，要做到這一點，並不是容易的事。

但是，我相信我做到了這一點，因爲他的手，在快要碰到我的時候，又縮了回去。

我的估計是，他剛才的動作，只是想碰我一下，安慰一下我這時「不幸」的遭遇，多半是不會有甚麼惡意的！

他只望著我，不出聲，我也不出聲，過了足有一分鐘之久，他才喃喃地道：「衛先生，請原諒我，我……當時實在太吃驚了！」

我皺了皺眉，伸手在裹著紗布的後腦撫摸了一下，接著，我揮了揮手：「算了，你不見得是爲了說這種話，才來找我的吧！」

他點了點頭：「不，不是。」

我道：「那就好了，當時，你在做甚麼事，你手中的那金屬管，是甚麼東西？用它對準了我，是在幹甚麼？你說！」

那「老僕」在我一連串的問題之下，顯得極其不安，他不斷地搓著手：「衛先生，我的名字叫韓澤。」

我呆了一呆，他答非所問，看來是在規避我的問題，毫無誠意。

但是，他對我說出了他的姓名，好像他又有對我從頭說起的打算，他先竟打算怎樣呢？韓澤這個名字，對我來說，一點作用也沒有，我從來也未曾聽過這樣的一個名字。

當我想到這一點的時候，我腦中陡地一亮，這個名字，我雖然未曾聽到過，可是，是在甚麼地方，看到過的，我自詡記憶力十分強，應該可以想得起來的。

果然，我想起來了，在一本雜誌中，曾介紹過這個人。韓澤，他自少就被稱為數字天才，十六歲進了大學，二十歲當了博士。

對了，就是他！

我點了點頭，道：「韓先生，你就是被稱為數學界彗星的那位天才？」

韓澤苦笑了一下：「衛先生，原來你看過那篇文章，不錯，在數學方面，我很有成就，不過，比起王先生來，我差得太遠了！」

我一聽，心中一凜，霍地站了起來，在那一剎間，我幾乎忘了假裝自己看不到東西了。

他那樣說，那麼，王直義的身份，就實足令人吃驚了，如果他口中的「王先生」就是王直義，那麼，毫無疑問，這位王先生，實際上是科學界的怪傑，曾經參與過世界上最尖端科學發展的大數學家、大物理學家，曾經是愛因斯坦最讚許的人物：王季博士！

韓澤仰著頭看著我，我笑著，我不去望他，仰著頭，道：「你說的王先生，是王季博士？」

韓澤點頭道：「是，是他。」

我又道：「他就是王直義？」

韓澤又點了點頭，但是沒有出聲，我是「看不見東西」的，是以我當然應該看不見他的點頭，所以我又大聲道：「是他？」

韓澤吞下了一口口水，才道：「是他！」

我呆了半晌，才道：「我不明白，像你們這樣，兩個傑出的科學家在一起，究竟是在幹甚麼，爲甚麼你們要隱去本來面目，爲甚麼你們要化裝？」

韓澤的口唇顫動著：「我們……正在作一項實驗。」

我冷笑著：「你們的行動，全然不像是在做實驗的科學家，只像是在計劃犯罪的罪犯！」

韓澤又震動了一下，才道：「我們本來也不想那樣做的，但是你知道，這項研究，需要龐大得難以想像的資金，我們自己，一輩子也難以籌集這筆資金，必須有人支持，而……而……」

韓澤講到這裏，現出十分驚惶的神色來，四面張望著，像是怕他所講的一切，被旁人聽了去。

我吸了一口氣：「怎麼樣？」

韓澤語帶哭音，道：「我……我是不應該說的，我們曾經答應過，絕不對任何人提起的，我真不知道我是不是應該說！」

他雙手互握著，手指纏著手指。

屋子裏很靜，我不得不佩服白素，她躲在屏風之後，連最輕微的聲音都沒有發出來。

我冷冷地道：「你不說也不行，因爲你的行藏，已經暴露，作爲一個科學家，你應該有你的良知，你不能在行藏暴露之後，用犯罪行爲去掩飾！」

我一面說，一面面對著他，我發現他的額上，汗珠在一顆一顆地沁出來。

我知道，他之所以來找我，就是因爲他受不了良心的譴責所致，在那樣的情形下，我只要再逼他一逼，他一定會將所有的事全講出來！

所以我在略停了一停之後，又道：「郭先生失蹤，陳毛死亡，羅定也失蹤，我想，這全是你們用犯罪來掩飾行藏的結果，是不是？」

韓澤雙手亂搖：「不是，不是，那完全是意外，意外！」

他雙手揮著拳，揮動著，神情很激動。

我略呆了一呆：「你們的實際工作是甚麼？」

害。

韓澤的口唇，不斷顫動著，但是他卻沒有發出任何聲音來，顯見得他的內心鬥爭得很厲害。

我就在這時，厲聲道：「你應該將一切全說出來，不應該再有任何猶豫！」

韓澤站了起來，仍是一副不知所措的神氣，我神色也變得更嚴厲，韓澤道：「我……實在不能說，支持我們作實驗的人——」

他講到緊要關頭，又停了下來，我心頭火起，厲聲喝道：「你要就說，要就快滾！」

我伸手向前直指著，韓澤站了起來，離開了沙發，連連後退。

當他退到門口的時候，他幾乎哭了出來，哽著聲音叫道：「求求你，別逼我，我不能說，要是我說了出來，一定會死的！」

我冷笑道：「那你找我幹甚麼？」

他苦著臉：「我來請你，將那……具攝影機……還給我！」

我略呆了一呆，立時明白他是指甚麼而言了，他口中的「攝影機」，一定就是那根金屬管，這是甚麼樣的攝影機呢？據白素說，構造極之複雜，她從來也沒有見過。

而他居然還有勇氣向我提出這樣的要求來，真是厚面皮之極了，我冷笑道：「不能，我要憑這東西，來證明你的犯罪！」

韓澤的聲音，變得十分尖銳：「你鬥不過他們的，你甚麼也看不到，你一定鬥不過他們，爲了你自己，爲了我，求求你，別再管這件事了，只要你不再管，就甚麼事也沒有了！」

我冷笑道：「太好笑了，郭太太每天以淚洗面，在等她的丈夫回來！」

韓澤道：「郭先生會回來的，他……只要我們能定下神來，糾正錯誤，他就可以回來了！」

我聽他講得十分蹊蹺，忍不住問道：「郭先生在甚麼地方？」

韓澤雙手掩著臉：「別逼我！」

他倏地轉過身去，拉開門，走出去，門立時關上，我還聽得「碰」地一聲，我連忙奔到門後，還可以聽到他背靠著門在喘氣。

我拉開門來，韓澤立時向前奔去，他奔得如此之快，完全像是一頭受了驚的老鼠，我本來想追上去的，但是略一猶豫之間，他已奔到了馬路中心，而就在這時，一輛汽車疾駛而來，在韓澤的身邊，緊急煞車，發出了一陣極難聽的吱吱聲。

我看到，韓澤一轉頭，看了看車子，現出駭然的神色來，接著，車中跳出了兩個大漢，韓澤好像想逃，那兩個大漢，已經一邊一個，挾住了他，我看到這種情形，心中十分爲難，我出聲，就表示我看到了一切，我僞裝甚麼也看不見的計劃，就要失敗，而如果我不出聲，韓澤這時的處境，卻大是不妙！

我只考慮了極短的時間，我看到韓澤在那兩個大漢的挾持之下，略為掙扎了一下，便已然被推進了車中。

我陡地大聲叫了起來：「韓先生，請回來，我有話要對你說！」

我這樣叫法，可以使人聯想到，我實際上是看不到發生了甚麼事的，而我的叫嚷，可能對韓澤有所幫助。但是我的叫嚷，一點用處也沒有，韓澤被推進了車子，那兩個大漢，也迅速上車。

其中的一個大漢，在上車之際，回頭向我望了一眼，車子立時以極高的速度，向前駛去，幾乎和迎面而來的一輛汽車，撞了個正著，在那輛幾乎被撞的車子的司機喝罵聲中，車子已經駛遠了。

我站在門口，心頭怦怦亂跳，我之所以吃驚，並不是因為韓澤的被劫持，而是韓澤說，在他和王直義之後，還有一個「幕後主持人」，要是他透露了有關他們研究工作的秘密，那「主持人」一定不會放過他。

我還沒有機會獲知韓澤和王直義的幕後主持人是甚麼人，但是剛才，那劫持韓澤上車的兩個大漢之一，曾回過頭來，望了我一眼，使我看清了他的臉，這就夠叫我吃驚的了！

我認得這個人，這個人的外號叫「鯊魚」，他是一個極有地位，而且在表面上，早已收了山的黑社會頭子，據說，鯊魚控制著世界毒品市場的七分之一，這個統計數字，從何而來，不得而知，但是由此也可知他勢力之龐大。

我吃驚的，還不單是認出了「鯊魚」，而是像鯊魚這樣身份的人，居然會親自來幹劫持韓澤這樣的事！

照常理來說，像這種事，鯊魚只要隨便派出幾個手下來幹就可以了，絕不會親自出馬！

但是，剛才我的而且確，看到了鯊魚，他額上那條斜過眉毛的疤痕，瞞不了人，我曾在公共場合，和他見過好多次。

我立即想到的事，鯊魚一定不是那個「幕後主持人」，他之所以會來幹劫持韓澤的勾當，完全是因爲他受了指使之故。

那也就是說，那個「幕後主持人」的地位，高到了可以隨便指揮像鯊魚這樣的大頭子去幹一件小事的地步！

我對於世界各地的犯罪大頭子，相當熟悉，鯊魚本身也是第一流地位的大頭子之一，像這一類大頭子，全世界不會超過五十人。

所以，我實在無法想得出，能夠叫鯊魚來幹這種事的人是甚麼人！

我呆立在門口，街上已完全恢復了平靜，我聽到白素的腳步聲在我身後傳來，我並不轉過頭去，仍是怔怔地站著：「韓澤被人推了上車，推他上車的人之中，有一個是鯊魚。」

白素自然也知道「鯊魚」是何方神聖，她聽了之後，嚇了一大跳：「你看錯了吧！」

我轉過身，和她一起回到屋中，關上門：「不會錯，而且，要是料得不錯的話，鯊魚也看到了我，他當然知道我是甚麼人，只怕他就要找上門來了！」

白素的神色很難捉摸，我看得出她並不是害怕，而只是厭惡，她不願和「鯊魚」這樣的人，有任何方式的聯絡和接觸。

我苦笑了一下：「放心，他現在是正當商人，我想他不敢露原形，他花了至少十年的時間來建立目前的地位，要是真有甚麼事發生的話，他就完了！」

白素道：「那麼，他爲甚麼會來找你？」

我徐徐地道：「只不過是我的猜想，我想，他會對我威逼利誘，叫我不再理這件事。」

白素皺著眉，不出聲，我回到了書房，在白素的手中，接過那金屬管來，仔細看著，又用一套工具，將之小心地拆了開來。

第十部：大量金錢的收買

那是一具攝影機麼？我自己問我自己。我已經在韓澤的口中，知道那是一具攝影機，可是看來看去，這是一具甚麼樣的攝影機呢？它的一端，像是凸透鏡一樣的玻璃裝置，可以說是鏡頭，但是我卻從來也未曾看見過這樣子的鏡頭。

而且，在這根金屬管之中，還有著複雜的無線電控制裝備，許多由集積電路合成的組合，看來倒像是一具小型的電腦。

（一九八六年按：微型電腦用在攝影機上，當時是幻想小說的題材，現在已普遍之極。）

我足足花了一小時去研究這件東西，將之全拆了開來，又逐件合攏，在拆開和合攏的過程之中，我將它全拍攝了下來。我在那樣做的時候，我又想到，如果韓澤想要回這件東西，那麼，「幕後主持人」一定也懷有同樣的目的。本來，我根本沒有將這個「幕後主持人」放在心上，可是在看到了鯊魚之後，我的想法改變了。

我想到，我可能會被逼將這件東西交出去，這是我唯一保留的物證，而如果我拍攝了許多照片，那麼我一樣可以去請教有關方面的專家，認出這件東西，究竟有甚麼作用，那對我會很有利。

當我做完了這些工作之後，天色已經漸漸黑下來，也就在這時，我聽到接連幾輛車子停下來的聲音，我趕快來到窗口，將窗簾拉開少許，向下看去，我看到三輛大房車，停在我門口，有兩個人正下車，走向我的門口，伸手按鈴。

我認出，其中一個身形高大，西服煌然的，正是鯊魚，而在他身後的那個人，身子比他更高，更粗偉，手中提著一隻極大的鱷魚皮旅行袋。

我來到書房門口，聽到白素道：「對不起，衛先生從醫院回來之後，心情很不好，我想他不會想與任何人談話，請兩位——」

鯊魚啞著聲道：「衛太太，至少他今天已和一個人談過話，我姓沙，我絕對沒有惡意！」

我從書房口，走到樓梯口，大聲道：「哪一位一定要見我？」

我在發話的時候，揚著頭，裝出一副盲人的神態，鯊魚提高了聲音：「是我，衛先生，鯊魚！」

我皺著眉，手一直不離開樓梯的扶手，慢慢向下走來，到了樓下，我看到白素仍然站在門口，攔住了鯊魚和他的手下。

我當然不能有任何預知他會來到的表示，所以當我站定之後，我以極度疑惑的神情和聲音，問道：「鯊魚？你不會是那個——」

我的話還未曾講究，他已經接口道：「我正是那個鯊魚，衛先生！」

我雙手向前伸著：「請進來！」

白素快速轉過身，向我走來，扶住我，鯊魚和他的手下，也走了進來，我和鯊魚面對面坐了下來。

這件事，會發展到了我和鯊魚這樣的黑社會大頭子面對面相坐的地步，是我絕想不到的事。然而，鯊魚還不可能是這件事的「幕後主持人」，真正的「幕後主持人」，我無法想像。同樣地，我也無法想像，王直義和韓澤兩人在研究的究竟是甚麼課題。

照說，如此著名而有成就的科學家，絕不應該和「鯊魚」這樣的黑社會大頭子發生任何關係，但是從現在的情形看來，他們之間，顯然極有關聯。

事情既然是如此之詭譎，我自然也沒有甚麼可說的了，我只是呆呆地坐著，不出聲，看來，像是毫無戒備的能力。

鯊魚先開口：「衛先生，久仰大名！」

他講了這句話之後，忽然又打了一個「哈哈」：「我認識的很多人，他們都吃過你的苦頭！」

我淡淡笑了一下，我知道，這只不過是在引開話頭而已，他來找我，決不是來和我閒談的。

我淡然道：「請你直說有甚麼事，因爲我想不出你我之間，有甚麼值得見面之處！」

鯊魚卻儼然像是大哲學家一樣，拖長了聲音：「別那麼說，人和人之間，總有機會發生關係的，衛先生，有一件工作，需要高度的機密，不能被人知道，我想請你做這件事的保安主任！」

我呆了一呆，他的話，一時之間，我還無法完全弄得明白。

我只好道：「對不起——」

我講到這裡，停了下來，我的話，是在強烈地暗示，他是一個犯罪分子，我是不會和他同流合污。鯊魚能夠混到今天的地位，當然是一個頭腦極其靈活的人，一聽就明白了我的意思，立時笑道：「衛先生，你放心，這件事，不是我的本行，事實上，我也只是受人所託，本來，這件事的機密工作，是由我來負責的，可是我顯然不稱職，所以我推薦你！」

我心中陡地一亮，已經直覺地知道，他所說的那件事，一定就是王直義、韓澤兩人在研究著的這件事！

但是我卻仍然假裝不明白，我道：「沙先生，你做不了的事，我也未必做得成功，而且，你看我，我喪失了視力，現在幾乎甚麼也不能做了！」

鯊魚發出一連串很難形容的聲音：「你太客氣了，事實上，這件工作，你不必花甚麼心思，只要動一點腦筋就行了！」

他略停了一停，看到我沒有甚麼特別的反應，才又道：「我可以保證——」

他又自嘲似地笑了一下：「或許我的保證沒有甚麼用，但是請你相信我，這件事，絕對和犯罪事件無關，是一件很正當的事。」

我乾笑了兩聲：「你的神態如此神秘，究竟是甚麼事？」

我看到鯊魚在搖著手，好像很難開口，但是他終於道：「事情說出來，也很簡單。有一位偉大的科學家，他有一種設想——對於科學，我是一竅不通的——他正在研究，他的研究，需要一個極度機密的環境，所以，才想請你來作幫手！」

鯊魚已經將話講到了這一地步，如果我再裝著不知道，鯊魚是何等精明之人，一定反會惹起他的疑心，而給他看出破綻來。

所以，我自然而然地笑了起來：「沙先生，你真聰明，或者說，你們真聰明，你不是來要我保守秘密，反倒要我保護秘密！」鯊魚也笑了起來：「你已經料到是甚麼事了，韓澤剛才來找過你，對不對？」

我道：「是的，可是他的膽子很小，甚麼都沒有對我說，又急急走了！」鯊魚道：「那是他聰明，而你，衛先生，如果你接受這份職位，這裏就是聘金！」

鯊魚伸過手去，在他的一個手下手裏，取過那隻鱷魚皮包來，放在几上，拉開了拉鍊，將皮包口拉了開來。我立時看到，那是滿滿一皮包，一百元面額的美鈔，一時之間，我也無法估計究竟有多少。當皮包拉開的時候，鯊魚緊盯著我，顯然，他對我是不是真的眼盲，還有所懷疑，不然，他也不會趁機來察看我的反應！

但是鯊魚在這時注視我，不會得到甚麼，他自然想到，一般人一下子見到了那麼多的鈔票，難免會有一點異樣的神情。

但是我卻有一個好處，我自己不算是怎麼有錢，可是我卻有很多機會，看到過大量的錢，超過這一皮包美鈔更多不如多少倍的財富，我也見過不止一次，所以可以完全不動聲色。鯊魚提高了聲音：「你看看！」

我平靜地道：「我看不見！」

鯊魚伸手抓起了一大把美鈔來，塞到我的手中，我握住了一把美鈔，撫摸著：「是鈔票，美鈔？」鯊魚道：「是的，一共是兩百萬，只要你點點頭，全是你的！」

我鬆開手，任由鈔票落下來：「你們肯花那麼高的代價來收買我，看來有點駭人聽聞！」

鯊魚盯著我，緩緩地道：「要是花了那麼高的代價，仍然不行，那才真駭人聽聞！」

我立時道：「沙先生，剛才你保證這件事和犯罪無關，可是據我所知，已經有兩個人失了蹤，一個人神秘死亡，你又怎麼解釋？」

鯊魚略呆了一呆，才道：「我已經聲明過，對於科學，我一點不懂，據他們說，那只不過是意外，絕不是有意造成的。」

我吸了一口氣：「這句話，我已經聽過好幾遍了，可是，甚麼樣的意外，能造成死亡和失蹤？」

鯊魚不出聲，我看到他的臉色很難看，我又道：「你們大可以製造另一次意外，使我也成為意外中的人物，可以省回這一筆錢！」

鯊魚的臉色更難看，他挺了挺身，在這時候他顯露出黑社會大頭子的那股狠勁來，他道：「第一，拿錢出來的人，根本不在乎錢；第二，如果你真的要作對到底，那麼，你所說的事，也不是不可能發生！」

他在出言威嚇了，我嘿嘿冷笑起來：「好，那麼我就等著這件事發生！」

鯊魚霍地站了起來，神色憤怒，看他的樣子，他立即準備離去。

但是，他盯了我片刻：「為甚麼？你已經付出了很大的代價，你變成了瞎子！」

我立時道：「是的，你說得對，我已經付出了很大的代價，所以總要取回一些甚麼來。」

他抬腳踢著咖啡几：「這許多錢，就是你能取回來的東西！」

我嘆了一聲：「沙先生，你不明白，我不要錢，我已經有足夠的錢，衣食無缺，所以，更多的錢，無法打動我的心！」

他俯下身子來，向著我大聲吼叫道：「那麼，你需要甚麼？」

我道：「我需要明白事情的真相，需要郭先生和羅定回來，需要明白陳毛的死因！」

鯊魚的呼吸，有點急促，可能是憤怒，也可能是因爲我的堅持，而令他感到恐懼。他大聲道：「你不會有任何結果的，不會有！」

我道：「我願意試試！」

這時，白素走過來，將落在地上的鈔票拾起來，放進皮包之中，拉好拉鍊。

白素在一旁，一直未曾開過口，直到這時，她才用很平靜的聲音道：「沙先生，他需要休息，請你走吧！」

鯊魚又盯著白素，他或許不知道白素的來歷，以爲這樣兇形兇狀，就可以嚇倒她。不多久，在白素始終鎭定和輕視的微笑下，鯊魚反倒尷尬起來。

他提起了那皮包，在手中掂了掂：「好，我用這筆錢，向你們買回那件東西，行不行？」

我笑了一下：「據韓澤說，那東西是一具攝影機，照看，它快和美國太空人帶上月亮去的，同一價錢了，不過很對不起，不賣。」

鯊魚看來是忍耐不住了，他陡地吼叫了起來：「那東西你留著一點用處也沒有！」

我仍然保持著鎮定，冷冷地道：「那倒也不見得，至少有人肯用那麼多錢來向我買！」

鯊魚惡狠狠地瞪著我，我仍然假裝著是瞎子，一點也不表示出甚麼來，鯊魚轉過身，和他的手下，一起向門口走去，當他來到門前之際，他又停了一有：「衛斯理，你的確和傳說一樣，不過，你要是一定不肯放棄，對你實在沒有好處。」

我冷笑著，道：「這種威脅，我是從小聽到大的！」

鯊魚轉過身來，臉上帶著極度的惱怒，道：「我不是在威脅你，而是在向你說明一個事實，我已經告訴過你，這件事中，沒有罪惡，也沒有你感到興趣的東西！」

我提高了聲音：「你錯了，我一個好朋友無緣無故失了蹤，沙先生，那是不是你的傑作？」

我看到鯊魚神情盛怒，但是他沒有將他的怒意發作出來，只是揮了揮手，憤怒地冷笑了一下：「如果是我的傑作，那麼，我也是科學家了！」

我聽了他的話，心中不禁陡地震動了一下。

他那樣說，究竟是甚麼意思，我實在無法明白，如果要我作推斷的話，那麼，只能推斷爲小郭和羅定的失蹤，和他沒有關係，那是「科學家」的事。所謂「科學家」，自然是王直義和韓澤！

然而，科學家又何以會令得他們失蹤？

我看到鯊魚的一個手下，已將門打了開來，鯊魚已準備向外走去了！

在那一剎間，我感到，如果我要將這件事的層層神秘揭開，實在不應該再過分堅持己見，至少，我應該爭取和王直義見面的機會。

所以，我立時道：「請等一等。」

鯊魚站定了身子，並不轉過身來，我道：「你剛才曾說，你是受人之託來找我？」

鯊魚冷冷地道：「不錯，不過我決不會說出是甚麼人。」

我也沒有這個奢望，因為我知道，那個叫鯊魚來的人，一定也就是韓澤口中的「幕後主持人」，這個人究竟是何方神聖，實在無法想像！

我淡然笑了一下：「我並不想知道這位先生是誰，不過我想，他派你來，是一個錯誤！」

從鯊魚的背影看來，也可以看出，他被我的這句話激怒了。而激怒他絕非我的本意，是以我立時又道：「我和你之間，沒有甚麼好談的，你應該讓王直義來見我，或者，韓澤也行。」

鯊魚轉過身來，緊盯著我。

過了半晌，鯊魚才道：「你的意思是，如果他們兩位中的任何一個來，你就肯放棄這件事？」

我道：「不能這樣說，但是，事情可以有商量的餘地，至少，我相信他們的話！」

鯊魚又望了我半晌，才道：「好的，我可以替你安排，你是一個聰明人！」

我苦笑了一下——這下苦笑倒是真的，而並不是假裝出來的：「我寧願是一個蠢人！」

鯊魚又掂了掂手中的皮包，看來他像是還想說甚麼，可是沒有說出來，就和他的手下走了。

白素走過去，關上了門，轉過身來，背靠著門：「你認為怎麼樣？」

我皺著眉，不出聲，過了好一會，我才道：「希望他能安排我和王直義相會。」

白素搖頭：「我有興趣的不是這個問題，我在想，整件事的『幕後主持人』，究竟是誰？」

這一個問題，我無法解答的，我只好反問：「你有甚麼意見？」

白素道：「這個人，一定極有身份，我們在猜：他是甚麼人？可是如果一聽到他的名字，一定會發出哦地一聲來。」

我點頭道：「那是一定的。」

白素又道：「其次，這個人，一定和犯罪集團有勾結！」

我略想了一想：「你這一點推斷，一定是和鯊魚受託這一點而來的？其實那不一定，鯊魚雖然是黑社會大頭子，可是他的活動範圍很廣，各方面的人，都有接觸，甚至一些小國家的元首，為了要靠他獲得武器的供應，也將他當作菩薩一樣！」

白素嘆了一口氣，她正準備向前走來，門鈴突然響了起來，白素立時轉過身，打開門。門一拉開，在那一剎間，我竟然也忘記了掩飾驚訝的神情，這實在是出乎意料之外的，鯊魚才走了不到三分鐘，而在門口出現的，竟是王直義！

王直義站在門口，他和我以前見他的幾次，只是服裝上的不同，可見他以前，並沒有經過化裝。

他的神情，在憤怒之中，帶著緊張，可是他又在竭力抑止情緒，他道：「據說，有人希望直接和我談談！」

白素雖未曾見過王直義，可是一聽得他那麼說，也可以知道他是甚麼人了！

她立時道：「王先生？請進來！」

王直義大踏步向前走來，我站了起來，他直來到我的面前，神情更是憤然，他的聲音聽來很刺耳，大聲道：「為甚麼世上總有那麼多愛管閒事的人？」

我心中不禁生氣，立時還敬道：「王先生，好朋友失蹤，自己雙眼失明，這不算是閒事吧！」

王直義簡直是聲色俱厲了，他道：「你那位好朋友，一定會回來，只要你肯不多管閒事，而你的雙目失明，嘿，只好騙別人，騙不過我！」

我不禁陡地震動了一下，王直義竟一下子就戳穿了我雙目失明是假裝的，這實在出乎我的意料之外，我實在不明白，他是根據甚麼而得到的結論。

或許我是個不善撒謊的人，所以一時之間，我僵立在那裏，不知如何才好。

王直義連聲冷笑著，坐了下來。

我揮了揮手，以掩飾我在那一剎間的尷尬，然後也坐了下來。

王直義盯著我：「你其實一點損失也沒有，何必一定要和我過不去？你的好奇心難道如此之強烈，非要將一個偉大的理想毀棄？」

在他指出我的失明是偽裝的之後，我沒有立時申辯，那等於已經默認了，這時再來撇清，實在多餘，是以我也不裝下去，我坐了下來：「王先生，你不但是個科學家，而且很了不起！」

王直義冷笑一聲，從他的態度看來，他有著極度的自信，好像不對的是我而不是他！

他道：「這是很容易猜到的事，失明是一件大事，當一個人突然失明之後，他的意志再堅強，也無法再堅持原來的意見！」

我苦笑了一下：「說得對，不過，王先生，不單是好奇心，你是一個出色的科學家，但是很明顯，你的行動，現在完全在某一個神秘人物的控制之下！」

我開始在言語上反攻，可是王直義的防線，簡直是無懈可擊的，他立時道：「我自願，我的工作需要大量金錢支持，多到你不能想像，沒有這種支持，我甚麼也做不成！」

我立時道：「這種支持，包括使你成爲一間多層大廈的業主在內？」

王直義直認不諱：「是！」

我閃電也似地轉動腦筋：「那麼，這幢大廈有甚麼作用呢？作爲一項投資，還是另有用意？」

這時候，我的思緒，還是十分亂。

我甚至說不上，何以我會將話題扯到了這幢大廈之上。

當我需要極快地和王直義針鋒相對地談話之際，我自然而然提了出來，或許在潛意識之中，我始終認爲那幢大廈很有點古怪之故。

我的話，果然使得王直義窒了一窒，但是他立即道：「衛先生，你也很了不起！」

我一時之間，實在不明白他那樣說是甚麼意思。但是我抓緊機會：「這也是很簡單的，所有的怪事，全從那幢大廈開始！」

王直義不再出聲，凝視著我，過了好久，他的怒意，似乎在漸漸收斂，而終於變成了一種無可奈何的神色：「你要怎樣才肯罷手？」

他在和我談條件了，在任何情況之下，對方主動要和你談條件，你就不妨漫天開價，這是不變的鐵律！我的身子向後靠了靠，然後又俯身向前，用極緩慢的語氣道：「我要知道全部事實的真相！」

王直義像是被胡蜂螫了一樣地叫了起來：「不可能！」

我卻不為所動：「在我知道了全部真相之後，如果你認為有必要，那麼，我可以代你保守秘密！」

王直義伸手指著我：「你應該知道，就算你不斷干涉，對我的工作，不會有甚麼破壞。」

我冷笑著：「你可以這樣想，但是我已經有了一個逐步付諸實行的計劃！」

我講到這裏，故意頓了一頓，王直義果然相當焦急地問：「甚麼計劃？」

我道：「我已經和幾位科學界的權威人士聯絡過，打算公佈一項消息，說你，鼎鼎大名的人物，正在隱名埋姓，從事一項神秘的研究工作。我相信這一定是一項轟動全世界的大新聞！」

王直義的臉色，一下子變得十分難看。

他用盡力法，想使他的工作成爲一項秘密，我就用公開秘密去攻擊他，這自然有效。

我又道：「而且，我還和警方處理特別事務的傑克上校談過，請他展開一項廣泛的調查，傳訊有關人等，弄明白誰在支持你做這項工作！」

王直義的神色，更加難看，他的口唇顫動著，雖然他沒有發出任何聲音來，但是我知道他的心中，一定在狠狠地咒罵我。

這時候，我可以說已經佔了上風！

我雙手交叉，托在腦後，擺出一副好整以暇的姿態來：「你自己去考慮吧！」

在那一剎間，我突然發現王直義的眼中，閃出了一絲十分狠毒的神氣來，這種眼光很難捉摸，也很難肯定。所以當時，我雖然看到了，也並沒有放在心上。

這是我的一個疏忽，而這個疏忽，使得我幾乎無法再和我所熟悉的，可愛的世界在一起。

當下，王直義想了好一會，低下了頭，顯得很垂頭喪氣，他那種神情，加強了我的信心，使我以爲他已完全被擊敗了，當然我也不再去考慮他雙眼之中，剛才所顯露的那種眼色是甚麼意思！

王直義低著頭，約莫過了半分鐘才道：「如果我能使你和那位郭先生見面，你去不去？」

我心中陡地一震，他這樣說，實在太突兀了，我立時問道：「爲甚麼你不叫郭先生到這裏來？」

王直義抬起頭來，發出無可奈何的一笑：「你應該知道，有許多事情，還不是人的力量所能控制的，但是我保證你一定可以和他見面！」

我望向白素，白素在向我搖頭，可是，王直義所說的話，誘惑力實在太大了！

我雖然看到白素在勸我別答允他，我還是道：「好的，你帶我去！」

王直義點了點頭。

我站了起來：「立刻就走！」

王直義也站了起來，可是他卻望向白素。

白素立時沉聲道：「我也去！」

第十一部：怪異經歷再次發生

王直義搖著頭：「對不起，我正想說，我只能帶衛先生一人前去。」

白素又向我使眼色，我的自信心太強，我想，王直義多半是將小郭囚禁在一個甚麼地方，當然，我一個人跟他去，可能有危險，但是，不入虎穴，焉得虎子，我寧願去冒這個險。

所以，我來到白素身前：「不要緊，我實在需要見一見小郭！」

白素壓低了聲音：「我有一個感覺，覺得從來沒有一件事，再比這次更詭異！」

當白素壓低聲音對我說話的時候，王直義向外走了開去，欣賞著壁上的畫。我猜他不會有心情在這種情形下欣賞藝術品，他只不過是不想聽我們的交談，故意避開而已。

白素那樣說法，不能單說是她的直覺，因爲事情本來就極度詭異。

我問道：「你的意思是，我會有危險？」

白素握住了我的手，苦笑著：「我也說不上來，不過，小郭在甚麼地方，他的失蹤充滿了神秘，現在你要去見他——」

她講到這裏，停了一停，我也不禁有點動搖了起來，的確，小郭在甚麼地方呢？小郭是一個具有高度應付困難環境能力的人，但是他失蹤了那麼多天，而毫無音訊。

那也就是說，他們不過令他失蹤的力量。

王直義說要帶我去見小郭，當然，我有可能遭到和小郭同樣的命運，那麼，我是不是有能力擺脫這個力量的束縛而逃出來呢?這實在是需要鄭重考慮的問題。

我呆了一會，才道：「這件事，完全是由小郭起的，我想我不應該放棄能見到他的機會！」

白素皺著眉，忽然大聲道：「王先生，爲甚麼你不能帶我一起去？」

王直義轉過身來，攤著手，現出一種極其無可奈何的神情，道：「事實上，我只不過指路，連我自己都不能去！」

白素立時道：「那究竟是甚麼地方？」

王直義的回答，簡直是令人氣憤的，他竟然道：「不知道，我也不知道！」

而我的確生起氣來：「這是甚麼意思，開玩笑？」

王直義搖頭道：「不，你可以見到郭先生的，或許，還可以見到那位羅先生。」

我經歷過的稀奇古怪的事情，也可以算不少，但是，現在我望著王直義，一時之間，不如說甚麼才好。

王直義臉上那種無可奈何的神情，正在加深，加深到了長嘆一聲的地步：「老實說，你到了那地方之後，根本無法保證你一定可以回來！」

他講到這裏，頓了一頓，在我和白素的極度驚訝之中，他又道：「這也是我爲甚麼只讓衛先生一個人去的原因。」

我本來已經覺得驚訝，我的腦中，更亂成了一片。王直義這樣說，是甚麼意思呢？如果他有惡意，他所謂「到那地方去」，是有另一種惡意的含義的話，那麼，他何必告訴我呢？

從他的神態來看，他那樣坦率的說法，所講的全是事實，但是，那究竟是甚麼意思呢？

這真令人費解之極！

一時之間，我們三個人全不出聲，屋子中很靜。過了很久，還是白素先開口，她的神態很鎮定，聲音也很平靜，她對我道：「既然有那麼一個古怪的地方，就算冒著不能回來的危險，你也應該去一次！」

白素的話，直說到我的心坎之中，我是一個好奇心極度強烈的人，而王直義的話，又說得如此神秘，儘管他說不保證我能回來，但越是這樣，我越是要去！

我已經下定決心要去了，我道：「請你等我幾分鐘，我跟你去。」

王直義的神情，略帶一點驚訝，我向白素作了一個手勢，我們一起上了樓。

到了樓上，我在書房之中，取了一具小型的無線電對講機，在手中拋了拋，放進了口袋之中，然後才道：「你明白了？我會隨時和你聯絡！」

白素點了點頭，我立時下樓，伸手拍著王直義的肩頭：「好，我們走吧！」

白素也跟了下來，我和王直義來到門口，轉身向她揮了揮手，她也向我揮著手。

白素真是一個了不起的女人，或許這時她的心中，焦急得難以形容，但是至少在表面上看來，她極度鎮定，而世上實在很少女人，能夠在丈夫去一個可能回不來的神秘地方之際，仍然這樣鎮定。

我和王直義一起出了門，他道：「用我的車子？」

我反正已帶了無線電對講機，在十哩的範圍內，可以和白素隨便通話，而且，我估計不會出本市的範圍之內，所以我立時道：「沒有意見。」

我們一起上了他的車子，由王直義駕車，一路上，他並不開口說話，不一會，車子已經上了一條斜路，我不禁奇怪起來。

這條斜路，我十分熟悉，那就是通到那幢大廈去的斜路！當日，小郭帶我來看這幢大廈時，以及我以後好幾次來的時候，全是經過這條路來的！

王直義帶我到這裏來，是甚麼道理？難道小郭和羅定，還在這幢大廈之中？

在我的疑惑，還未有結論之前，車子已經停在這幢大廈的門口。

停了車之後，王直義道：「請下車！」

他一面說，一面自己也下了車，我跟著他一起走進了那幢大廈的大堂。

自從這幢大廈的原來管理人陳毛，神秘地死在天臺之後，我還沒有來過，這時，或者是由於心理作用，一走進靜悄悄的大廈大堂，我就覺得有一股陰森之氣，逼人而來，我忍不住道：

「你帶我到這裏來幹甚麼？小郭在這幢大廈內？」

王直義回答的話，更是令人莫名其妙了，他道：「也許是！」

我提高了聲音：「甚麼意思？」

在那時候，我已經在提防著可能有鯊魚或是他手下打手，突然從樓梯間衝出來，可是從那種寂靜的程度來看，整幢大廈之中，顯然只有王直義和我兩個人。

王直義道：「你很快就會明白了，現在，你可以單獨啓程了！」

我瞪著眼道：「由哪條路去？」

王直義來到那電梯之前，按了按掣，電梯門打了開來：「由這裏去！」

我陡地一怔，在那剎那之間，我覺得自己多少捕捉到了一點甚麼了。

所有的怪事，全在這幢大廈中發生，這種說法，比較籠統一點，正確的說法應該是：所有的怪事，全是在這幢大廈的電梯中發生的，首先是羅定，接著是小郭，現在，是我！

我望著敞開的電梯門，心中有點猶豫，並沒有立時就跨進電梯去。

王直義望著我，他苦笑了一下：「其實，我並不堅持你去，不過，要不是你自己去的話，我的解釋，你決不會滿意，而且，你也永遠無法明白事情的真相。」

我仍然站在電梯門口，我正在思索，他這樣說法，究竟是甚麼意思。

王直義又道：「要是你不想去，那麼就算了，不過，也請你再也別管我的事！」

我冷笑了一聲，我知道他是用話在逼我，我道：「誰說我不去？」

我一面說，一面已跨進了電梯。和普通的自動電梯一樣，一有人跨了進去，電梯的門，就自動合攏，在門合攏之際，王直義在外疾聲道：「請你記得那地方的詳細情形，我希望你能回來！」

當電梯的門完全合上之前的一剎那，我發現他的神情很是焦切。

我立時感到，電梯在向上升。

可是，當我抬頭向電梯上的表板看去時，所有的燈全未著，我無法知道自己已升到了哪一樓。

我立時記起了羅定所說的，他在這個電梯中的遭遇，我的手心，不禁有點冒汗。

我並不是第一次乘搭這架電梯，在開始的一分多鐘之內，情形和上幾次，也完全無異，除了那一排小燈完全不亮以外。

可是，在兩分鐘之後，情形卻不同了！

電梯顯然還在向上升著，但是就時間來說，它早已應該到頂樓了！

然而，電梯還在向上升，不斷地升著！

羅定所說的情形出現了！

自然，當日我在樓下大堂中，等候小郭上去拿他遺失的手錶，等了那麼久，也正是這種情形！

那也就是說，兩個失蹤者，羅定和小郭他們經歷過的情形，現在正由我親身經歷著。

我可以料想得到羅定和小郭兩人當時的慌張和恐懼，因爲這時，我對於這種情形，知道了已有很多天，也假設自己在這樣的情形之下不只一次，可是，我仍然感到了一陣難以言喻的恐懼。

電梯向上升著，任何一個在城市生活，而又在日常乘搭電梯的人，都可以肯定這一點，時間已經過去了五分鐘，可以說，世界上還沒有一幢大廈有那麼高——電梯上升了五分鐘，還沒有到頂！

電梯還在繼續向上升，可以說，連我自己也不知道為了甚麼（其實，當然是為了內心的恐懼），我陡地大聲叫了起來。

我不斷地叫著，大約又過了十分鐘，電梯還在向上升著——那時候，我心中的恐懼，到達了另一個難以形容的頂點，我大聲叫道：「王直義，你要將我送到甚麼地方去？」

當然，我得不到回答，而電梯還在向上升，我心中亂到了極點，我開始安慰自己，不要緊的，羅定和小郭，他們曾經歷了如此可怖的電梯不斷上升，不是終於全下來了麼？

那麼，我至多也不過虛驚一場而已。

當我那樣想的時候，我漸漸鎮定了下來，而電梯還在不斷向上升著，大約自我進了電梯起，至少已經有十五分鐘之久！

我吸了一口氣，電梯還在繼續上升，我用力敲打著電梯的門，希望它能夠停下來，可是電梯還在繼續不斷地上升。

那實在是令人瘋狂的，一幢沒有人居住的大廈，一座不斷上升的電梯，只有一個人，被關在那電梯之中。我幾乎每天都乘搭電梯，但直到這時候，我才發現這個將人在一條直上直下的水泥管道之中，提上吊下的鐵箱子，原來竟如此可怕！

我取出了一柄小刀，旋開了幾隻螺絲，我這樣做，可以說完全沒有目的，或者是在我的潛意識之中，迫切地希望這架電梯，快一點停下來，所以才有這樣的破壞行動。

那幾枚螺絲，原來是固定電梯壁的鋁板的，我一口氣弄鬆了七八顆，一塊兩呎寬的鋁板，鬆了開來。

當這塊薄薄的鋁板跌下來之際，我真正呆住了！

我看到了鋁板之後，極其複雜的裝置，我完全無法說出那是甚麼，我所看到的是一層又一層的印刷電路。我對於這一方面的知識，不是很豐富，但是我也可以知道，那麼多電路，足以裝置一座大型電腦！

而這只不過是一座電梯！我可以肯定，那不是一座電梯，因爲一座電梯，決不需要如此複雜的裝置。然而，那不是電梯，又是甚麼呢？它正帶著我不斷在上升！

我呆呆地望著那些裝置，又進一步發現，電梯的三面，全有同樣裝置，如果說，那是一具十分奇特的機器，那麼，我正是在這具機器的當中！

我試用小刀，去碰一束極細的，顏色不同的電線接觸點，有一蓬細小的火花，冒了出來，發出「拍拍」的聲響。

由此可以證明，這部複雜的機器正在啓動著。

我後退了一步，又大聲叫了起來。這一次，我只不過叫了幾聲，電梯突然停止了！

在經過了如此長時間的上升之後，突然停了下來，給人以一種十分異樣的感覺，我連忙轉向電梯的門，完全像是普通的自動電梯一樣，而門一開之後，也就看到了穿堂。

我急不及待衝了出去，在一個這樣古怪的機器之中，被困了那麼久，再見到了熟悉的大廈穿堂，那當真像是萬里遊子，看到了親人一樣的親切。

我扶住了牆站定，不由自主地喘著氣。

我不知道何以心中會感到如此之恐懼，算來實在是沒有甚麼值得害怕的，雖然電梯不斷上升至少有二十分鐘之久，但是，我還是在這幢大廈之中，又有甚麼可以害怕的呢？

當我這樣想的時候，我自然而然，鎮定了下來，轉過了身，我看到，電梯的門，已經關上。

王直義說我可以見到小郭，但是我現在還在這幢大廈之中。

要是小郭一直在這裏的話，他爲甚麼不離開這裏回家去？是不是有甚麼人在阻止他？

我定了定神，已經有了應付最惡劣的打算，是以我的聲音很鎮定，我大聲道：「有甚麼人在這裡，可以出來和我見面了！」

我的話才一出口，就聽到「拍」地一聲響，一扇門慢慢地打了開來，那扇門開得十分慢，簡直就是恐怖電影之中，有甚麼神秘人物就快出現一樣！

我盯著那扇門，整扇門終於全打了開來，我看到了一個人，站在門口，望定了我！

那是羅定！

突然之間看到了羅定，那多少有點出乎我的意料之外，一時之間，我不知道該說甚麼才好，羅定的面色，十分蒼白、可怕之極。

他口唇顫動著，但是在開始的半分鐘之內，他完全沒有發出任何的聲音來，直到半分鐘之後，他才喃喃地道：「你也來了！」

我正在猜測他這句話的意思，準備回答他之際，突然在我的身後，又傳來了「啪」地一下開門聲，當我立時轉過身去，我呆住了！

的確，在我的身後，又有一扇門打開，一個人站在門口，正是小郭！

一看到了小郭，我不禁又驚又喜，我立時叫了他一聲，可是他沒有立時回答我，我急急向他走去，來到了他的身前，我才發現他的面色，也極之蒼白，而且，他的神情之中，有極度的茫然。我從來也未曾在小郭的臉上，看到過這樣的神情。

但是，我要問小郭的問題實在太多了，一到了他的面前，我就道：「小郭，怎麼回事？你爲甚麼一直留在這裏不回去？」

我這樣問他，是因爲我感到小郭和羅定這時的情形，實在不像是有人看守著他們，不讓他們離去的樣子。

小郭現出了一個十分苦澀的笑容，並不回答我的問題，只是道：「你來看！」

他向我招了招手，我回頭向羅定看了一眼，羅定仍站在那門口，一動也不動，同樣有著失神落魄的神情。

我不知道小郭叫我進去看甚麼，而我心中的疑惑也到了頂點，我決定暫時不理會羅定，先和小郭進去看看再說，因爲小郭甚麼也不說，只叫我進去看，他一定有甚麼很特別的東西讓我看。

小郭一面說著，一面向後退，我跟了進去，進了那扇門一看，我不禁大失所望。

我以爲一定有甚麼極其特別的東西，但是，卻甚麼也沒有，進門之後，只是一個普通的居住單位，空的。

我呆了一呆，立時向小郭望去：「你叫我看甚麼？這裏甚麼也沒有。」

小郭的動作十分奇怪，他雙手抱著頭，退到了牆角，靠著牆，慢慢地坐了下來，接著，伸手向通向陽臺的玻璃門，指了一指。

他雖然甚麼也沒有說，可是看他的動作，我自然可以知道，他叫我到外面去看看。

我心中仍然充滿了疑惑，不知道外面有甚麼特別的東西，因爲透過玻璃門，我完全可以看到外面的陽臺，一點也沒有甚麼特別。

我略呆了一呆，走了過去，推開了玻璃門，來到了陽臺上，一踏出了玻璃門，我就呆了一呆，現在，我是站在一幢大廈的陽臺之上。

這幢大廈有二十七層高，假設我是在其中最高的一層，那麼，我站在陽臺上，向下望去，應該可以看到一點甚麼東西呢？

我所能見到的，自然是城市的俯瞰，是小得好像火柴盒一樣的汽車，蟻一樣的行人，和許多許多其它的東西。

可是這時，我向下看去，甚麼也看不到。

那是真正的甚麼也看不到，我所見到的，只是茫茫的一片，那種茫茫一片的情景，實在很難形容出來。我可以肯定的是，那決不是有濃霧遮住了我的視線，而是在我目力所能及的地方，本來就甚麼也沒有。

我突然感到了一股寒意，不由自主，發出了一下呼叫聲來。

這種茫茫一片，甚麼也看不到的情景，我從羅定的敘述之中得知過，但是聽人說起來是一回事，自己身歷其境，又是一回事，我完全被這種情景所震懾，以致我在轉身過來時，發覺自己的肌肉僵硬。

我看到小郭仍然蹲在牆角，我勉力定了定神，走進屋內，大聲道：「小郭，這是怎麼一回事？我們究竟是在甚麼地方？」

第十二部：在另一個空間中

小郭抬起頭來：「我不知道，我真的不知道。」

我感到我實在無法再在這裏耽擱下去了，我道：「走，我們回去再說！」

在小郭的臉上，現出深切的悲哀來：「沒有用，無法離開這裏！」

我呆了一呆：「甚麼意思？有人看守？」

小郭又搖著頭：「沒有，開始只有我一個人，後來，那管理員陳毛來了，他又走了，再後來，羅定來了，然後，你來了。」

我聽出他的話，十分混亂，有點語無倫次，我立時道：「陳毛可以離去，我們爲甚麼不能？」

小郭望定了我：「陳毛不顧一切，從陽臺上跳下去，我沒有這個勇氣！」

一聽得他那樣說法，我不禁陡地打了一個寒顫！

陳毛從陽臺上跳出去的，小郭可能還不知道陳毛結果死在這幢大廈的天臺上，致死的原因，是因爲高空下墜！

從這幢大廈的陽台上跳下去，會跌死在這幢大廈的天臺之上，那簡直是絕無可能的事。

然而，陳毛卻又的確是這樣死的！

一時之間，我不知道說甚麼才好，只是望著小郭。

過了好半晌，我才道：「你有嘗試過離去沒有？你如果走樓梯下去，結果怎麼樣？」

小郭喃喃地道：「走不盡的樓梯，直到你走不動，我試過了，甚麼都試過了！」

他講到這裡，聲音變得很尖銳：「我們在另一個世界裡！」

我又呆了一呆，走過去，按住了他的肩頭：「小郭，鎮定一點，你這樣說，是甚麼意思？」

小郭在不由自主地喘著氣，看來，連他自己也不知道那樣說是甚麼意思。可是他仍然不斷地道：「我們在另一個世界！」

我不知如何才能令小郭鎮定下來，這時候，門打開，羅定像是幽靈一樣地走了進來。我說羅定走進來的時候像幽靈，是因為我的確有這樣的感覺，他的面色蒼白，雙眼無神，行動之際，幾乎一點聲息也沒有。

我望了羅定一眼，又向小郭道：「你曾經打過一個電話回去，那是怎麼一回事？」

小郭望著我，嘴唇抖動著，好一會才發得出聲音來：「連我自己也不知道，那是怎麼一回事了！」

我有點怒：「電話是你打的，你應該知道那是怎麼一回事！」

小郭苦笑了起來：「那是我不知第幾次試圖離開，我在樓梯中向下奔著，一直向下奔，雖然有著走不完的樓梯，但是我還是向下奔，我……這實在是很可怕的，走不完的樓梯，就像是一個噩夢！」

他說到這裡，停了下來，抬頭望著我。

我點頭，表示同意他的話，走不完的樓梯，這的確只有在噩夢中才會發生的事，而在現實之中，如果有了這樣的事，當然很可怕。

小郭繼續道：「我不斷向下奔，忽然，我看到了管理處，那是二樓，我知道有希望了，我又繼續向下奔，管理處明明是在二樓的，可是我又不如奔了多久，仍然是樓梯，無窮無盡的樓梯！」

他請到這裏，不由自主，喘起氣來，停了片刻。看到他這種情形，我怕催促他，會使他說來更加雜亂無章，是以並不出聲。

小郭又道：「後來，我想起二樓有一個電話，我不想出去了，只想回到二樓，去打一個電話，我又轉頭向上，又不如奔了多久，我又看到了管理處，我想走進去，可是像是有甚麼東西阻擋著我一樣，我用盡了氣力，才擠到電話旁邊，打了一個電話，事情就是那樣。」

我呆了半晌，小郭那個電話的錄音，我聽過許多次了，他講話的音調極慢，當時，我們幾個研究電話錄音的人，一致認爲，那並不是小郭親口對著電話講話，而是事先錄好了音，再特地以慢速度放出來的。

然而，現在聽小郭說來，卻又全然不是這一回事了。

我問道：「是你對著電話講的？」

小郭道：「是，我也聽到我太太的聲音，不過，她的聲音，聽來很尖銳，快速，好像是錄音機弄錯了播放的速度，像鴨子叫一樣！」

我不禁深深地吸了一口氣：「而你的聲音，聽來卻像是錄音帶在播放的時候，弄慢了速度！」

小郭雙手捧著頭，喃喃地道：「爲甚麼會這樣？爲甚麼？我們在另一個世界中？」

小郭說了幾次「在另一個世界之中」，或許我是新的來客，所以我還沒有這樣的感覺，而且，對小郭爲甚麼一再有這樣的說法，我也不是很明白。

就在這時，一直站在一邊，幽靈一樣，不動也不出聲的羅定，忽然開口道：「不是在另一個世界，而是在另一個空間。」

我震動了一下，小郭也陡地抬頭向他望去，從小郭的反應來看，顯然他也是第一次聽到羅定這樣說法。

我在一怔之後，立即問道：「羅先生，另一個空間，是甚麼意思？」

羅定苦笑著：「我對科學不是很懂，但是王直義對我說過，那是另一個空間。」

我竭力使我自己鎮定下來，因爲在那一刹間，我想到，在羅定和王直義之間，一定還有許多我不知道的秘密，如果催得太急，羅定可能反倒不會說出來。

羅定這傢伙，一切事情，本來全是由他開始的，而我也早已懷疑他心中另有秘密，或許他早將心中的秘密對我說出來，就不會有現在這許多事發生！

我望著羅定，想了一會，才道：「羅先生，現在我們三個人在同樣的處境之中，是倒楣還是能逃出去，命運全是一樣，我想，你不應該再對我們隱瞞甚麼！」

羅定苦笑著，轉身走到了牆前，將自己的額頭，在牆上連連地碰著，發出「碰碰」聲響。

我和小郭互望著，都不去睬他，過了片刻，他才陡地轉過身來：「好，我對你們說，他們到底還是害了我，我爲甚麼不說！」

小郭站了起來，我們一起注視著羅定。

羅定道：「我是第一個在電梯中有那種怪異遭遇的人，我後來撞了車，逃了出去，在醫院中，接到了王直義的電話。」

我不出聲，羅定以前沒有說過這些，雖然我早已知道，他和王直義之間一直有聯絡。

羅定又道：「王直義在電話中問我對警方講了些甚麼，我說我已將我的遭遇說了出來，他說那還不要緊，人家不會相信我的遭遇，不過他希望和我見面，我在出院之後，就和他會了面。」

我和小郭仍然不出聲。

羅定停了片刻，又道：「他一見我，就給我十萬元，只要求我不再向人家提起這件事，而且不加追究，我當時就答應了他。後來，我越想越奇怪，覺得他如果一下子就肯拿出十萬元來叫我別說甚麼，一定會拿出更多的錢來，所以我——」

我打斷了他的話頭，實在我忍不住想譏嘲他，我冷笑道：「看不出你是這樣貪婪的人！」

羅定苦笑了起來：「我接連又向他要了兩次錢，他都給了我，我還跟蹤他到郊外的住所，去見過他幾次，每次他都給我錢。」

羅定繼續道：「我想向他要一筆很大的數目，保證以後不再去騷擾他，他說，一切費用，全是人家拿出來的，數字太大，他作不了主，接著，他又提及他在研究的工作。」

羅定一說到這裏，我和小郭兩人，都緊張起來。

羅定吸了一口氣：「他責怪我貪得無饜，說他在進行的工作要保守秘密，但是決計不是甚麼犯罪行爲，而是科學領域上，劃時代的創舉，他說，他要使人進入另一個空間，可以自由控制，已經接近成功的邊緣了。他又說，只不過因爲一些不能控制的技術問題，我才會在電梯中進入了另一個空間，他是那樣說的。」

我和小郭互望了一眼，都驚駭得說不出話來。

另一個空間，這種說法，可以有好幾個解釋，而任何解釋，都超乎想像之外，因爲自有人類以來，人都是生活在三度空間之中，另一個空間究竟是甚麼，誰也不能精確地說出來。

小郭問道：「那麼，你是怎麼來的？」

羅定苦笑著：「王直義最後答應我，可以給我那筆錢，但是必須我幫他一次，進行一次試驗，他要我進那座電梯，他對我說，那是進入另一個空間的過程，那電梯——」

我尖聲道：「那電梯是一座極其複雜的機器，是改變空間的機器。」

羅定道：「是的，我答應了他。因爲上一次，我只不過受了一場虛驚，結果並沒有甚麼，誰知道這一次，我搭了那電梯上來，卻再也回不去了！」

我呆了半晌，又向小郭道：「你是怎麼到這裏來的？」

小郭道：「當晚，我駕車直駛到海旁，我只覺得心中很亂，離開了車子，沿海旁走著，想使頭腦清新一下，忽然被人偷襲，打昏了過去，當我醒來的時候，我已經在電梯中，等到電梯停止，我走出來，就一直在這裡。」

我道：「已經有很多天了，你靠甚麼生活？」

小郭擺著手，道：「奇怪得很，我所有的感覺，似乎都停止了，不覺得餓，也不覺得冷和熱，所以我才說，我在另一個世界裏！」

我心中極亂，羅定雖然已經說出了他的秘密，可是事實上，對事情仍然沒有甚麼幫助。

我知道了在另一個空間之中，全是被王直義送進來的，他送我們進來的工具，就是那幢大廈中的電梯——那肯定是一座奇妙複雜無比的機器。

王直義一再表示，一切全是技術錯誤造成，並不是有心如此，而且，他也表示過，他的研究，還未臻成熟的階段。

換句話說，在某種情形之下，他可以通過那架機器，將我們送入另一空間，但是，他卻沒有力量，再將我們弄回原來的世界去！

現在，我完全明白他要我來見小郭時，所說的那些話的意思了，他說過，我可能永遠不能回去！

當時，不論我怎麼想，也想不到他會將我帶到另一個空間來，別說當時想不到，就算是現在，也有點不可思議！

我將王直義帶我來這裡的情形，約略說了一下，羅定絕望地叫了起來：「那樣說來，我們永遠沒有機會離開了？」

我不出聲，那是因爲我知道，眼前的情形，的確如此，除非等王直義的研究，有了新的成功，但是，那要等到甚麼時候？人的壽命有限，或許，他這一輩子，再也不會有任何成就了！

我覺得自己的手心在冒汗，小郭忽然叫了起來：「陳毛呢？大廈的管理員陳毛也來過，可是他跳了下去之後，卻不見了！」

我望著小郭：「你知道陳毛怎麼了？」

小郭望著我，沒有反應。

我道：「陳毛的屍體，在大廈的天臺上被發現，他是摔死的，從很高很高的地方摔下來，跌在大廈的天臺上跌死的！」

小郭聽了我的話，不由自主，打了一個寒顫。

我又道：「太不可思議了！從大廈一層單位的陽臺上跳下去，會跌死在大廈的天臺上，倒好像他當時不是向下跳，而是在向上飛，飛到了一定的高度後，再向下跳下來——」

我講到這裏，陡地停了下來。

在那一剎間，我的心中，電光石火也似，閃過一個念頭，我已經捕捉到了一點東西了！

我突然想到的這個念頭，是荒謬絕倫的，但是當我想到這一點時，我覺得心頭陡地一亮，覺得甚麼不可思議的事，全可以解決了！

小郭究竟和我在一起久了，他一看我的情形，就可以知道，我一定是想到了甚麼，他立時問道：「怎麼，你想到了甚麼？」

我深深地吸了一口氣，然後，才講出了兩個字：「時間。」

羅定和小郭全用疑惑的眼光望著我。

我又道：「所謂另一個空間，是時間和原來不同的一個空間，你們明白麼？」

我大聲叫了起來，「那電梯，是使時間變慢的機器，在時間變慢的過程之中，我們到達了另一個空間：時間變慢了的空間！」

羅定和小郭著來仍不明白。

我又道：「根據愛因斯坦的相對論原理，如果時間變慢，所有的一切，都按比例伸展，舉個簡單的例子，時間慢了一倍，這幢大廈，就高了一倍！」

小郭失聲道：「我們在電梯中——」

我立時打斷了他的話頭：「我們在那具使時間變慢的機器之中，一開始的時候，我們覺得時間慢了，我們之所以可以覺出這一點，是因爲我們一直習慣正常時間的緣故，電梯一直在向上升，在時間變慢的情形下向上升，大廈也在相對地向上升，所以，要那麼久，電梯才停下來，而我們也到達了另一個空間！」

小郭道：「我們現在——」

我道：「我們現在，是在時間變慢了的空間之中，我們自己看來動作正常，但如果我們和時間正常的空間中的人聯絡，那麼，我們一切，全是慢動作，我們的聲音，聽來也像用慢速度放出來的錄音帶！」

羅定神情駭然：「那麼，陳毛——」

大約是我的解釋，的確不是一時之間所能弄明白的，是以小郭也搶著道：「陳毛的情形又怎樣？爲甚麼他在這幢大廈的陽臺上跳下去，結果會跌死在這幢大廈的天臺之上，這實在太不可思議！」我吸了一口氣：「事情本來就是不可思議的，我剛才說過，根據愛因斯坦的相對論，若是時間變慢了，那麼，其他的一切，也呈正比例擴展，譬如說，時間慢了一倍，這幢大廈也就高了一倍。」

小郭和羅定兩人，皺著眉頭。

我揮著手，繼續道：「這是很奇妙的情形，在我們的空間中，大廈變高了，但是在正常的空間中，大廈還是和原來一樣高。」

講到這裏，我停了一停，又道：「在兩個不同的空間中，一切全是不能想像的。」

小郭和羅定兩人，仍然不出聲，依然皺著眉頭。

我再道：「陳毛的情形就是這樣，他在一個時間變慢的空間之中，向下跳去，結果在他向下躍去之際，忽然之間，他突破了這個空間，當他突破那空間的一剎間，他還在半空之中，而大廈卻回復了原來的高度，結果，他跌下來，就落到了大廈的天臺上。」

羅定和小郭兩人，深深地吸了一口氣，然後，過了好久，他們才慢慢地點了點頭。

又沉默了很久，小郭才苦笑道：「那麼，我們在甚麼樣的情形下，才可以突破這個空間？」

這正是我想尋找的答案！

我想了片刻，才道：「看來，王直義的研究，還不完全成功，他只能將我們送到這個時間變慢了的空間中來，卻無法令我們回去。」

羅定忽然冒冒失失地道：「可是陳毛卻出去了！」

小郭當時瞪了他一眼：「陳毛跌死了！」

羅定嘴唇掀動了幾下，沒有發出聲音來，不過從他的神情來著，他一定是想說：死了也比永遠被困在這樣不可思議的空間之中好得多！

小郭似乎還想繼續責備羅定，在那時候，我的心中十分亂，但是，我卻又好像捕捉到了一些甚麼，我唯恐他們兩人的爭吵，妨礙了思路，是以我連忙揮著手，令他們別出聲。

當他們兩人，靜了下來之後，我深深吸了一口氣：「不錯，陳毛突破了這個空間，不然，他就不會死在天臺上！」

小郭搖著頭：「這樣的突破有甚麼用，我可不想就那樣死。」

我望著小郭：「現在問題是，我們所在的空間中，時間究竟慢了多少？」

小郭道：「那有甚麼分別？」

我道：「大有分別了，如果我們所在的空間，時間慢了一倍，那就是說，原來三百呎高的大廈，就會變成六百呎高——當然，這只是一種比喻，事實上，大廈的高度在同一空間中的人是不變的，但是在不同空間的人來說，就大不相同！」

小郭和羅定兩人，都用心地聽著。

我又道：「假設是一倍，那麼，在這裏跳下去，如果立時能在下降中突破空間的阻礙，約莫相當於從二百五十呎的高空中跳下去！」

小郭補充我的話：「還要恰好是落在大廈的天臺上，如果直落下地，就等於從五百五十呎的高空跳下去。」小郭講到這裏，苦笑了起來：「沒有人可以從這樣的高度跌下去而仍然生存！」

小郭說得對，沒有人可以在這樣的高空跳下去而仍然生存。

羅定又冒冒失失地說了一句：「若是有一具降落傘，那就好了！」

小郭簡直在對羅定怒目而視了，我揮著手：「羅先生，照我的設想，就算有降落傘，也沒有用。一定是在急速的下降中，才能突破空間的阻礙，如果用降落傘，說不定永遠在變慢了的空間之中飄蕩，那就更加淒涼萬分！」

我的話，令得羅定苦笑了起來，小郭攤著手：「那等於說，是完全沒有辦法了！」

我不出聲，在室中來回走著，眉心打著結，過了半晌，我才道：「我願意冒這個險。」

第十三部：冒險離開四度空間

小郭尖聲叫了起來：「你瘋了?這不是冒險，是找死！」

我道：「我不是說我就這樣跳下去，我的意思是，我用一樣東西幫助我。」

小郭和羅定兩人，都不明白我的意思，只是望定了我，小郭問道：「這裡有甚麼東西可以利用？」

我伸手向前指著，他們兩人，循我所指看去，從他們的神情看來，他們顯然不知道我指的是甚麼，因爲那時，我指的是一扇門。

小郭回過頭來看我：「你說的是甚麼？」我道：「就是那扇門！」

羅定還是不明白，但小郭畢竟是經過驚險生活的人，他立時明白了！

他道：「你的意思是，將這扇門拆下來，抱著這扇門，一起跳下去？」

我點了點頭：「是，希望門先落地，抵消了撞擊力，那麼，我就有可能逃過大劫！」

羅定望著我，又望著小郭，這一切，在他的腦中，完全無法想像，但是小郭皺著眉，那顯然表示，他在考慮，這是唯一可行的辦法。

自然，這仍然十分冒險，結果怎樣，誰也不知道，小郭在呆了半晌之後，吁了一口氣，而我已經走了過去，將那扇門，拆了下來。

我用小刀，在門上挖著，挖了一個洞，可以容我的手穿過去。

我叫小郭和羅定，扶住了那扇門，我攀高了些，手穿進了那個洞中，那樣，可以緊緊抱住那扇門，而身子俯在門上。

我也不禁搖著頭：「唯一的希望，就是落地之際，仍然是這樣子！」

小郭苦笑道：「可是，你的人比這扇門重，結果一定是你的身子先著地，跌得粉身碎骨！」

我道：「我們可以在門的下面，加上分量重的東西，使它先落地！」

小郭這方面的腦筋倒很靈活，他道：「拆洗臉盆！」

我點點頭，我們三個人一起動手，拆下了三個洗臉盆，就用原來的螺絲，將之固定在門的下面，加重重量，看來仍不夠我的體重，於是，再拆了一隻浴缸，加了上去，看來已經足夠了。

我們三個人，合力將那扇被我們改裝得奇形怪狀的門，抬到了陽臺的欄杆之上。

望著那裝上了一隻浴缸、三隻洗臉盆的木門，我不禁苦笑。

只怕自從有人類歷史以來，抱著這樣古怪的東西，由不可知的高空向下跳去的，只有我一個人了。

反倒是在另一個不可知的空間中的人，不止我一個，至少小郭和羅定都是，而且，誰知道除了我們三人之外，還有多少人在不可知的空間之中？

我攀上了欄杆，當我站在欄杆上的時候，小郭和羅定兩人望著我，我和他們輪流握著手。

這時候，我的情形，就像是日本的「神風特攻隊」隊員們出發之前的情形差不多。

我將手穿進了門上的洞，抱緊了門：「你們小心向外推，然後鬆手！」

小郭和羅定兩人點著頭，羅定忽然道：「等一等，衛先生，要是你出去了，我們怎麼辦？」

我道：「要是我出去，就好辦了，至少我可以再來，而我們可以一起用這個方法出去！」

羅定苦著臉：「第一次成功，第二次未必也成功的。」

我心中很鄙夷羅定的爲人，但是在如今這樣的情形下，我也不便表示，我只好道：「你放心，我再來的時候，會帶來更適當的工具來。」

小郭和我的交情畢竟不同，在這時候，他不像羅定一樣，只想到自己，而在爲我的安全擔心，他望著我：「你……你……」

他連說了兩個「你」字，眼圈有點紅：「再見！」

的。

我也道：「再見！」

他和羅定兩人，用力一推，我和那扇奇形怪狀的門，一起向下，落了下去。

經過改裝的門，重心在下面，所以我向下落去的時候，倒是頭在上，腳在下，直掉下去的。

有一個時期，我曾熱衷於跳傘運動，也曾有過多次高空跳傘。可是這時候，我抱住了一扇那樣的門，自高空跳了下來，和跳傘是全然不同的，我下跌的速度，如此之快，以致令得我五臟六腑，像是一齊要從口中噴出來。

那真是一種可怕的感覺，不但想嘔，而且會感到，將嘔出來的，是自己的內臟。

我竭力忍著，屏住氣息，勉力和這種感覺對抗著，所以我只知道自己在向下跌去，全然未曾發覺，在甚麼樣的情形下，又看得到東西的。

我首先看到的是一幢大廈的天臺！

當我看到那幢大廈天臺之際，我估計距離，大約還有一百呎，可是我下落的速度，實在太快了，我只來得及發出了一下大叫聲，接著，一聲巨響，和一下猛烈無比的震盪，我已經到了那幢大廈的天臺之上。

這一下自高空直跌下來的震盪，雖然不是我身子直接承受，那力道也大得出奇，在那一剎間，我被震得天旋地轉。我依稀聽到了浴缸的破裂聲，接著，那扇門也破裂了開來。

我本來是手穿過了門上的洞，緊緊地抱住那扇門，當那扇門撞得破裂之際，一股極大的力道，將我震了開來，令得我跌出了足有五六呎，倒在天臺上。

那一下摔得十分重，可是究竟那扇門承接了百分之九十以上的撞擊力，所以我倒地之後，手在地上一撐，立時挺身站了起來。

可是那一撞之勢，還有餘勁，我才一站起，又禁不住向後，連退了三四步，方始真正站定。

這時候，我也不及去顧得全身的酸痛了，我忍不住又大叫了一聲：「我成功了！」我從那個時間變慢了的空間中，又回到正常的空間中來了！

我立時去看那扇門，那真是極其可怕的情形，那隻浴缸和三隻洗臉盆，碎得已找不到甚麼了，門碎成了七八瓣，我能夠還站在天臺上，真是徼天之倖！

那一下撞擊的力道，的確極大，因爲天臺也被撞破了一個洞。

我喘著氣，向前走兩步，就在這時候，我聽到「碰」地一聲聲，好像是鐵門開啓的聲音，那聲音，是從凸出在天臺之上的電梯機房中傳出來的。

接著，我看到一個人，轉過了電梯機房的牆，他才轉過牆來，就看到了我。

來。

那是王直義！

我真的無法形容王直義在看到我之後，臉上的那股神情！

王直義雙眼睜得極大，眼珠像是要從眼眶中跌下來一樣，張大了口，發出一種古怪的聲音

來。

這種情形，顯然是他所受的驚駭，實在太甚，以致在剎那之間，他完全處在一種驚呆的狀態之中，像是一個白癡！

我向他慢慢走了過去：「你怎樣，好麼？我回來了，看來你並不歡迎我！」

王直義漸漸鎮定下來，當我來到他面前的時候，他已經可以像正常人一樣說話了，可是他的神態，仍然是驚駭莫名的。

他變得有點口吃：「那……那不可能，我沒有辦法解決的問題，你怎麼能解決？」

我不想去責備他，事實上，他在送我到那個空間去的時候，已經說明，我可能永遠不能回來，是我自己決定要去冒險的。

所以我立時道：「是陳毛給我的靈感，你記得麼？那管理員？」

王直義點了點頭，可是他仍然道：「我還是不明白。」

我道：「你的確不容易明白，因爲你不知道在那另一個空間中，究竟發生了甚麼事！」

王直義一聽到「另一個空間」，陡地震動了起來，面色變得粉白：「你……甚麼都知道了？」

我搖頭道：「不，我知道得很少，大多數還是我自己猜出來的，我猜，那座電梯，是一具使時間變慢的機器，對不對？」

王直義後退，背靠在電梯機旁的牆上，無意識地揮著手，講不出話來。

我又向他逼近了一步：「人在通過了這個時間變慢的機器之後，就會進入一個時間變慢的空間，而我，就是在這樣的一個空間中回來，對不對？」

王直義的臉色更蒼白，但是他終於點了點頭。

我又道：「在那個空間中，我見到了羅定和我的朋友郭先生。」

王直義喃喃地道：「我知道，我見到你們。」

我呆了一呆：「你見到我們，甚麼意思？」

王直義望了我半晌，才苦笑道：「現在，我不必再對你隱瞞甚麼了！」

我有點不客氣地道：「你早就不該對我隱瞞甚麼了，而且，現在，我們還得快點設法，令他們回到正常的空間來，你應該有辦法！」

王直義現出十分疲倦的神色來，手在臉上撫摸著，接著道：「請你跟我來。」

他一面說，一面向前走去，轉過了電梯機房的牆角，我也跟著他轉了過去。

一轉過去，我就看到在機房的門口，還有一個人站著，那人是韓澤。

韓澤看到了我，苦笑了一下，我過去和他握著手，一手按著他的肩頭，王直義已經走了進去，我也和韓澤一起走了進去。

才一進鐵門，我就呆了一呆。

這哪裏是一個電梯的機房，裏面可以活動的體積，雖然不大，但是那些裝置，簡直可以和美國侯斯頓的太空控制中心比美。

四面全是各種各樣的儀器，有很多大小的燈，不斷在閃動著，剩餘下來的地方，要站三個人，已經極其勉強，當然更沒有法子坐下來。

我在兩排儀器之中，擠了過去，王直義在我面前，轉過頭來，我發現他和在機房外面時，完全判若兩人，他雙眼炯炯有神，臉上蒙著一層光輝，就像是魚見到了水中一樣，有一種說不出來的自傲之感。

連帶他的聲音，也變成堅定而有自信，他望著我：「小心你的手，任何掣鈕，都別碰，碰了一個，就可能改變全人類的歷史！」

他的話，就算誇大，我也無條件地相信了他，我高舉著雙手，放在頭上，側著身，小心地向前走，來到了他的身邊，韓澤跟在我的後面。

我和王直義，站在一個只有手掌大小的電視機前面，王直義道：「先看他們！」

我正不明白這樣說是甚麼意思間，王直義已經向韓澤揮了揮手，他和韓澤兩人，立時忙碌了起來，雙手不停地，動著各種各樣的掣鈕，又互相詢問著。

過了半分鐘，那小電視機上，開始閃動著許多不規則的線條，開始看來，雜亂一片，但接著，已可以看清畫面，那是一個空置的建築單位的客廳。

而這個客廳，再熟悉也沒有，就是這幢大廈的一個居住單位。

我立時道：「這是爲了什麼？我們爲什麼不上去看，而要通過電視來看！」

王直義望了我一眼，他的神態仍然是嚴肅而有自信的，他道：「你不會明白的，事實上，對於第四空間的事，我也不是十分明白，不過，你至少可以聽一聽！」

我有點啼笑皆非：「多謝你看得起！」

但是王直義正像通常充滿了自信的人一樣，一點也沒有感到我有譏諷的意思在內。

他道：「另外一個空間，是無法想像的，當你在那另一個空間中的時候，事實上，你仍然在這幢大廈之中，但是你卻是在另一個空間，在兩個不同空間中的人，不能互相看到、聽到，和觸摸到！」

我點頭：「這我知道。」

王直義就像是教師在教訓學生一樣，毫不客氣地斥道：「你知道，你知道甚麼！你可知道，要使無線電波，能貫通兩個不同的空間，我工作了多少年？」

我聽得他這樣說法，心頭一陣狂跳，也不及去理會他的話是如何令人難堪了，我立時道：「你的意思，是我們可以在這電視上，看到他們？」

王直義點著頭：「是！」

接著，他又不斷地按著掣，我則注意著電視機的畫面，我看到電視機的畫面，不斷閃動，轉換著，但是換來換去，全是那大廈居住單位的廳堂。

突然之間，我看到了一個人，我叫了起來，王直義也住了手。

那電視機的畫面雖然小，可是看起來，卻十分清晰，那人雙手托著頭，坐在角落上，我立時看了出來，正是羅定。

羅定坐在那裡，幾乎一動不動，我望向王直義，王直義立時喝道：「看著！」

我又回過頭去，忽然之間，我看到一個人，走了進來，那走進來的人是小郭。

那真的是小郭，雖然在電視畫面看來，他只不過半吋高，但毫無疑問，那是小郭。可是，小郭的動作，為甚麼那麼奇怪呢？

他不像是走進來，簡直像是在舞蹈一樣，慢慢地揚起手，慢慢地抬起腳，向羅定走去。

羅定也站了起來，他的動作，同樣是那樣的緩慢。這時的情形，就像是在看電影中的慢動作鏡頭一樣，而且，比一般電影的慢動作鏡頭，還要慢得多。

記得我以前看過記錄世運會一百公尺比賽的電影，全用慢動作鏡頭攝製，動作慢得選手每一根肌肉的抖動，都看得淸淸楚楚。

這時候，羅定和小郭兩人的動作，就和那套記錄片相仿，我看得連氣也不透，王直義在我身邊：「在他們那裡，時間慢了十倍。所以，他們自然而然的動作，在我們看來，慢了十倍。」

我望了王直義一眼，王直義道：「一切都慢了下來，連人體內的新陳代謝都慢了。」

我又看了一會，才道：「現在，要緊的是將他們弄回來，我已經可以肯定，急速的下降，可以突破空間與空間的障礙。」

王直義望著我，過了半晌，才道：「衛先生，對你來說，現在已經沒有甚麼秘密，但是我求你一件事，請你替我保守秘密。」

我並不直接回答他這個問題，只是道：「那要看情形而論！」

王直義道：「你有甚麼計劃，可以令他們出來？」

我道：「我再去，帶工具去，可以使我們自高空跌下來的危險，減少到最低程度！」

王直義嘆了一聲：「你很勇敢，我早認識你就好了！」

我在各種各樣的機器之中，向外擠去：「我暫時會替你保守秘密，我要去準備一切，盡快將他們弄出來，我可以由電梯下去？」

王直義點了點頭。

我忽然想起了一點：「將人送到另一個空間去，完全是由這裏控制的？」

王直義和韓澤兩人，互望了一眼，王直義又點了點頭，在那一剎間，我真想狠狠打他一拳。

但是我忍住了沒有那麼做，因爲就算打了他，也於事無補。現在事情已經這樣子，打他又有甚麼用處？

王直義是看出了我的面色不善，他苦笑了一下，道：「衛先生，開始的時候，純粹是意外，偶然闖進另一個空間的人，還能夠及時退出來，但是後來……後來不知怎麼樣，忽然……」

第十四部：重回時間變慢的空間

王直義像是還想解釋甚麼，但是我卻向之揮了揮手：「不必多說甚麼，沒有時間聽你解釋！」

王直義諒解地點了點頭：「是的，你要設法將他們兩人弄回來。」

我望著他，忽然覺得這傢伙，可能還會鬧鬼，是以我緩緩地道：「我想你們兩人，陪我上去。」

王直義苦笑了一下：「你不信任我？」

我冷冷地道：「你可以這樣想，但是我爲我自己打算，因爲，如果我不能離開那個時間變慢了的空間，我們三個人也就全不能離開，那麼，你所幹的勾當，也就永遠不會有人知道了！」

也許是我的語氣太重了些，是以王直義的臉，忽然漲得通紅，他有點激動，大聲道：「我幹的並不是甚麼見不得人的勾當，我在做的，是改變整個人類歷史，改變整個人類文明，偉大無比的『勾當』！」

我望著他，仍然冷冷地道：「那麼，你爲甚麼要保守秘密，爲甚麼，要隱蔽身份？」

王直義有點洩氣了，他喃喃道：「那不是我的主意，不是我的主意！」

我立時緊盯了他一句：「那麼，是誰的主意？」

王直義瞪著我，一聲不出，看來，他有點麻木。我立時又向韓澤望去，希望在韓澤的神情下，捕捉到一些甚麼，可是韓澤在這時候，也望定了王直義，那顯然是韓澤也不知道那是甚麼人，而在等待王直義的回答。

王直義並沒有回答我這個問題，他只是頹然地揮了揮手：「韓澤，我們送衛先生下去！」

韓澤像是木頭人一樣，王直義叫他幹甚麼，他就幹甚麼。

我們一齊擠出了那個控制室，在天臺上走著，出了天臺，走下了一層樓梯。

韓澤在走下一層樓梯之後，忽然講了一句：「他們就在二十七樓！」

我們這時，正是在二十七樓，聽得韓澤那樣講法，我的心中，陡地一動，立時道：「當我和他們在一起的時候，你也一定知道我在哪一層？」

韓澤望了望王直義，然後才道：「是的，你們全在二十七樓。」

本來，我們在下了天台之後，是一直向電梯門口走去的，一聽得韓澤那樣說，我立時一個轉身，來到了一個居住單位的門口，用力將門打了開來！

在那時候，我急速地喘著氣，心中緊張得難以形容。

王直義在我身後道：「衛先生，雖然我們同在這幢大廈的二十七樓，但是別忘記，我們和他們是在兩個不同的空間！」

我望著被我撞開了門的那個居住單位，空蕩蕩地，一個人也沒有，我轉過頭來，吸了一口氣：「王先生，我想問你一件事。」

我只不過說想問他一件事，並沒有說想問他甚麼，可是他已經道：「我知道你要問甚麼。」

我望著他，王直義苦笑了一下：「你想問我，被你拆掉的浴缸、洗臉盆和那扇門，是不是還在？」

我點了點頭，仍然望著王直義，王直義用手撫著臉：「在理論上來說，它們被拆掉了，實際上的情形怎樣，你可以進去看看。」

我又吸了一口氣，在那時候，我心中有一股說不出來的神秘之感，我慢慢向內走去，才經過了一條短短的走廊，我就看到了一間房間，沒有房門！

我的心狂跳著，在略呆了一呆之後，我直衝向浴室，浴室中的浴缸、洗臉盆，是被拆除了的。

我陡地轉身出來，在那一剎間，我起了一種十分狂亂的思潮，我幾乎不能控制自己的情緒，就是這個居住單位，小郭和羅定，就在這裏！我大聲叫了起來，叫著小郭和羅定，而且，在整個廳內，亂撲亂撞。

我的確是有點狂亂，我實在不能控制自己，小郭和羅定明明在這裏，我為甚麼見不到他們，碰不到他們和聽不到他們的聲音？

我究竟不是一個對時空問題有深切研究的科學家，在這個神秘莫測的問題上，我甚至連懂得皮毛也談不上，只不過是勉強可以接受這種說法而已。

我情緒激動，再要冷靜地接受這種觀念，就相當困難，我不住地叫著、奔著，用拳打著牆，用腳踢著門，好像小郭和羅定兩個人，是躲在這個居住單位的甚麼地方，我要將他們逼出來。

我看到王直義和韓澤兩人，衝了進來，但是我仍在大聲叫著，直到他們兩人，將我緊緊拉住，我才喘著氣，停了下來。

王直義大聲道：「你知道你這樣做沒有用，為甚麼要那樣？」

我一面喘著氣，一面用力推開了他們兩人，在王直義向後退去之際，我向前逼去，用手指著他的鼻尖，厲聲道：「王直義，你不是人，是妖孽！」

這一次，我對王直義的詈罵，簡直不留餘地到極，王直義的臉色，也變得鐵青。

可是他卻保持著相當的鎮定，雙眼直視著我，一字一頓：「是的，我是妖孽，是不是要將我綁起來，放在火堆上燒死？」

一聽得他那樣說，我呆住了。

我直指著他鼻尖的手，慢慢垂了下來。

我在罵他的時候，完全覺得自己理直氣壯，但是在聽得他那樣說之後，我卻氣餒了。

我有甚麼資格這樣罵他？沒有人有資格罵他，他是走在時代前面的人，是一個極其偉大的科學家，他已經可以將人送到另一個空間之中！

那自然駭人聽聞，但是任何新的科學見解，在初提出的時候，全駭人聽聞，歷史上有不少這樣走在時間前端的科學家，的確被放在火堆上燒死！

我慢慢放下了手，完全靜了下來，然後，才緩緩地道：「對不起！」

王直義沒有說甚麼，臉色仍然鐵青。

我又道：「對不起，請接受我的道歉！」

王直義伸手，按在我的肩上，他居然現出了一絲笑容：「算了，我覺得，你開始了解我，將來，或許你是最了解我的人！」

我苦笑了一下：「我們要設法將羅定和小郭救出來，希望你別阻撓我。」

王直義道：「我不會阻撓你，因爲要將我的工作保持極端秘密的並不是我！」

他在那樣講的時候，語調之中，有一股深切的悲哀，他的心情，我可以了解，是以我也拍了拍他的肩頭：「你放心，這件事，我會替你徹底解決，請你相信我。」

王直義嘆了一聲，我們一起自那個單位中退了出來，進了電梯。

我記得電梯壁上，曾被我拆開過一部分的，但這時候，看來卻十分完好，顯然是他們修補過了，我們進了電梯，電梯向下降，我又道：「小郭曾經在兩個不同的空間中，通過一次之話，那是甚麼原因？」

王直義搖著頭：「我也不明白，那一定是在某種情形下，兩個空間的障礙，變得最薄弱而形成的現象。我的主要理論，是通過無線電波速度的減慢，而使光速減慢，從而使時間變慢。而無線電波，隨時受宇宙天體干擾——」

他講到這裏，頓了一頓，又道：「人實在是太渺小了，不論做甚麼事，都無法放開手去做，而要受各種各樣的干擾，自然的干擾，和人爲的干擾！」我沒有說甚麼，電梯已到了大廈的大堂，我首先跨出了電梯。

王直義問我：「你用甚麼法子將他們兩人救出來？你的安全脫險，完全是一種幸運！」我搖著頭道：「不是幸運，是靠我自己的機智，我會有辦法，只要你能再將我送回去！」王直義苦笑著，點了點頭。

我向外走去，王直義和韓澤兩人，在大廈門口，向我揮著手。

我回到了家中，白素看到了我，立時急急問我，究竟到甚麼地方去了？當我將我的經歷告訴她的時候，素來不大驚小怪的她，也不禁目瞪口呆！

過了好半晌，她才道：「那你準備怎樣？」

她雖然問我準備怎麼樣，但是事實上，從她問我的神情看來，她已經知道我準備怎樣了，因爲她有著憂慮的神色。我握住了她的手，道：「我沒有別的選擇，我必須再去一次！」

白素呆了半晌，點著頭：「不錯，你只有這一個選擇，但是——」

我自己心中，也同樣憂慮，因爲那究竟不是到甚麼蠻荒之地去探險，而是到另一個空間去，那實在是人力所不能控制的事，第一次，我能藉急速的下降而回來，但是天知道第二次能不能這樣！

我吸了一口氣：「就算我不能回來，我一定活得很長命，說不定有朝一日，我突然突破了空間和空間之中的障礙，再回來時，你已經是一個老太婆了！」

白素是開得起玩笑的人，儘管她的心中很不安，但是她並不表露出來，她只是淡然地道：「這大概就是『山中方七日，世上已千年』了。」

我點了點頭，沒有說甚麼。

老實說，時間不同的空間，這種概念，在現代人來說，別說理解，就是要接受，也不是容易的事情。

可是在很久之前，就有人提出「天上七日，人間千年」的說法。在「爛柯山」這但故事之中，那個樵夫，顯然是進入了另一個空間之中。

我來回踱了幾步：「這是最悲觀的說法，事實上，我想是沒有問題的，我要去準備三具降落傘，和三包鉛塊，當然，還是相當危險，但是比起我抱住一扇門跳下來，要安全得多了！」

白素沒有說甚麼，只是點著頭。

我立時打電話給傑克上校，因爲我所要的東西，只有問他，才能最快得到。

我並沒有對傑克上校說及我的遭遇，那是因爲這是極其駭人聽聞，而且，我考慮到，王直義和韓澤兩人，幕後另有人主持，如果這件事公佈了出去，對他們兩人，相當不利。

我只是告訴傑克上校，我要那些東西。有了那些東西，我就可以將小郭和羅定兩人帶回來。

傑克上校在電話中，答應了我的要求，同時，他也十分疑惑地問我：「你要的東西，是互相矛盾的，降落傘使下降的速度減慢，但是，鉛塊卻使下降的速度加快，你究竟在搞甚麼鬼？」

我並沒有正面回答他的問題，只是半開玩笑地道：「上校，你的科學常識實在太差了，難道你不知道，一個人要是從高空跌下來，帶上一百斤重的鉛塊和不帶，下降的速度是一樣的？你怎麼連著名的比薩斜塔實驗，也不知道？」

當然，我看不到上校當時的情形，但是從他發出的那一連串嘰哩咕嚕的聲音聽來，他一定被我的話，弄得十分之尷尬。

我和他約定了他送這些東西來的時間，然後，放下電話。我向他要三袋，每袋一百斤重的鉛塊，當然是準備在跳下來時用的，我並不是想藉此下降快些（那不會發生），我只不過是想穩定下降一點，使我們不致於飄到另一個不知的地方去。

等到一切交涉妥當之後，我坐了下來，白素就坐在我的對面，我們幾乎不說話。傑克上校的辦事能力的確非凡，一小時後，帶著我所要的東西來到。而白素堅持，要和我一起到那幢大廈去。

我無法拒絕她，由她駕著車，一起向那幢大廈駛去，才來到大廈門口，就看到王直義和韓澤兩人，一起站著，白素停下了車，和我一起走了出來。

我看到王直義盯著白素，很有點不自在的神情，我立時道：「王先生，放心，她不會亂說甚麼，就算我不回來，她也不會說甚麼。」

王直義苦笑了一下。我們三個人，一起合力將放在行李箱中的東西拿了出來，一起提進了大堂，來到了電梯門口。等到電梯門打開的時候，我和白素，不由自主，深深地吸了一口氣。

白素望著電梯：「你已經去過一次了，這次應該讓我去才是。」

我笑著，當然笑得很勉強，我道：「你當是去郊遊？」

白素嘆了一聲：「就是不是！」

我們將鉛塊、降落傘，一起搬進了電梯，當我轉過身來，面對著外面的三個人時，我看得出，他們和我，同樣心情緊張。

我道：「別緊張，如果一切順利，只要半小時，我就可以回來了。」我講到這裏，頓了一頓，又補充道：「當然，是這裏的時間。」

在我說完這句話之後，電梯的門，已經關上，我抬頭看電梯上面的那一排小燈，只是在開始上升的時候，亮了一亮，隨即全熄滅了。

現在，我已完全明白全部事情的經過，我知道，在不斷上升的過程中，時間在逐漸變慢。王直義的研究，當然超時代，只可惜他還未曾完全成功，不然，我應該可以通過電梯上升，到達時間變慢了的空間，也可以藉電梯的下降，而回到正常的空間來！

電梯在不斷上升，這次，我的心中，並不驚惶，但是，那仍然是一段很長時間的等待。

等到電梯終於停下，門打了開來，我大聲叫了起來。小郭和羅定，一起奔了出來，羅定看到了我，呆了一呆，小郭的動作，很出人意外，他立時轉身，重重揍了羅定一拳，大聲喝道：「我說甚麼？我說衛斯理一定會回來的，你這雜種。」

羅定捱了一揍之後，一聲不出，我忙道：「行了，別打架，快將東西搬出來！」

小郭和羅定，一起走了進來，將電梯中的東西，全搬了出來。電梯的門關上。我們一面將東西搬進屋內，我一面將我上次跳下去的情形，簡單扼要地說了一遍，他們兩人用心聽著。

我道：「這裏沒有甚麼值得留戀的了，我們開始預備，揹上降落傘。」

羅定對於降落傘，顯然不是怎麼習慣，由我指導著他，然後，我們一起提著鉛塊，來到了陽臺上。

羅定緊張得臉色青白，連小郭的額角上，也在冒汗，我們一起攀了上去，我的神情很嚴肅，完全是快要向敵人進攻時的司令員姿態。

我道：「一切聽我號令，一等看到了大廈天臺，我就叫放，你們先鬆手，將鉛塊拋下去，然後，拉開降落傘，我們最好落在大廈的天臺上，所以千萬不要早拉降落傘，聽明白了沒有？」

小郭和羅定一起點著頭，我望著上下白茫茫的一片，大叫一聲：「跳！」

我們三個人，一起向下，這一次下躍，和上一次又不同，因爲沒有那麼多東西絆著我，我可以打量四周圍的情形。

極目望去，甚麼也看不到，等到忽然可以看到東西時，那是突如其來的事，我們看到了大廈的天臺，而下降的速度，也在迅速加快。我大叫：「放！」

我們三個人一起鬆手，三袋沉重的鉛塊，一起向下墜去，然後，又一起張開了降落傘。等到降落傘張開之際，離天臺已不過一百呎了，鉛塊落下去，其中有一袋，落在電梯機房的頂上，我看得十分清楚，鉛塊擊穿了機房的頂，穿了下去，接著，便是一下爆炸聲，烈燄衝出。等到烈燄冒出來之際，我們也已經落到了天臺上，我最先掙脫降落傘的繩索，奔到機房門口，想進去看看。門關著，濃煙自門縫中直冒了出來，機房中已全是烈火，無法進去了，我連忙後退，揮著手，我們一起奔下天臺，到了電梯門口，發現電梯門縫中，也有煙冒出來，我呆了一呆，大聲道：「快順樓梯走！」我們順著樓梯，飛奔而下，但是濃煙的蔓延，此我們奔走快得多，到我們奔到最後幾層時，完全是衝過濃煙而奔下去的。

我們衝到了大堂，直奔到門口，我看到白素坐在車上，我大叫了一聲，白素立時走了出來，這時，整幢大廈，幾乎每一處都有濃煙在冒出來。

我大聲問道：「他們呢？」

白素很吃驚，道：「他們在天臺的機房裏，你難道沒有看到他們？」

一聽得白素那樣說，我不禁全身冰涼，立時再轉過身去，一切全已太遲了，自大廈各處冒出來的，不但是濃煙，而且有烈焰，王直義和韓澤，看來已完全沒有希望了！

整幢大廈失火後的第三天，我和小郭，又一起來到了這幢大廈之前。整幢大廈，燒剩了一個空架子，消防人員，還在做善後工作，我和小郭站著，一動不動。整個火災過程中，並沒有發現屍體的報告。我知道，如果當時，王直義和韓澤是在那機房中的話，那麼，他們連保留屍體的機會也沒有。有一點，我始終存著懷疑，那便是，這場火，究竟是因爲鉛塊的偶然擊穿了機房頂而引起的，還是王直義所故意造成的？

我也永遠無法知道王直義的幕後主持者是甚麼人了。

我曾經又遇到過「鯊魚」幾次，但是他卻裝著完全不認識我，自然，我也不會向這種人追問甚麼的。那幢大廈，後來當然拆掉了，至於是否又另起了一幢大廈，就不在這個故事範圍之內了！

（完）

倪匡珍藏限量紀念版 13

衛斯理傳奇之老貓

作者：倪匡
發行人：陳曉林
出版所：風雲時代出版股份有限公司
地址：10576台北市民生東路五段178號7樓之3
電話：(02) 2756-0949
傳真：(02) 2765-3799
執行主編：劉宇青
美術設計：許惠芳
業務總監：張瑋鳳
出版日期：2023年6月倪匡珍藏限量紀念版一刷
版權授權：倪匡
ISBN ：978-626-7303-02-3
風雲書網：http://www.eastbooks.com.tw
官方部落格：http://eastbooks.pixnet.net/blog
Facebook：http://www.facebook.com/h7560949
E-mail：h7560949@ms15.hinet.net
劃撥帳號：12043291
戶名：風雲時代出版股份有限公司

風雲發行所：33373桃園市龜山區公西村2鄰復興街304巷96號
電話：(03) 318-1378
傳真：(03) 318-1378
法律顧問：永然法律事務所 李永然律師
北辰著作權事務所 蕭雄淋律師

行政院新聞局局版台業字第3595號 營利事業統一編號22759935

定價：340元

國家圖書館出版品預行編目資料

衛斯理傳奇之老貓／倪匡著. -- 三版. --
臺北市：風雲時代出版股份有限公司，2023.05
面；公分 倪匡珍藏限量紀念版

ISBN 978-626-7303-02-3（平裝）

857.83 112002523